"误。"
仿佛这刻在手心的字，不是一个符咒，而是亘古不变的指引。

沧海月明

崔生 著

北京燕山出版社
BEIJING YANSHAN PRESS

目录

第五卷 魔化

- 第二十一章 蛊惑缠身 126
- 第二十二章 暗中欺师 138
- 第二十三章 魔化初兆 149
- 第二十四章 神血效用 154
- 第二十五章 朝生暮落 157

第六卷 信任

- 第二十六章 魔气陷阱 164
- 第二十七章 走火入魔 174
- 第二十八章 暗流汹涌 180
- 第二十九章 五味杂陈 187
- 第三十章 沼泽秘境 195

第七卷 堕魔

- 第三十一章 傀儡之咒 204
- 第三十二章 暗藏危机 211
- 第三十三章 魔界洞开 220
- 第三十四章 坠入魔界 227
- 第三十五章 鲛王现世 235

第八卷 重逢

- 第三十六章 如梦初醒 239
- 第三十七章 师徒重逢 246
- 第三十八章 诱入陷阱 256
- 第三十九章 瓮中捉鳖 263
- 第四十章 真相灼人 273

第一卷 转世

第一章 鲛人之饵 002

第二章 弱水三千 011

第三章 饥肠辘辘 016

第四章 如影随形 022

第五章 劫数难逃 029

第二卷 师徒

第六章 孤岛妖兆 035

第七章 洞中赐名 040

第八章 小鲛救师 045

第九章 戏里神魔 051

第十章 屡气鬼船

第三卷 保护

第十一章 救出小鲛 061

第十二章 辨我雌雄 066

第十三章 迷失冥界 074

第十四章 魔物袭身 079

第十五章 前世交情 086

第四卷 蜕变

第十六章 蜕变之始 094

第十七章 蓬莱幻境 097

第十八章 呼风唤雨 102

第十九章 初露锋芒 108

第二十章 初化人形 114

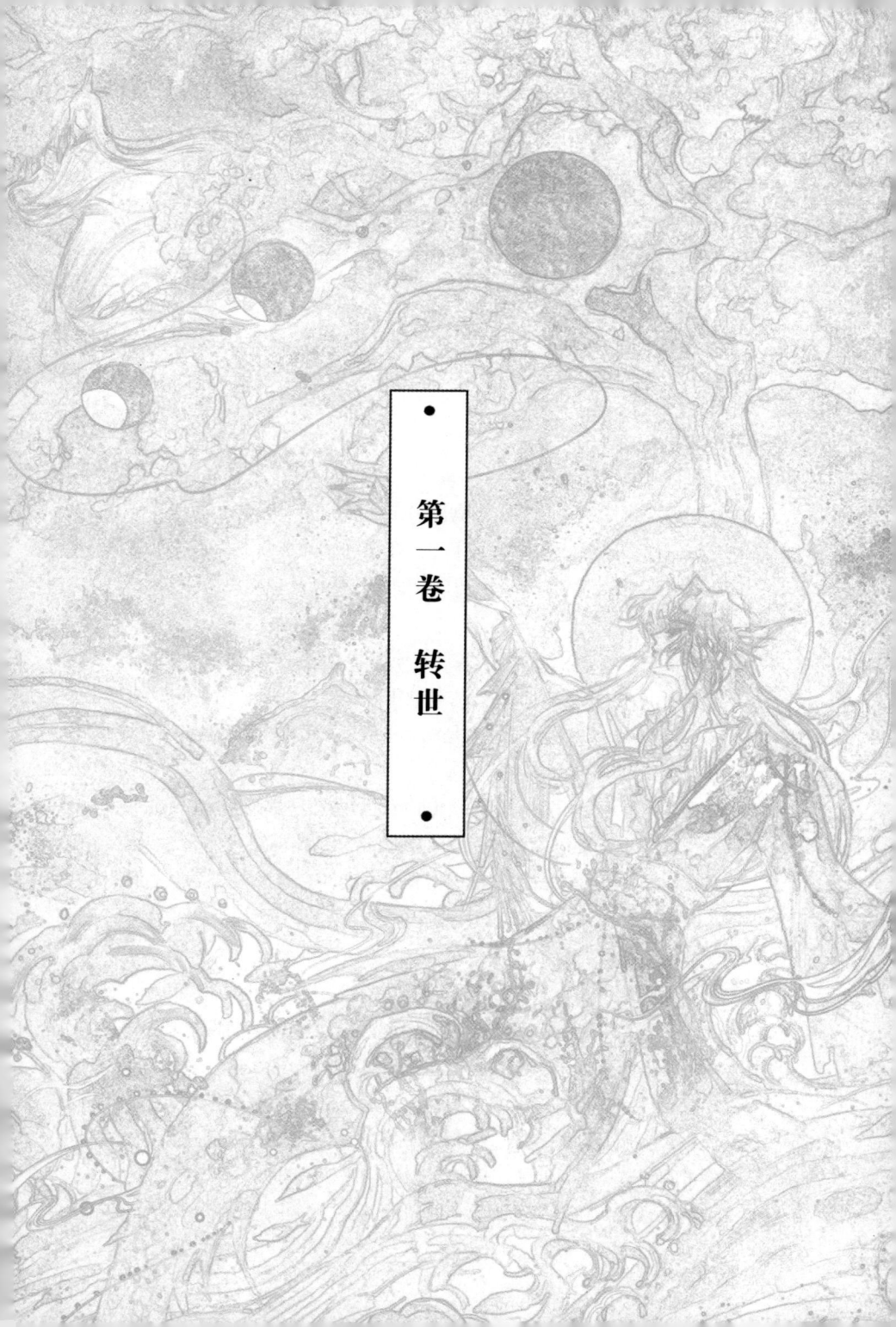

第一卷 转世

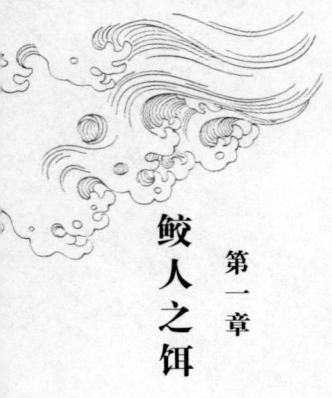

鲛人之饵

第一章

"时辰到了!"

随着一声吆喝,身体被推到船沿上,冰冷的刀刃划过手腕,流出来的血汇成一缕,顺着指尖缓缓淌下去,在黑沉沉的水面上激起一星涟漪,他一点儿疼痛也没感觉到,恐惧却自骨髓深处蔓延开来。

他的死期将近。

不多时,就会有饥饿的鲛人循着他那散发着异香的血液而来。

他浸泡在由雌鲛尸身制成的药液里整整四十九日,血液的气味闻起来就像一条柔弱的雌鲛所散发的,是成年雄鲛最喜爱的食物。他将被撕成碎片,尸骸沉于海底。

这般悲惨地死去,怕是连一点儿痕迹也不会在那画卷上留下。

鲛人浮上水面时,海水涨潮,天现异象,绚丽至极,宛如天女散花,凤凰涅槃。古往今来,帝王皆渴望长生不老,当今渤国国主也不例外,一心奔赴极乐世界,便命他在宫殿墙上绘下此景。

鲛人为笔,人饵为墨。

这幅画绘了十年,如今终于要大功告成,国师断言,要以画师之血完成此画,方能以诚心感动神明,而他就成了最后一个牺牲品。

楚曦攥紧拳头,望向水中自己苍白的面庞。

忽然听到头顶轰隆一声雷鸣,夜空上方果然隐隐出现一道虹,仿若天女挥袖,将层层阴翳驱散。霎时间,风浪骤起,船夫跃到送行的大船上,将拴舟的锁链一解,他便连舟带人卷入了惊涛骇浪间。

楚曦紧紧扶住船沿,强忍住眩晕的感觉,挣扎着腾出一只手,将靴子里藏的匕首拔了出来。

"曦儿……曦儿？"

一声熟悉的呼唤随风飘来，忽远忽近，似远在天边，又似近在咫尺，听着竟像是他亡母的声音，楚曦怔住，举目四望，只见不远处波涛汹涌的水面上，竟浮出一个曼妙的人影来。

一时他有些恍惚，情不自禁地探出身去，

那个人影刹那间便消失不见了，一道水痕却剖开波浪朝他迅速袭来！

鲛人！

一个念头雷霆般在脑中炸响。

楚曦盯着那水流来处，攥紧手中的匕首，如画卷上高悬的笔尖——若要以他的命为墨，他偏要毁了这幅画！

"哗啦"，一声水声自近处响起，船身猛地向后一倾。

楚曦趔趄了两步，跌坐在船尾，昨夜宫里的老太监阴阳怪气的嘲笑犹在耳畔——"鲛人性格残忍嗜血，不但同类相食，也喜食人。像公子这般容貌俊美，又浸泡了雌鲛尸液的人饵，鲛人们自然最喜欢。可怜啊可怜！贵为王室血脉，公子的命怎么这般凄惨！"

"啪嗒。"

一只白森森的手爪搭在了船沿上，五指尖尖，宛如厉鬼。

楚曦手中的匕首已经出鞘，就在他蓄势待发之际，那鲛人慢慢爬了上来，露出一个头。

楚曦一下子愣住了。

一双琉璃般剔透的蓝色眼眸望着楚曦，闪烁不定，除了那对半透明的翼状尖耳，这个鲛人看上去竟然像个只有十二三岁的小孩，只是少有人类孩童拥有如此绝世的美貌，一眼看去，虽然不辨雌雄，却妖冶绝伦，远超王宫中那些名动天下的美人。

楚曦抓着匕首，高举着手，竟然刺不下去了，眼睁睁地看着那个幼鲛爬了上来。楚曦退了一步，却被它抱住了腿。楚曦盯着它，见它仰起头，张了张嘴，耳根两侧的小腮颤抖了一下，发出"哇"的一声哭音。

它这一哭，楚曦顿时有些无措，进退不得，见它那墨蓝的鱼尾在船上甩来甩去，似乎在砧板上苦苦挣扎，显得颇有点儿可怜。楚曦心想，不知道是不是因为这一身雌鲛的气味,让它将自己当成了鲛母?

正不知道如何是好,却听到一声厉嘶,楚曦抬眼看去,便见近处一条奇长的鱼尾一闪而过,掀起一道巨浪,腥咸的海水迎面扑来。

楚曦以袖护面,只听身下那个小鲛连连尖叫,尖利的指甲竟然插进楚曦的皮肉,他吃疼之下,将它一踹,顿觉一股大力袭来,险些将他拖倒!

一看之下,楚曦不禁大惊,只见船沿冒出一对利爪,抓着小鲛的尾巴往水中拖。小鲛将他的腿脚死死抱住,鱼尾拼命甩动,晶莹的鳞片脱落,鲜血四溅。一张狰狞的人脸浮出水面,如修罗恶鬼,森森獠牙外露,口里淌出涎水,似乎想一口将小鲛囫囵吞下!

楚曦动了恻隐之心,举起匕首朝那对利爪狠狠斩去!

锋利的刀光闪过,惨叫声中,一只利爪齐腕而断,当下松开了小鲛的尾巴。楚曦一把抱起小鲛。巨浪滔天,船只猛烈地摇晃着,只见一道水痕在小船附近徘徊来去,洇出一片淡紫,将暗蓝色的海水染得瑰丽如霞。

他握紧了手中的刀柄,一刻不敢放松警惕,若是那恶鲛再扑上来,他定要斩断它的另一只利爪。

好在那觅食的恶鲛似乎也忌惮他的利器,绕船游了几圈后,便潜入水中远去了。

海浪渐渐变小,霞光万道,天空中现出那幅画卷上的异景。

小鲛在他的怀里不住地哭泣,显然刚刚经历死里逃生,仍心有余悸。

楚曦心中涌出一股悲哀,拍了拍它的脊背:"你我同为胞族不容,也算同病相怜。"

似乎听懂了楚曦的话,怀中的哭声戛然休止。楚曦的脚踝被滑溜溜的鱼尾卷住,他垂眸看去,小鲛抬起头来,眨了眨眼睛,泪光盈盈地看着他,真像只讨食的小奶猫。如此神态,如何让他不心生怜爱?

他摸了摸小鲛的耳朵:"你是鲛,我是人,我终究不是你的娘亲,护得了你一时,护不了你一世,你还是趁那恶鲛没来,早些离开吧。"

怎料话音刚落,小鲛便又哇哇大哭起来,一双蹼爪在楚曦的背上胡乱抓挠,楚曦觉得疼痛难忍,只得将它抱得紧了些:"罢了,罢了!"

小鲛抽泣两声,睁大眼睛等着他下一句。

"今后我护你便是。"

浩渺的大海上,一人一鲛紧紧相拥,似风中残叶上两只小小的蝼蚁。

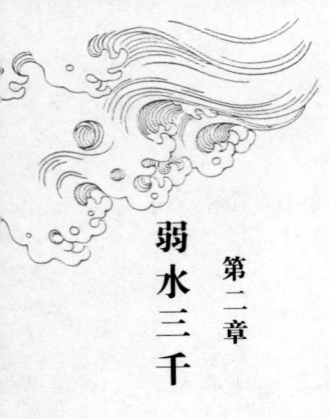

第二章 弱水三千

因非但侥幸活了下来，还得了只小鲛人，楚曦不敢在白日靠岸，只得在夜间把船划进一处荒废的渔港，把小鲛裹在渔网之中，偷偷潜回自家府邸。好在他的住所极为偏僻，位于渤国西南海岸，周围人烟稀少，他浑身透湿、抱着一团渔网行走的奇怪之态才未吓到谁。

不想惊扰到府中的其他人，楚曦未敲门，径直翻墙而入，活像梁上君子。府内已是一片素色，设了灵堂，若有人撞见他深夜回来，不知会做何感想。他匆匆走进走廊，便见他的管家元四揉着眼睛迎面而来，避之不及。元四大叫一声，一屁股跌坐在地。

"你，你，你……"

感觉到小鲛在渔网里不安地扭动，楚曦一把将它扛到背后，"嘘"了一声："元四，别怕，我不是鬼，是人。"

元四傻住，张大嘴："啊……"

"啊什么啊，让开，我要回去歇息。"

元四看了浑身狼藉、身上还挂着水草的楚曦半天，才晃晃悠悠地站起身来："那，那条鱼，奴才给你放厨房炖锅鲜的……"

小鲛哆哆嗦嗦地往楚曦的胳肢窝里钻，鱼尾不住抖动。楚曦使劲儿把它夹紧："谁告诉你这鱼是打回来吃的？是养着赏的。"

进了房间，楚曦便将门闩死，冲到后院的池塘前，抖抖渔网，把小鲛放入水中。它的鱼尾当空一甩，竟划出一道虹光，即使小鲛已跃入池中仍久久未散。一尾鳞片将水面耀得宛如蓝琉璃一般，流光溢彩。

楚曦感到惊愕不已，见它在池里来回游了一阵，方才想起什么，从书架上找出那本厚厚的《穷庐异志》，翻到记载鲛人的那页，果见其中一行写着："鲛中之王，尾色墨蓝，见之则现虹彩……"

他救起来的这条小鱼仔，竟然是鲛中之王？

不是吧？鲛中之王会被逼到跳上船来向人求助？

又翻一页，见："鲛王乃水中魔王，身怀妖力，容貌奇美，见者易被其所惑，沦为鲛奴。鲛奴需奉鲛王为神，唯命是从，一生不可背弃，否则非但大难临头，更将引发天下大乱……"

楚曦："……"

他……这是摊上个祖宗了？

楚曦扭头看了一眼池塘，小鲛正趴在池边的岩石上，水蓝色的双眼瞅着他，修长的鱼尾在水中一甩一甩的，搅起道道水痕，撒娇似的。

虽然现在是条小鱼仔，但它，应该说是他，以后是鲛王呢。

"你看着我做什么？"楚曦问。

小鲛伸出蹼爪攀住他的双腿，咂巴了一下嘴。

楚曦心下一软。他现在是被这小鲛当成娘亲了，小家伙正向他讨食呢！他叹了口气，转身出了院子，刚到走廊就遇上了送饭菜来的元四。见他步履匆忙，元四奇道："公子，你又要去哪儿？"

楚曦没答，接过饭菜就进院了。

藏在水底的小鲛听见脚步声，立刻蹿上了水面。

"这些都是人吃的饭菜，也不知道你爱不爱吃。"楚曦在池边坐下，夹了一筷子粉蒸肉递到小鲛面前。小鲛抽动了几下鼻头，却没张嘴吃，而是顺着筷子一路嗅了上来，停在他的手腕处，深深地吸了一口气。

楚曦心里"咯噔"一下，没来得及收手，顿时觉得腕部一阵刺痛，竟然被这小鲛张嘴咬住了。尖尖的獠牙扎破皮肤，血一下子涌了出来，尽数被柔软的舌尖舔去，小鲛如饥似渴地咂吸起来。

"喂，你！"他感觉头皮发麻，忙使劲一甩胳膊。

小鲛摔回池中，一瞬间凶相毕露，却在楚曦抬头之时，已变回了一副楚楚可怜的模样，缩在池边的一块岩石后，瑟瑟发抖。

楚曦看他这般模样，着实气不起来，手腕上的两个小洞也不深，没出多少血，可看来这鲛人喜食人肉却一点儿不假。他回屋清洗了伤口，没叫管家来，自己上了点儿药，心下有些忐忑，要不明日便将这条鲛王放回去？这个念头一起，便听外头又传来"哇哇"的哭声。

楚曦感到一阵头痛，又想起自己在船上说的话，罢了，他既然承诺护小鲛，就不能失信，再者那书里所言，他……虽然不大信，但还是谨慎为妙。

小鲛咬他，莫不是因为渴求新鲜血肉？

如此琢磨着，他走到桌案边，将青瓷鱼缸里的一条鲤鱼捞了出来。大头芙蓉鲤在他的手心不住扭动，嘴巴一翕一张的，像在骂他。楚曦有点儿舍不得，这条鲤鱼他养了几个月呢，可这会儿夜深人静，他又不能派人去买鱼，那个小祖宗又哭又闹，真是没法儿。

楚曦回到池边，蹲着把鱼递过去，手一滑，鲤鱼落进了池里。

"哗啦"一声，水花四溅，他还没看清，那条鱼便已被一双纤细尖利的蹼爪攥住，小鲛埋头狼吞虎咽。楚曦这才瞥见他的后颈至肩部竟赫然有几道长短不一的伤口。白生生的皮肉外翻着，狰狞得很。

——不消说，一定是那条追他的大鲛干的。

楚曦顿时心生怜意，取了方才用的止血粉，小心翼翼地为他擦上。还未碰到小鲛，小鲛便一扭头又咬住了他的手腕，喉头呜呜有声，目光凶狠，俨然就是只受惊的小兽。他养了只弃猫，刚捡来时也如此，因为总被宫里的小太监欺负，所以防备心理格外重，他自己当初也一样。

他忍痛没缩手，把药粉涂在了那几道伤口上，又用生肌膏贴好。这些药品都是他自己研制的，药效比外面药店里卖的好得多。

丝丝凉意从伤处袭来，似乎不那么疼了。小鲛犹豫着松开嘴，仔细打量起眼前这只"雌鲛"来。

这只"雌鲛"生得白白净净的，有一双黑亮的眸子，像海底的夜明珠，有着很柔和的光亮，在鲛族里算是很漂亮的长相，只是没有鱼尾，而有一双腿脚。这没什么奇怪的，以前小鲛听他的同族说过，他们在发情期后是能化成人形的，只是无法蜕去鲛人的尖耳，听母亲说，他的姐姐就是因为这个被专门贩鲛的人抓走了，再也没回来。

可这只"雌鲛"的耳朵是圆而小巧的，和他完全不同。

这不是他的同族所化的人，而分明是个人类啊！

小鲛又看了一眼楚曦的胸口，他雪白的衣袍湿透了，贴在身上，胸膛平平坦坦的，没有雌性的双乳——这人和他一样，是个雄的。

他不禁有点儿后悔跟这个人类上岸了，但楚曦又喂他吃的，又给他疗伤，不像是要害他的样子。比起这个人，海里更危险。他刚丧母，年纪又小，虽然是鲛王的后裔，却无力一统现在分崩离析的鲛族，那些异母兄弟会活撕了他，不容他有化人上岸的机会。

他须得等，在一个安全的地方汲取力量才行。

听说人类都很傻，很好诱骗，他们在海里吟唱几句鲛人的歌谣，便有人跳下来。他见过他的同族怎么对待那些人类，他们通常会先与人类交合，等他们孵化出鲛卵来，就将被诱骗的人类撕成碎片分食。

他不会这么对这个救了他一命的人——如果楚曦及时喂饱他的话。

见那个人正低着头给自己的手上药，他凑了上去，撑起身子，讨好地舔了舔楚曦手腕上鲜血淋漓的牙印子。

楚曦冷不丁地被吓了一跳，差点儿仰面摔倒。

但见小鲛委委屈屈地缩了缩头，琉璃眸子水汪汪的，似乎是在认错，跟那只被他捡来的小猫伸爪子挠他一模一样。

楚曦叹了口气："好了，没怪你，你不必怕我。"

小鲛便立马凑上来了，咂着嘴，拱了拱他的手，表示还要。

楚曦："……"

这是给点儿颜色就开染坊了。

半个时辰后。

楚曦看了看空荡荡的鱼缸，心里有些惆怅。得，以后不用养鲤鱼了，他养了条大的，一晚上能吃掉一缸子鱼。现在这个鲛王还小，以后可怎么办？一直养在后院的池塘也不是个事啊。

罢了罢了，以后再说。

目光扫过桌案，桌案上仍是他临走前的模样，笔墨纸砚，整整齐齐的，只是蒙了一层薄灰。他用掸子扫了扫，不想从一摞画卷里滚出一个东西来，落到地上。捡起来一看，却是城隍庙里的竹签子。

签子裂了一半，是个大凶卦，他却当真没死。

当日有位神秘老僧将这个签子赠予他，只道他命中有劫，却会大难不死，说得倒真一点儿不假。

将签子随手放到一边，他磨了点儿墨，提笔写信。

明明没多少要写的，写着写着却觉得困倦起来。

梦里，他伏卧在巨大的鲲鹏背上掠过天际，云翳在身下翻涌如海，万千小鱼便在云海中上下腾跃，摇头摆尾，竞相争宠，而他视若无睹，手执一玉龙头，朝云海间一粒星辰舀去，嘴里笑着吟道："龙头泻酒邀酒星，金槽琵琶夜枨枨。洞庭雨脚来吹笙，酒酣喝月使倒行。"唱罢，他醉醺醺地提起龙头来，里面却无星子，反倒有一尾小鱼，是条幼小的鲛鲨，通体墨蓝，唯尾鳍有一点红，似有人无心点缀，却甚是可人。

"弱水三千，我只取一瓢，怎么就取着你这小东西了？"

他点了点那条小鱼的脑袋，却被它一口叼住了指尖，痒痒的，他心下大悦，一弹指送它跃入前方的天门。

但见它化出人形来，成了个黑袍红履的幼童，俯身朝他跪拜。抬头时，四周变了景象，天门前的幼童身形也变高变大，成了个挺拔少年，天空中电闪雷鸣，足下的云海燃起熊熊烈焰，犹若炼狱。

鲲鹏仰天长鸣，他向下坠去，但见那个少年一跃而下。

黑袍当空飞舞，在烈焰中化成暗红如血的夜幕，遮天蔽日，一双灼热的手将他紧紧地擒住，他一掌劈去，天地崩裂，日月无光。

唯有一双血红妖异的眼睛，在他下方的黑暗中突然睁开。

撕心裂肺的阵阵狂笑当空响起，贯彻云霄。

"师尊，原来你给我的承诺，全部都是哄骗我的吗？"

"哈！"

楚曦惊醒过来，身上冷汗涔涔。

脑子是一片混沌，做了什么梦亦是想不起来了，只有些支离破碎的零星片段，也拼凑不出来什么，心却狂跳不止，似有余悸。

第三章 饥肠辘辘

怪了，做了什么噩梦吓成这样？他摸了摸胸口，深吸了一口气，方觉身上黏腻不堪，起身要去沐浴一番，又想起水池有主了。

楚曦来到池边一瞧，可不，小鲛在水底的水草间蜷成一团，睡得正酣呢。月光透水，那条鱼尾末端的一抹红跃入他的眼底。

不知怎的，他心头一跳，只觉得眼熟得紧。可方才把这小鲛救上来前，似乎是没见到的。看起来，也不像是伤口渗血形成的。

他定睛细看，却发现小鲛身上裹着一层半透明的"膜"，是从他的嘴中吐出来的，脖子以下最为密集，仿佛结茧一般裹住了上半身，一直连到池壁上，极薄的一层，上面还缀着粒粒发亮的物事。楚曦捞起来一看，竟然是珍珠。那层"薄膜"在月光下如五色琉璃，流光溢彩，摸起来更是细滑无比，比丝绸不知柔韧几倍。搭在手背上，更是衬得肤如凝脂。

楚曦感到十分震惊，传说鲛人泣泪成珠，能产鲛绡，果然是真的。鲛珠在市场上千金难求，一尺绡纱更是值万金。许多贵族子弟趋之若鹜，天南海北地赶来渤国，往往贩鲛制品的客船还未出港，就被买家的船半路拦下，争购一空。

这是……天降横财了？

楚曦双眼发亮，有点儿想把鲛绡全捞上来，可看了一眼水底酣睡的小鲛，又下不去手。他虽然正需要钱，但这跟薅羊毛到底不一样，珍珠是小鲛哭出来的，鲛绡是小鲛吐出来的，又哭又吐，肯定还是受惊了。还是跟这小祖宗商量一下为好，否则跟做盗匪似的。

想着，他又把手里的宝贝放了回去，起身走了。

水底一双眼睛悄然睁开，盯着离开池边的背影，幽幽发亮。

这个人为什么不拿呢？

听说人族都贪得无厌，看到鲛绡与珍珠就像发了疯，为此肆意捕杀鲛族，有些人铤而走险，跑到海里，结果丢了性命；有些人侥幸得偿所愿，殊不知自己已成为成年鲛族暗中追踪的猎物。这些在人族看来价值连城的宝物，其实都是鲛族撒来捕食的网呀。

楚曦若是拿了，他就能迷惑楚曦，一点点把楚曦给吃掉了。

小鲛摸了摸可怜的肚子，咽了口唾沫。

他的胃口大，在海里一次能吃掉一整条鲨鱼，几条鱼怎么喂得饱他呢？

楚曦出了走廊，见府内的灵堂撤了，挽联下了，已经恢复了原本的模样，看着总算舒坦了，只是院子里冷冷清清的，空有一地月光。

本来，除了管家元四、护院昆鹏、厨师长生、书童梁萧，他的府邸里，也就还有两个门客和四个仆从。被送去献祭前，他把元四以外的人都遣散了，连自小伴他长大的梁萧也送走了，如今连个帮他磨墨的人也没有，堂堂一个公子活成这样，也是够凄凉的。

"公子，怎么这么早就起来了？"

听见这个低沉的声音，楚曦回过头，见一个高大的人影自月光里走过来，露出一张十七八岁的少年脸庞，浓眉星目的，正是昆鹏。

他震惊地问道："昆鹏？你怎么回来了？"

"我就没走，一直在替公子守灵。"昆鹏盯着楚曦，眼圈发红，欲言又止，他是楚曦捡来的孤儿，除了这儿也没处可去，终是忍不住三步并作两步，冲到楚曦跟前，接着便嗅到一股奇异的甜腥味。

这个味道分外熟悉，昆鹏却想不起在哪儿闻过，只觉得万分不适，忙退了开："公子，你身上，是什么味道？"

"没什么，海腥味罢了。"楚曦摇摇头，看着昆鹏笑道，"没走正好，你替我去打听打听苏涅和罗生的下落。"

昆鹏浓眉一拧："公子还要寻他们？那两个异邦食客，在的时候挥霍无度，餐餐有肉，出入有舆，成日逍遥，都快把公子吃空了！公子一出事，他们便跑得无影无踪，公子还要养着他们吗？"

"树倒猢狲散，人之常情。"楚曦淡淡地道，"他们是我的谋士，不是死士。

这回他们二人也说动了卿大夫刘桓求过王上,奈何王上一心要我死,又有何法?你以为他是随便挑个人去献祭的吗?"

昆鹏气愤地道:"王上让公子动笔画那幅画时,定是已经想好了以公子的命画龙点睛吧!"

"呵呵,"楚曦呵出一团白雾,"我是谁?公子曦啊,十二年前名正言顺的王储。当今王上若知晓我没死,往后的日子,怕是不太平了。"

昆鹏咬咬牙:"公子,我替你杀了那昏君。"

楚曦无声地一哂,细长的眼皮下漏出一星冷意来:"要能杀得了,我早动手了,轮不着你。那个昏君身边的禁卫军,个个都是拔尖的。"

昆鹏不语,他家公子,平常看着温文尔雅、芝兰玉树的,却不是个可以搓扁捏圆的性子,楚曦只是能忍。真把楚曦逼急了,他比谁都大胆,比谁的决断都快。昆鹏想起那年发大水,他一个人抱着棵孤树摇摇欲坠,眼看就要被冲进海里,公子硬是将手里的浮木给了他这个素不相识的孤儿,自己抱着孤树撑了几个时辰,亏得命大,才没被溺死。打那以后,他便发誓要跟在公子身边,为他出生入死。

昆鹏想着便湿了眼眶,又道:"公子,你干脆跑吧!"

楚曦被他说中了心思:"我也正有此意。"

昆鹏问:"公子打算去哪儿?我听闻,再过一段时日,便有南赡部洲的客船过来,公子可以借此机会离开。再说,公子不是还有个胞兄就在南赡部洲?"

楚曦一笑:"我已写了一封信,你明日替我去送。"

此时,一阵冷风拂过,楚曦打了个喷嚏,才觉得冷。昆鹏忙烧了桶热水来,替他提往寝院。临到门前时,楚曦停住了步子,神情复杂地看着他:"待会儿看见什么,别大惊小怪。"

——他既然要养着这小鲛,身边的人是瞒不下去的。

莫不是公子又捡了活物回来养了?

昆鹏做好了心理准备,进了门内,楚曦朝那池塘瞧了一眼,水面上一片平静,小鲛还在睡。谁知道一进房门,他便石化了。

门上,墙上,全是湿漉漉的鲛绡,活像个盘丝洞。

昆鹏一脚踩在珍珠上,差点儿摔了一跤,热水洒了半桶。

这难道是那小鲛知晓他缺钱，送礼来了？

楚曦一脸震惊地顺着脚下的一溜水渍看向池塘处。小鲛从水里露出一双眼睛，偷偷窥去，见两个人手忙脚乱地收了鲛绡，瞳孔缩了一缩。

收了，收了就是他的猎物了！

"这是……"

楚曦还未开口，便见昆鹏一步步朝池塘走去，双手都攥成了拳。他心中一紧，顿觉不妙，忙拦在了昆鹏身前。昆鹏一脸见鬼的神情，指着池塘道："公，公子，为何这儿会有鲛人？"

楚曦一时不知如何解释，却听"唰"的一声，昆鹏竟然已经拔了佩剑朝池中刺去，小鲛吓得从水中一跃而起。楚曦想也未想便纵身扑去，将小鲛护在怀中，肩膀当即袭来一阵剧痛，血溅三尺。

"公子！"

楚曦摔进池中，怀中滑溜溜的身躯一下钻了出去，窜进池底水草间。他忍痛扶住池壁，被昆鹏一把拉出了水。

"公子，你！"

眼见楚曦的肩头血如泉涌，昆鹏急忙将他扶进房内。扒去外袍，一道血痕赫然横亘在楚曦的肩头，分外扎眼。昆鹏急红了眼，颤抖着双手替他包扎上药："公子，你罚我吧！"

楚曦气得没力气骂他，倚着床架："你方才胡来什么？"

"那可是个鲛人！"昆鹏脸色阴沉沉的，声音也嘶哑了，"公子被献祭给他们，为何好不容易死里逃生了，却带了条回来？公子，你是被迷惑了！我爹当年也是……"他气愤地说道，"才害死了我娘。"

"……我倒没听你说起过，嘶——"武人下手没个轻重，疼得楚曦直吸气，"我没被迷惑，那小鲛是我救的，不许你动他。"

"可……"

"我说了不许就不许。"楚曦斜目看他，眸光变得有些凌厉起来。

昆鹏像被烫了一下，低下头："知晓了。"

楚曦往镜子里瞧了一眼，见伤口仍在渗血，便道："这伤口得缝，你去把我的匣子取来，还有，柜子里的那是麻沸水。"

昆鹏立即照办，他手笨，缝得楚曦简直如遭酷刑，他自学的医术虽然了得，这会儿却没法料理自己，只得受着。他失血不少，人已困倦至极，还未缝完，便已经睁不开眼睛了，嘴里却还喃喃地吩咐："昆鹏，帮我擦洗擦洗，我身上脏得很，难受得紧。"

知晓他家公子素来讲究，这身上又是血又是汗的，自然忍受不得，昆鹏用湿毛巾替楚曦仔细擦洗了一番身子，又用苏合香汁给他洗了头发，楚曦僵硬的身子这才放松下来。昆鹏熄灭了灯，便退出去了。

小鲛盯着从房间里出来的高大人影磨了磨牙，把他列入了自己的食物清单。与其吃救他的人，不如吃这个恶人，看上去更能填饱肚子。不过那个人为什么要奋不顾身地救他呢？

还受了伤，好像不轻的样子。

小鲛仰头朝那已经熄灭了灯火的窗子看去，嗅了嗅池子里弥漫的血腥味，心里无端地涌起一股难受劲儿来，搅得五脏六腑都乱了套。

他埋头在水里打转，"咕咚咕咚"喝了几大口血水，却觉得更饿了。

很喜欢，很喜欢这个人的血的味道。

就好像很久以前尝过，然后刻骨铭心地……记住了一样。

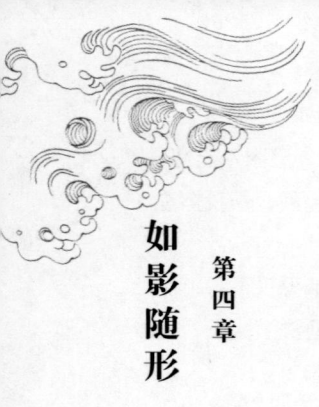

第四章 如影随形

小鲛爬到岸上，鱼尾弹了一下地面，他便借力蹿到了台阶上，推开门钻了进去。房间里弥漫着一股浓重的血腥气。他在黑暗里看得清清楚楚，那个人就躺在那儿，很安静，没有察觉到他的到来。

他偷偷摸摸地爬到了楚曦身边。楚曦面朝着墙，背对他，一头长发披散着，发丝间露出来瘦削的肩膀，肩头处贴着一片黑漆漆的东西，跟楚曦给他用的一样，有一丝血迹从底下沁出来。

小鲛小心翼翼地把那片黑漆漆的东西揭了下来。

楚曦睡得很沉，一点儿也没醒。

雌鲛的气味已经消退了，他嗅到人族血肉香甜的气味。楚曦的皮肤看起来那样白嫩，不像他们鲛族的皮那样坚韧，又没有鱼鳞，嚼起来一定很可口，他还没有捕食过人类，真的很想尝尝。

小鲛咂了咂嘴，强忍着一口咬下去的冲动，舔了舔那道鲜红的伤痕，嘴里吐出一缕鲛绡，细致地把楚曦的整个肩膀都卷了起来。他的脸蹭到楚曦尚湿润的头发，人族的头发这么软，这么细，摸起来比海藻还要舒服，闻起来有一股十分让人安心的淡香。

他把头埋到发丝间，身子挨到了楚曦的背。

是温热的，嗯，比靠着冰凉凉的池底要舒服一点儿。鲛族成年化人后都会变成温血，所以他们在海里也会喜欢比较温暖的水域。

他惬意地眯起了眼睛。

这一夜，梦里没有了那些如影随形的追杀他的异母兄弟，却有一个巨大的黑影从他的头顶飞过，像鱼，又像鸟。有个穿白衣的人影伏在那个黑影上面，长发如练，衣袂飘飞，身姿极美，却看不清面目。

他在下方仰望着那个人影，发狂地追，追了不知多久，突然一脚落空，坠进无底的黑暗里去，一直沉进了冰冷汹涌的海水里。

他睁开眼睛，一滴眼泪朝高远的海面上飘去。

楚曦一觉醒来就感觉有点儿小崩溃。

这小鱼仔怎么跑到他的床上来了？

这缠了他半边身子的鲛绡又是怎么回事？

楚曦有种捡回了一只蜘蛛精的错觉，他撑起身来，艰难地把肩膀上的鲛绡一点点撕开，这动静却没将小鲛弄醒，鱼尾还紧紧地卷着他的一条腿，嘴里呼噜呼噜地吐着泡泡，睡得十分香甜。费了好大功夫，他才将鲛绡撕扯下来，扫了一眼肩膀，便不禁一惊。

昨夜的那道剑伤哪还有影儿？

肩头的皮肤竟然已经平滑如初，只留下一道不起眼的红痕。

这鲛绡还有疗伤的功效？以后倒是可以拿来入药。垂眸见小鲛还没醒，他只好又躺下，试着动了动被卷住的一条腿。

——腿麻了，动弹不得，而且他一动，鱼尾便缠得更紧了。

啊！不但像蜘蛛精，还像条小蛇妖。

看着小鲛可爱的睡相，楚曦有点儿不忍心把他弄醒，无可奈何地在榻上挺起尸来。盯着那一会儿大一会儿小的泡泡足有一个时辰，他终于忍无可忍了。听闻鲛人都昼伏夜出，恐怕是真的，他若不动，怕是这小鲛能一直睡到天黑去。他抱住大腿，缓慢地屈起来，握住了鱼尾与尾鳍相连处较细的部分，冰凉的鱼鳞滑溜溜的，一下全张开来，像无数妖娆的指甲挠过楚曦的掌心，痒得他颤抖了一下。

好不容易才抽出腿来，扭头便遇上一对碧蓝的眸子。

那眸中的瞳孔是棱形的，近看有点儿骇人。

楚曦背后起了一片鸡皮疙瘩，立马下了榻："你……醒了？"

小鲛目不转睛地瞅着他。白日的光线下看，小鲛真是漂亮得不可方物，一头长及尾部的头发竟然并非夜间看起来的纯黑，而是呈现出一种近乎墨蓝的冷色，光泽度之高，胜过最上等的云夜丝缎。上身的肤色简直白得泛光，若仔细看，就会发现他上半身的皮肤其实也覆盖着一层极为细小的鳞片，像抹了一层淡蓝色的银粉，连脸上也有。那双琉璃眸的眼尾天生上挑，是凤眸的形状，弧度极是妖娆，又隐隐透着锋锐。

楚曦暗叹，都说鲛人皆天生貌美，果然不假，小时候就已经这样了，长大必是个倾城倾国的大祸水。

这小祸水在他的榻上甩了甩鱼尾，鼻子底下的泡泡"叭"的一声破了，紧接着肚子发出一连串的咕噜声。

——又饿了。楚曦忍俊不禁，把小鲛抱起来往院子里走，迎面便遇上元四。两个人当场愣住，元四瞪目结舌，如遭雷劈，楚曦把小鲛往池里一扔，甩了甩手上的水，一脸若无其事的表情："怎么了？"

"啊……"

元四合不拢嘴，瞪着池塘双眼发直。

"那个……"

楚曦拍了他的脑袋一下："什么事？"

元四如梦初醒："公子，有人上门来吊丧。"

楚曦蹙眉："这还用来告诉我？自然闭门不见，省得被人知晓我还活着，节外生枝。"

"可我见那个人面生，又带了许多人来，怕是来意不善。"

楚曦的心里一沉："怕是吊丧是假，搜人是真，来得倒快。"

"公子，你从后门走，先避避。"

楚曦点点头，扫了一眼池塘，小鲛双耳竖起，似乎也变得警惕起来，这小鲛怎么办？不能把他扔在这儿，万一被人顺便抓走了怎么办？鲛人性子又野又烈，通常一被抓就绝食自残，所以活鲛人极为少见，何况还是鲛王，那可是无价之宝，不被人生吞活剥了才怪。

"昆鹏呢？"

"一大早就出去了，说是帮公子办事。"

楚曦立即回屋收拾了物件，取了褥子，走到池边，还未开口，小鲛便从善如流地往褥子里一钻。楚曦把小鲛背了起来，压低声音道："等昆鹏回来，让他去城西渔港的龙王庙寻我。你收拾收拾，也跟他一起来，记住，别让人跟踪了。"

元四看着他，郑重地点了点头："老奴明白。"

估摸着楚曦已走远，元四才将前门打开。

但见门前站着一个年轻男子，身着立领窄袖绛紫双鱼长袍，手里一把银扇灿灿生辉，十根手指上八根戴了戒指，异常浮华，一张面孔端的是艳冶柔媚，眉宇间却透着一丝煞气，不似来吊丧的。再看他的背后，站着一排十来个黑衣轻甲的卫士，活像群起而至的索命乌鸦。

元四心里发寒，却仍是满脸堆笑："敢问阁下是？"

那个人一笑，白牙森冷，收了折扇，朝他一揖："在下乃御前中尉玄鸦。公子曦献身祭天，尸骸无踪，王上心中悲痛，欲追封他为子爵，故命我们来贵府收拾几件衣物，好替他做个衣冠冢。"

且说禁卫军在府中大搜特搜之时，这厢楚曦背着小鲛健步如飞，已经到了城西那座废弃的龙王庙中。

龙王庙年久失修，又遭遇过一次海啸，已经塌了半边，墙壁上生满绿藻，乍看跟个坟冢差不多。

渔夫们都嫌这儿不吉利，不来此地打鱼，只有楚曦偶尔会来。

楚曦打开褥子，把小鲛放入庙前已塌陷入水的台阶下，转身进了庙门，从神像底下挖出一个用黑布包得严严实实的物什。

将黑布剥开，漆黑的庙内便是微微一亮，转瞬间又暗了下来。

那物什乍看起来只是一枚形状古朴的青铜戒指，并无稀奇之处，可戒环上镶嵌着一枚暗红色的圆形石头，不知道是什么质地，里面竟隐隐流动着血丝状的光晕，像是一枚兽瞳。这枚奇石是他幼时吐出来的，也不晓得到底是何物，便戴在手上当护身符。偶然有一次戴着进了宫里，竟被他那王叔身旁的国师注意到，拿着把玩了许久。

碍着他父王的面子，王叔才没向他讨要，后来父王死了，他的王叔便派人明里暗里找他要，他只好借口弄丢了，将这奇石藏在此地。

每逢他即将遭遇凶险，这枚奇石便会发亮，他亦会感觉心绪不宁，此次被献祭，若不是他预先有所感知，将匕首藏在身上，恐怕已是凶多吉少。数次逢凶化吉，也都多亏了它的存在。虽然不知这枚奇石为何如此神奇，却也绝不能容它落到他王叔和那个妖言惑众的国师手里。

刚将戒指戴到手指上，便听外面传来一声尖锐的嘶鸣，混杂着人的低吼。

楚曦一惊，拔出袖间的短刃，放轻脚步走到庙门前，顿时一愣，那小鲛扑在一个人身上，尖牙毕露，利爪掐住那个人的脖颈，张嘴要咬。

可那个人不是别人，正是昆鹏。

"小鲛！别咬他！"

忽然听到这一声厉喝，小鲛犹豫了一下，扭头看去，昆鹏趁机挺身跃起，一脚把小鲛踹得翻进了水里。小鲛疼得龇牙咧嘴，转身钻进了深处。

"公子，我一回来就见那些禁卫军……跟土匪一样，你没事吧？"

"没事。"楚曦摇摇头，见昆鹏脖颈间爪印处鲜血淋漓，蹙着眉头扫了一眼水中。漂着一片海藻的水面平静无波，肇事者已经没影了。他有点儿哭笑不得，取了随身携带的药粉替昆鹏抹上。爪印极深，刀割似的，皮开肉绽的，甚是吓人。

"这小鱼仔，下手也真够狠的。"

"我都说了，鲛人是凶兽，自然养不得。"昆鹏满脸厌恶的表情。

海藻底下，一双幽暗的眼睛窥视着岸边的两个人。

——那两个人正说着悄悄话，那个叫"公子"的人把手放在想杀自己的人颈间，动作就像昨夜给他喂鱼时那样温柔。小鲛忽然变得暴躁起来，抓着才捕到的鱼狠狠地啃了一口，嚼得满嘴鱼鳞咯吱作响。

"信可送出去了？"

"嗯，一早便交给了信使，现下信鸽已经放出去了。"昆鹏停顿了一下，眼圈微红，"公子……"

"怎么了？"见昆鹏的脸色不对，楚曦顿感不妙。

"元四他，"昆鹏的齿缝里挤出几个字，"玄鸦要把他带走，他自尽了。"

半天没有回应，昆鹏抬眼看去，见楚曦面无表情，薄薄的唇没了血色，一双手却攥成了拳头，指缝里渗出血来。

元四在府里待得比他要久，公子如何能不伤心？

那玄鸦乃是国师玄夜的心腹，手段狠辣，当年就是他带头逼宫，把楚晋王和夫人双双逼死，害得公子没了爹娘，落魄至此，只能在仇人的眼皮下忍辱偷生，不得不助纣为虐，花了十年光阴替暴君绘制那幅极乐之景，如今画一完成，他们就明目张胆地来索楚曦的命了。

昆鹏擦了擦他手上的血，心疼极了："公子，你可莫要去寻仇，我们寡不敌众。"

"我知晓。"楚曦慢慢松开手指,"南赡部洲的船到港之前,我们便先在这儿暂避吧。等入夜了,我们去西港冥市换些路上用的盘缠。"

"我……方才从府里拿了些这个,怕是以后用得着。"昆鹏从怀里取出一摞鲛绡,上面缀着粒粒珍珠,熠熠生辉。

楚曦又朝水中看去,水面上毫无波澜——多半是吓跑了。

跑了也好,他自顾不暇,要护着这小鱼仔更是不易。

只是,竟然有点儿舍不得。

罢了,又不是小猫小狗,到底是凶兽啊!

小鲛盯着楚曦,心一阵乱跳。他是在看什么?找我吗?

小鲛在水下仰头望着楚曦,只觉这个情形莫名有些熟悉,好似自己已经仰望了他许久,久到自己在水下再多待一刻,就会被闷死一般抓心挠肝。

小鲛悄悄游近了一点,又游近了一点,却见他们站了起来。

——他要走了,要把我抛下了。

这个念头在心中叫嚣起来。

小鲛突然蹿过去,一把攥住了楚曦的脚踝,张嘴吐出了一大团鲛绡。

脚踝这么一紧,楚曦被吓了一大跳,低头便见双脚似乎被缠成了一个茧,小鲛的嘴里还在不停地吐,双眼哗啦啦地往下直掉珍珠。

楚曦愕然:"你……"

"公子!"昆鹏见状就想拔剑,被楚曦一下按住了手。

这小祖宗干吗呢?怕被他丢下,所以拼命示好吗?

楚曦觉得心都要化了,蹲下来摸了摸小鲛的脑袋,便被他湿漉漉的手臂缠住了脖子。啊呀!黏死人了,这是只鲛人吗?分明是只小猫咪嘛!才养了一天,怎么就变成这个样子了,这可如何是好啊?

一双蹼爪死死地攥住了楚曦的头发,小鲛抬起眼皮,瞟了一眼旁边僵立的昆鹏。小鲛冲他笑了,上挑的眼眸里妖光流转,嘴唇挑衅似的咧开。

第五章 劫数难逃

楚曦打了个激灵。昆鹏看得毛发耸立，上前就想把这水蛭一样的鬼东西从他家公子身上扒下去。小鲛一头扎进楚曦的怀里哇哇乱叫，鱼尾死命地缠着他的腿。

"昆鹏！你给我……住手！"楚曦被缠得眼冒金星，都快喘不上气了。这小祖宗活像株蔓藤，要在他身上扎根了。昆鹏这小子暴脾气，一个劲儿地逼他，这俩活宝是要整死他才罢休吗？

"好了好了，没说要丢下你。"楚曦拍了拍怀里小鲛的背，轻声地哄，昆鹏听得肺都快气炸了，黑着脸敢怒不敢言。素闻鲛族阴险狡诈，果然如此，他这公子性情良善，被这鬼东西赖上了！

小鲛心里得意扬扬，他其实不屑这么讨好人族的，但这招很有效。

收了他的鲛绡，就是他的人了，这个人休想摆脱他。休想。

楚曦在临水的石阶上坐下来，撕扯脚上的鲛绡，小鲛眼角的余光瞥见一点红光，定睛看去，目光不禁凝聚在他戴在食指的戒指上。

那颗宝石在夜色里幽光流转，红得灼人。

灼得小鲛的眼睛一瞬间剧痛起来，几欲流泪。

失神间，鱼尾松了一松，滑回了水里，他才如梦初醒。

"哎，你是不是想把这些送给我？"

小鲛点了点头。

楚曦垂眸看着他："有人在抓我，我得离开这里，现在必须去附近的一个地方，把这些换成钱，才能带你一起离开。你能不能听懂？"

小鲛"嗷"了一声。

真聪明。

楚曦笑了一下,站起身来,结果腿又被缠住了。

他扶额:"那个地方不能带你去,你等我,我会回来。"

小鲛摇了摇头,心底冒出一种没来由的巨大恐惧来。

他本能地觉得,楚曦一走,自己就再也找不着楚曦了。

这种恐惧甚至激起了他捕食的冲动,他的脊骨弯曲起来,流线状的背肌绷得死紧,像一张蓄势待发的弓,尖牙利爪随时能发动致命的袭击。要是楚曦把他推开,他就撕碎楚曦,吞到肚子里去。

昆鹏敏锐地察觉到了这鬼东西的异状,握紧了手里的剑柄。

楚曦却先认输了:"昆鹏,我记得冥市也能走水路去,对吧?"

昆鹏:"……"

他必须得找个机会把这鬼东西干掉!

冥市就是海边的秘密集市,只在深夜出现。数十条船一艘连着一艘,泊在布满暗礁的水域。船上不点灯,只靠涨潮时出现的磷虾群照明,远远瞧去,蓝幽幽的一片,像坟场上的鬼火,故曰冥市。

若是不明真相的路人撞见,准会以为是海里的亡灵回来聚会,吓得半死。

昆鹏支着桨,小心地避开水里的暗礁。楚曦借着月光看了一眼船尾,见小鲛寸步不离地跟着,不禁有些担忧。这冥市中人都是下九流,不是善茬儿,捕鲛人怕也不少,万一小鲛被他们发现……

听见前方的人声,他把小鲛的头往水里按了按。

船缓缓驶入冥市,蓝莹莹的磷光随水流照亮眼前经过的方寸天地。只如走马观花般匆匆瞥去,楚曦便瞧见了大鲵、肥遗、文鳐、蛮蛮,还有许多辨不出名字的,长有尖齿的贝、壳生灵芝的龟、嘴如鸟喙的蛇……

忽然见其中一艘小船亮光浮动,一个戴着斗笠的人蹲在船边,在水中清洗什么。可不正是鲛绡吗?

这定是贩鲛的人了。

待他们靠拢,那个人抬起头来,斗笠下露出一双浊黄而贪婪的眼睛:"二位贵客,是来买货,还是来卖货?"

楚曦从袖子里取出一团鲛绡，一比之下，才发觉这小鲛吐出来的鲛绡光泽如此之好，顷刻间便令那贩鲛人手里的鲛绡黯然失色，如同麻布遇上了丝绸。那个贩鲛人自然是双眼发亮，啧啧称奇，双手探了过来。听声音，他已经上了年龄，一双手却莹白如玉，想来是因为经常清洗鲛绡的缘故。这一摸，他便爱不释手了："这鲛绡，怎么卖？"

楚曦压低声音："这么多，不止一尺了，怎么说也值万金。我不要元宝，要金叶子。"

贩鲛人沉默了一会儿，笑了："嗨，我今日是来卖货的，没带这么多现钱，不过我的落脚地便在西港附近，不如你随我去取？"

这冥市中人非盗即匪，不敢光明正大地卖货，都是因为以前干过杀人越货一类的勾当，谁知道他的落脚地是不是贼窟，楚曦傻了才会去。于是，楚曦摇摇头："我没什么时间，你带了多少钱，我便与你换多少，或者若你有什么好流通的值钱货，我也能与你以物易物。"

贩鲛人略一思忖："二位若是要出海，倒有一物能派上用场。"

楚曦："哦？"

"你等等。"

那贩鲛人回头在身后的箱子中取出一物来，竟是个人头大小的螺。楚曦蹙起眉头，正奇怪此物有何稀罕，就听见一声喟然长叹。

"唉！命啊！都是命啊！"

那长叹竟然是从螺里传出来的，径直灌入他耳朵深处，在他的脑海中回荡。

"你听见什么没有？"楚曦扭头，见昆鹏摇了摇头。

这时，他眼角的余光又见螺中黑影蠕动，仔细一看，只见那碗大的螺口中，竟然探出了一张惨白苍老的人脸！

这情形好不诡异，楚曦的后背感到一阵发凉，冒出一层冷汗来。

"公子曦，你命中有劫啊！"

听这个人面螺竟然直呼他的名讳，楚曦更是觉得毛骨悚然。他曾听闻这种人面螺乃是海中最古老的生灵，能未卜先知。凡是它的预言，无一不应验，不听劝告者的下场往往是悔恨莫及。且世上之事，上到天界下及黄泉，它都无所不知无所不晓，堪称万事通，亦能看穿人的前世今生，故而在海中能引领迷途的亡灵往生。

他定了定神："你说什么？"

"这劫数乃你命中注定，将如影随形伴你左右。"

楚曦奇道："如影随形？我这劫数……是个人不成？"

"非也，非也。"人面螺眯起双眼，"似人非人，似妖非妖，乃上古魔物的一滴眼泪所化也。他执念甚深，公子，你需好好化解，循循诱导，将其引入正途，方能避免一场灭世浩劫。"

楚曦满腹疑问："这劫数何时到来？"

"已经到来，正在你身后呢，公子。"

楚曦下意识地扫了一眼船尾，便见小鲛正探头探脑地往他这儿窥视。

"贵客，这个人面螺如何？听见什么没有？"

楚曦回过神来，贩鲛人已经把螺口盖住，楚曦便问："这螺值几何？"

贩鲛人的目光贪婪："嘿嘿，你手上有多少鲛绡，这螺便值几何。"

"倒是坐地起价。"楚曦如此腹诽，却已经动了心，有小鲛在身边，鲛绡怕是不缺的，但这个人面螺却是可遇不可求的。正想着，贩鲛人已经站起来，拍了拍身后的一个货箱："若你不想要，我还有其他的。"

"那是何物？"

人面螺突然又开口道："公子，接下来有危险，快些离开！"

他的话音刚落，货箱上盖的黑布便被揭了下来——

哪里是货箱，分明是只兽笼！

笼中有一团蜷缩着的黑影，楚曦划亮火折子照去，当即愣住。

粼粼光点自火光里闪现出来，勾出一条鱼尾，鲜血淋漓，鳞片残缺得只余七七八八，惨不忍睹。鱼尾以上连接着的女人的身躯，更是瘦骨嶙峋，一团杂草似的乱发间，露出一对漆黑的孔洞。

——眼睛竟然已经被挖去了。

"鲛人的鳞，可比金叶子值钱。"那贩鲛人笑着从雌鲛的鱼尾上拔掉一枚鳞片，引得她浑身一颤。楚曦的船猛然一晃，一道水痕自船尾朝那对面的船袭去，迅雷不及掩耳间，贩鲛人已经被拖下船去，但听一声惨叫，人就在水中不见了踪影。

四下一阵惊呼，有人大喊："鲛人！鲛人！"

"快，快拿渔枪！"

"别让他跑了！"

难道，是小鲛？

楚曦四下一望，却不见小鲛的身影，便纵身一跃，落到那只兽笼前："昆鹏，拦住他们！"

说罢，他抽出匕首，将笼门几下撬开，一脚将笼子踹下水去，水花四溅间，一个影子自笼中蹿了出来，那小鲛迎了过去，二鲛双双遁入水中。楚曦恍然明白，那只雌鲛应该是小鱼仔的血亲！

找到亲人，应该就不再需要他了吧！也好。

此时数条船已经包抄过来，楚曦忙抓起桨划水，奈何暗礁嶙峋，船行不快。昆鹏跳过来，拔剑护住他的后背，气喘吁吁地道："公子！"

转眼间，二人已经被团团包围。

数杆渔枪对准楚曦的前胸后背，若他们稍不安分，便会瞬间被戳成筛子。

楚曦环视四周，平静地道："诸位，我二人深夜前来，只为买卖。这个人的死，乃鲛人所为，诸位也看见了，并不关我二人之事。"

"不关你的事？你将这鲛女放走，拿什么赔？"

黑暗中，一声冷笑响起，周围突然安静下来。楚曦顿时觉得食指隐约发烫，垂眸看去，见戒指上那枚红宝石正微微发亮，不由得一惊。

来者绝非善类，对他更是不怀好意。

这莫非是玄鸦为捉拿他而设下的圈套？

可玄鸦如何知晓他会来冥市？

这一念头闪过，便听呼啦一下，一抹人影自旁边的船上踏水飞身而来，落到他的面前。此人着一身长及脚踝的鱼皮斗篷，配合着脸上那似笑非笑的罗刹面具，在月光下一眼看过去，十分诡谲。

他默然不语，借着月光朝楚曦看去。

即便光线昏暗，一眼看去，眼前的男子亦是姿容摄魄。他肤色雪白，长眉秀目，脸似一块璞玉雕成，只着一袭寻常无奇的缥色深衣，头发随意地束起，便显得清冷高贵，超凡脱俗，宛如谪仙降世。

——嚄，可不就是谪仙降世？

听见此人一声嘲笑里透出丝丝恨意，针一样扎人，楚曦蹙起眉头，只觉得这个处境万分不妙，正欲动手反击，那个男子抬起手来，动作极快地伸出手指在他的胸前一点！楚曦避之不及，当下心口剧痛，向后栽去，抬眼只见那个人极长极锐的指尖挑着一缕血，往水中一甩。

"公子！"

昆鹏弯腰将楚曦扶住，低头察看他的胸口伤处，楚曦摇摇头，示意昆鹏冷静，不用看他便能觉察出这伤口并不算深，只是伤及皮肉。

这个神秘人不是想伤他性命，目的到底何在？

一块礁石后，突然钻出了一条黑影，正是小鲛。

他回眸看了一眼身后礁石上不再动弹的雌鲛，狠狠地一甩鱼尾，便朝前方追去，如同一支利箭极快地剖开海水，转瞬间就游近了那些船只。他四下张望着，目光落到其中一艘船上时他浑身一颤。

那个人仰卧着，胸口血流如注，不知道是否还活着。

他的眼前闪现出一幕相似的景象来——

男子也是这般卧着，双目紧阖，发丝散乱，胸口一个恐怖的窟窿汩汩冒血，将他全身上下染得一片鲜红，唯独一张脸苍白得可怕。

一股不可名状的痛苦在胸腹间炸裂开来，他觉得头疼欲裂，鱼尾上的鳞片剑拔弩张，身下的水流震荡翻涌，迅速聚成了一道涡流。

"快看！鲛、鲛人！"

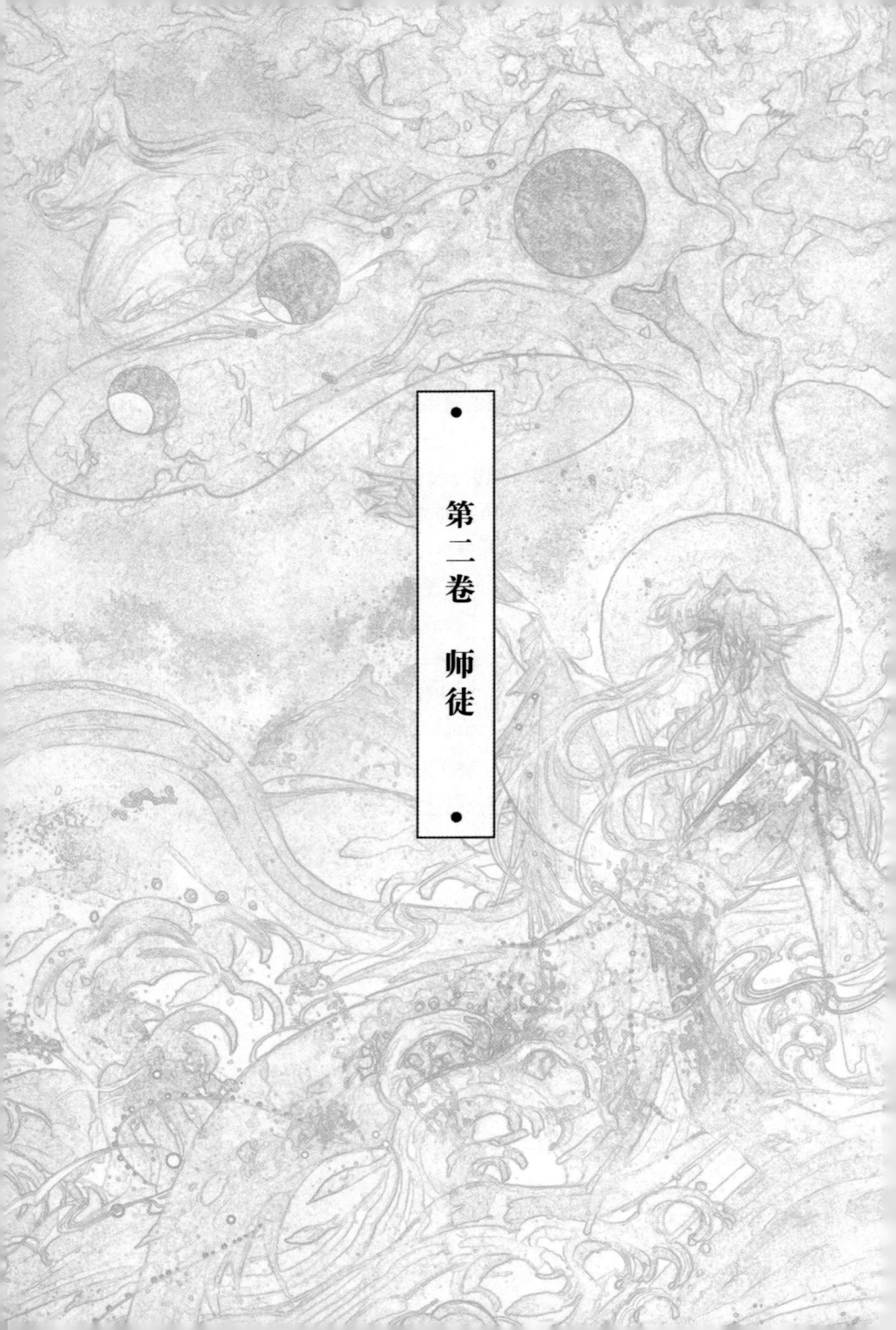

第二卷 师徒

第六章 孤岛妖兆

　　小鲛？楚曦一惊，闻言望去，果然见不远处凭空出现了一个漩涡，湍急的水流卷托起一抹黑影，又见那个面具人亦扭头在看，朝漩涡的方向抬起一只手臂，手腕颤抖着，竟似情绪异常激动。

　　楚曦暗道糟糕，难道这个人是为抓小鲛而来？

　　"小鲛！快走！"

　　楚曦的话音未落，那面具人五指合拢，当空一攥，漩涡顿时水花四溅，掀起滔天大浪，小鲛已经在水面上消失得无影无踪。

　　楚曦举目四望，发现一道三角形的水痕却朝另一侧极速袭来，船上的众人纷纷朝水中泼洒灰白色的粉末，一股香灰味弥漫开来。鲛人乃妖物，故而香灰这种辟邪之物也能让其退避三舍，这一点，楚曦也是知晓的。他定睛看去，见那水痕果然绕到几丈开外，心下担忧，小鲛应该是替亲人寻仇来了，可这帮人哪里是好对付的？

　　"老大，那好像是只幼鲛啊！"

　　"快，还不快撒捕鲛网下去！这回可赚大发了！"

　　"小鲛，危险！快离开！"

　　楚曦高喝一声，便听到一串奇异的吟唱声忽然飘了过来。

　　那歌声之美妙，音色之殊奇，胜过世间任何一种乐器，如泣如诉，又暗藏锋锐，似至醇至烈的美酒，穿肠化作利刃，直逼心魄。

　　楚曦听着，目光便有些迷离起来。

　　他只是失神，其他人却是如遭酷刑，纷纷捂住双耳，谁知歌声无孔不入地钻进脑中，一瞬间便令七窍俱淌出血来，连那个面具人亦未能幸免。

只见他咳出一口鲜血,一伸手扼住楚曦的咽喉:"让他停!"

楚曦回过神来,惊愕地道:"你以为他听我的?"

"他怎么会不听?"那个人恨恨地笑道,手指立刻收紧几分,尖利的指甲在他的颈间划出一道血痕。楚曦张了张嘴:"你不松手,我怎么喊出声?"

待颈间的手稍微一松,楚曦便手腕一扭,袖间一枚防身薄刃闪电般朝那人的小腹刺去,那个人闪身避开,指甲与利刃堪堪擦过,"铿",竟激起一声金石交错的声响。

只见这个看上去温和的男子一瞬间如变了个人,身手凌厉,仿如玉石开裂,骤见寒芒。面具人的一双眼眸里杀意暴涨,掌心聚起一簇蓝焰。这电光石火之间,楚曦瞥见他那只手泛着点点光斑,竟像覆着一层细鳞,还未看清,只听"扑哧"一声,一只血淋淋的利爪自此人胸前贯穿而出!

那个人闷哼一声,翻入水中,反应却是奇快,一跃跳到另一艘船上,却似不甘心似的,还远远地回头看了一眼,才纵身遁入黑暗之中。

"快,快逃,鲛人来了!"

船上的其余人见状,也是接连跳船,四肢并用,拼命地划水,可口鼻耳目却被鲜血糊住,没能游出多远,便一个接一个地溺毙在水中。

楚曦只觉得手脚冰凉,胃里翻江倒海似的,屏住呼吸去察看身旁的昆鹏。昆鹏已经昏迷过去,被他拍了好几下脸也毫无反应。

探了探鼻息,好歹还有口气在,又摸了一下脉搏,楚曦这才松了口气。

这时,"哗啦"一声,一道凉意自背后袭来,继而腰间一紧,一双湿漉漉的小蹼爪从他的腋下探来,把他死死地搂住了。楚曦浑身僵硬,却觉得腰间那双小蹼爪在微微发抖,没有半点儿伤害他的意思,反倒像将他当成了救命稻草。他的心一软,耳畔回响起人面螺的话来。

"执念甚深",莫非指的是对人族的仇恨?也是,这小鲛,不就是一个目睹了亲人的惨状而发起狂来复仇的小孩子吗?

可循循善诱,将其引入正途……

这小鱼仔到底是妖兽,本性凶残,能听他的话吗?

楚曦硬着头皮扭过头,摸了摸身后小鲛的脑袋:"小鲛?"

030

小鲛连头也不抬,鱼尾一拱,扑进他的怀中,撞得他险些翻下船去,堪堪稳住身子。垂眸瞧去,不知道是不是光线的原因,楚曦发现小鲛尾鳍末端的那缕红色更暗了些,而且像有蔓延上来的趋势。扫视了一圈周围的惨状,楚曦吸了口气,极力保持镇定,柔声问:"小鲛,刚才那雌鲛呢?"

小鲛摇了摇头,将他抱得更紧了,双耳一抖一抖的,显然是在哭。

楚曦想起那雌鲛奄奄一息的惨状,心想定是没活下来,不禁有些心疼,这小鲛的感受,与他幼年丧母时大抵差不了多少吧。

发现小鲛的嘴角还有些血渍,他忙用袖子替小鲛擦了擦,又掬了捧海水,把一双蹼爪洗净,连指甲缝里的血污也细细清理了一遍。一抬头,便见一对琉璃眸子睁得大大的,眨也不眨地瞅着他,眼底清晰地映出他的脸,也不继续哭了,安安静静的,一声不吭。

楚曦松开手,小鲛盯着自己的蹼爪好一会儿才缩回去,好似不知该把它们往哪儿搁般缩在胸前——真是个小可怜,楚曦轻叹一声,又见小鲛仰脸凑近,噗地吐出一团鲛绡,粘到他的胸口伤处。

真是暖心死了。楚曦心头微热,捏了捏他的耳尖。

听见远远有动静传来,楚曦转头察看。

岸边的火光愈发多了,显然水师已被惊动了。他抄起船桨,小鲛的反应奇快,一下子跳进水里,推着船游动起来。

见他如此善解人意,楚曦一哂:"小鲛,带我到附近的岛上去!"

船立刻行得飞快,在海中乘风破浪,须臾,便抵达了一座小岛。

楚曦环顾四周,岛上没有亮光,想必也没什么人烟。

他将船拖上浅滩,这是刚才为了解救雌鲛而跳上的贩鲛人的船,船上装了几个大货箱。昆鹏还没苏醒,他就在几个货箱间翻找出些遮雨的布,在船上搭了个简易的帐篷。来回挪动间,一个圆形物什咕噜噜地滚到了脚边,没待他看清,就听一声哀叹响了起来。

他头皮一麻,低头看去,这不是人面螺吗?

"天命啊!天命——"

它这一声长叹,不像是被摔着了,反倒像是对他叹息似的。可这个人面螺,口朝下,埋在血水里,模样颇有点凄惨。楚曦蹲下来,把它翻了个面,那张苍老的脸便又探了出来,嘴里咳出一大口黏糊糊的血痰。

楚曦猛地退了一步。

其实他本来有点儿洁癖,但前段时间天天被泡在鲛人血里,硬生生地把这个娇贵的毛病给折磨没了,但遇到特别脏的东西还是会有条件反射。

"公子啊!我们也算有缘,关于你的劫数,我且再多说几句。"

楚曦看了一眼累坏了在浅水区趴着休息的小鲛,点了点头。

"喀喀,你先喂我一口海水。"

"……"

楚曦抱着人面螺跳到滩涂上,把螺口浸入水里。小鲛把头凑了过来,人面螺一下子慌张起来,脸缩了进去:"哎呀哎呀!这个小魔头怎么来了?快、快、快让他走开,我与你说的,一个字都不能让他听见!"

楚曦:"……"

这个人面螺难道认识小鱼仔不成?"小魔头"又是什么鬼?

好不容易才把小鱼仔赶到一边,楚曦问:"你要跟我说什么?"

这个人面螺被这么一吓,也不故弄玄虚了,语速快了许多:"我说,那个小魔头就是公子的劫!他缠上了公子,公子就得好好教他!鲛人成年后是可以化人的,你若不把他教好,以后会酿成弥天大祸!"

"如何教?"

"你得先赐他个名字,再教他说话写字、礼仪伦常,让他知善恶,明是非,懂礼仪,明白何为可为,何为不可为。"

楚曦觉得头有点儿大,这岂不是养孩子?

眼前晃过那些人葬身大海的情景,他的心头一紧,诚然,小鲛心怀仇怨,又开了杀戒,若没人好好教他,恐怕以后真会嗜杀成性……

楚曦想了想,又觉得奇怪:"可这小鲛为何会是我的劫?我是他的救命恩人,他知恩图报,他方才在愤怒之际,也不曾伤我一根毫毛。"

但见人面螺的眼睛一闭:"天机不可泄露。"

楚曦忍住一拳把它的脸揍进去的冲动,举起它来,作势要扔。

"天、天机真的不可泄露!公子!你欺负我一个老人家像什么话!"

楚曦道:"你一个螺,卖什么老?"

"万物皆有灵……"

楚曦抡圆了手臂,人面螺号叫起来:"他、他、他前世与你有渊源!"

楚曦一怔："有何渊源？"

"他前世是你的弟子，所以今生还愿意听你的话。"

"弟子？你之前不是说他是什么上古魔物的眼泪所化吗？怎么又成我的弟子了？"楚曦吃惊地把人面螺放了下来，却见人脸缩了回去，瓮声瓮气地道："其他真的不能说了，泄露天机可是要遭天谴的，我一把老骨头，实在是受不起，公子，你就放过我吧。"

……螺肉里哪有骨头。

"胡说八道。"楚曦腹诽道，心中却起了一丝说不清的复杂情绪。

前世？太荒谬了吧！

"那你知不知晓，那面具人是什么人？因何目的而来？"

人面螺打了个呵欠，然后一声不吭了。

楚曦感到无可奈何，脑子很乱，实在是困倦极了。帐篷里挤不下两个人，他便清理起其中一个大点儿的货箱来，打算腾出点儿地方睡觉。箱子中什么稀奇古怪的物件都有，可吸引楚曦注意的，却是一支笔。

他向来喜欢收藏好笔，忙拾起来细看，只见那笔杆似乎由白玉所制，上面雕有精细的纹路，笔尖漆黑，柔韧无比，不知道是由什么动物的毛制成。将这支笔握在手里，他便有些技痒起来，竟想当场作画一幅。

又看了看箱子，箱底还有一个卷轴，他点燃火折子展开一看，绢帛上密密麻麻的全是字，略略读来，像是修炼什么功法的秘籍。

而修炼这功法的法器，正是他手上的这支笔。

"喀喀，公子，"忽然听人面螺又出了声，楚曦感到微微惊愕，"你手里的卷轴乃上古修仙之法，你骨骼绝佳，性情坚忍良善，正是适合修仙之人。那海盗头子将其从沉船中捞出，能落在你的手上，也是命中注定，不妨细细读之，我愿助公子一臂之力。"

见青年执着笔，露出若有所思的神情，人面螺目光微动，忆起数百年前他在穹幕上信笔挥毫的潇洒身姿，不禁暗自唏嘘了一番。

"可惜了，我对修仙没什么兴趣，不过习些术法傍身倒是不错。"楚曦云淡风轻地一笑，"那日后可要多麻烦你了，老螺。"

人面螺在壳子里翻了个白眼，若要算上前世，这小子并没有比他小多少，皮相年轻罢了，还不是因为他当年被这师徒俩那场惊天动地的大战害得只剩下一魄……他郁闷了半晌，憋出一句："公子，今晚要变天，有雷雨，你找个地方避避为妙。"

人面螺说完这话不出半炷香的工夫，楚曦就听见头顶隐约传来一串闷雷声——他不禁腹诽，这个人面螺，专门预测坏事，这该说是预言准还是乌鸦嘴？

抬起头，他便望见穹幕上云翳翻涌，一轮弯月竟似被这海面上的鲜血染成了极为不祥的赤红色，犹如一只妖异的眼睛。

一滴雨水落在额头上，他眉心蹙起，心中涌起一股不可名状的不安。

他翻进那货箱中，正要关箱盖，哧溜一声，一个影子以迅雷不及掩耳之势钻了进来。楚曦哭笑不得，却听外头雷鸣阵阵，便只好把露在箱外的半截鱼尾也捞进箱子里，合上箱盖，侧卧下来。

箱内一片漆黑，唯有一对近在咫尺的碧蓝色的光点忽明忽灭，似两簇鬼火，颇有些瘆人。楚曦头皮有点发麻，伸手去遮，只听一串低低的呼噜声，小鲛湿答答的鼻尖蹭了蹭他的掌心，一双蹼爪把他搂住了，跟着鱼尾也缠了上来，将他勒得一阵窒息。

他心下哀叹，这绝对，绝对比这么大的人类孩子要黏人多了，简直是还没断奶的奶娃娃啊！

罢了，刚刚没了娘应该就是这个样子，他丧母那会儿也难过得每天尿床来着……

他认栽地闭上了眼睛，在摧枯拉朽的雷雨声里慢慢入睡了。

第七章 洞中赐名

次日一早，刚推开箱盖，楚曦便惊呆了。

四周茫茫一片，皆是海水，这还不算什么，他们压根就不在船上，一个孤零零的箱子在海面上漂浮着，那船连带着昆鹏都无影无踪了。

莫非是昨夜暴雨涨潮，把箱子和船冲散了？

这么大的动静，他竟然睡得毫无察觉！

楚曦低头看了一眼身旁的小鲛，他眨巴着眼睛，也是一脸困惑的表情。

见他的唇边没有血迹，蹼爪也干干净净的，楚曦才放下心来——

好歹不是他把人吃了。

楚曦站起身来，没发现小鲛眼底闪过的一丝狡黠。

他真是觉得倒霉透顶。好在箱子漂得不算远，有小鲛相助，太阳升起时便回到了附近那座小岛上。一上岸便变了天，他只好在沿岸一处临水的洞窟里暂时落脚，怎料这雨一下，一整天都未停。

他找了些树枝，在洞中生了火，烤了小鲛抓来的鱼吃过，就研读起那秘籍来。看了一阵子，已有所悟，正看到一句"九流分逝，北朝苍渊"，心中一动，看向趴在旁边水洼里的身影："小鲛。"

小鲛竖起耳朵，朝他爬过来。

楚曦摸了摸他的脑袋："你今后就叫沧渊。你是鲛王，是海中之主，这个名字，再适合不过了。"

"沧……渊。"

沧渊眨眨眼睛，只觉这个情形万分熟悉，恍惚着重复了一遍自己的名字。

似乎许久之前，也有一个人赐过他名字。

他的声音比人类孩童悦耳许多，极是魅惑。楚曦一怔，又道："我叫楚曦。"他停顿了一下，想起人面螺的话，"以后，我就是你的师父。"

"楚……曦……"沧渊的嘴唇翕动，声音微微颤抖着，"……师父。"

只是念出这两个字，肺腑便似撕裂开来，感到阵阵锐痛。

他蹙起眉毛，两行泪水突然从眼角滚落下来，凝作珍珠四处乱迸。

楚曦诧异地替他擦了擦眼角："怎么就哭了呢？"

沧渊困惑地摇摇头。楚曦心想，这小东西大概是想起母亲来了，抬起他的下巴来，认真地道："若是你不知道的事，就说'不知道'。"

沧渊鹦鹉学舌般道："不……知道。"

楚曦忍着笑，刮了一下他的鼻头。沧渊盯着他修长莹白的手指，伸舌舔了舔。楚曦忙缩回手，小鲛虽然还小，可眉眼妖冶得已远胜女子，这般像只小猫似的舔人的手指，看着实在有点儿……怪。接着他突然意识到，这小鲛是雌是雄，他还不知道呢……

取沧渊这个男娃儿的名字是不是不太合适啊？万一是雌的呢？

楚曦往下瞟了一眼，可鲛人腰腹以下俱是鳞片，哪里看得出来？罢了，就当男娃养吧。

他咳了一声，告诫道："以后不许乱舔人，我，或者其他人，都不行。"

沧渊抬起眼皮瞅着他，委屈巴巴的。

楚曦："想知道为什么，就问'为什么'？"

"为……什么？嗷？"

楚曦嘴角抽搐着，憋着没笑出声："因为，你日后成年，也是要化成人的，你得学着像个人一样，不可以乱舔乱咬，知道吗？"

沧渊似懂非懂地点了点头，眼睛却还盯着他的手。

楚曦正色道："明白了，就说'明白'。"

"明……白。"

楚曦见他如此温驯，心下大悦，不由得又想，这小鲛的脾气这么暴，他的话倒是肯听，万一以后要面对别人呢，便道："还有，以后要求别人做什么事，要在开口时第一个字就用'请'，知道吗？"

小鲛像模像样地答："请——"

"请师父做什么？"

"请师父，抱，嗷。"

楚曦微微一笑，灿若星辰："乖。"

沧渊一咧嘴，浑身鳞片亦愉悦地轻轻颤抖起来，发出细碎的响声。见沧渊的神态可爱，楚曦一阵手痒，轻轻抚去，只觉得那鳞片似乎在争先恐后地向他讨宠，挠得掌心痒痒的。沧渊惬意地眯起眼睛，喉头呼噜个不停："请师父……师父……"

楚曦被他黏得受不住，拍拍他的背："好了，师父的肚子饿了，你去捉几条鱼来可好？"

沧渊不太情愿地扭了扭尾巴，却仍然听话地钻进了水洞里。

不一会儿，他就满载而归。楚曦去洞窟附近的溪涧里寻了些淡水，又摘了些野果回来，把沧渊捕到的鱼放在岩石上烤。他府中人少，偶尔也亲自下厨，对烹鱼别有一番心得。这是条鳕鱼，楚曦把鱼包在叶子里，烤得外焦里嫩，又把野果碾成浆抹在鱼上，登时香味四溢。

见沧渊馋得双眼发直，楚曦乐得不行，小鲛哪曾吃过熟食？生肉如何比得上烹调后的美食？他自然不会放过教化沧渊的好机会，一把拍开沧渊伸来的爪子，折了两根树枝："喏，用这个夹。"

沧渊犹犹豫豫地把树枝抓在手里，照着楚曦的示范胡乱摆弄了几下，便迫不及待地去戳鱼肉，又被楚曦捏住了手腕。

楚曦摇摇头："嗯，不合格。"

沧渊笨拙地把树枝捏出一个交叉型，"咔嚓"一声，断了。

他眼巴巴地看向他："请师父，喂。"

楚曦摇摇头，又折下两根树枝，手把手地教他怎么用。

"这样，拇指撑住这里，中指和食指用力……"

男子的掌心温润如玉，暖暖的。

恍惚之间，耳畔有另一个声音响了起来。那个声音似楚曦又不似，又陌生又熟悉。

"沧渊？沧渊？小鲛！"

听见耳畔接连几声轻唤，沧渊才回过神来。

"记住了吗？"

一缕温热的气流呼到他的腮边，沧渊的耳朵一抖，竖立起来。

手里的树枝"啪嚓"一下，再次折断。

——走神了。楚曦扶了扶额头，又折了两根树枝，手把手地重复了足有十来遍，沧渊才好歹学会夹东西，可距离将食物送到口中还任重道远。

这一晚，楚曦总算意识到了为人父母的艰难。

安顿好小鲛，他便出去搜寻昆鹏的下落，可外头下着大雨，无星无月，海上一片漆黑，自然是寻不着昆鹏的踪迹，他着急也没法儿，只好暂且作罢。

这一场雨一下，就连绵不绝地下了整整一周，海上起了大雾。

楚曦白日造筏，晚上研读秘籍。确如人面螺所言，他的根骨奇佳，天赋极高，寻常人需三年五载才能领悟的诀窍，短短数十日，他便已了然于胸。这日，他正盘腿打坐，忽然觉得丹田处聚起一团热意。

解开衣衫细看，他果然见腹脐处有一根脉络在微微发亮，依那秘籍中所言，是到了第一层"筑基"之兆，他已算是入门了。

他执起玉笔，照书中所说，在掌中画出脑中所想之物。瞬息之间，一只信鸽自掌中凭空冒出，他的双眼一亮，却见它扑棱了几下翅膀，又化作一缕轻烟消散了。他却并未气馁，反倒颇为愉悦。

学是学会了，但到底修为太浅，尚需多加练习。

听见背后"哗啦"一声，楚曦转过身子，沧渊正从那直通海里的小洞里钻出来，嘴里叼着条鱼，一抬头，顿时扭了脖子。

鱼"啪嗒"一下从嘴里掉到了洞外，上下扑腾着。

楚曦忍俊不禁，一把将那条鱼按住，一掌劈晕。

沧渊回过神来，抬眼就与一双扑闪扑闪的眸子撞了个正着。

见他可爱至极的模样，楚曦忍不住捏了一把他的脸，却见他双耳一颤，似乎害羞了一般，垂下了眼皮。楚曦不由得心头咯噔一下，突然想到了一个问题——这小鲛，这么容易害羞，别真是只雌的吧？

那以后，他可得注意些了。

雌的……授受不亲。

以后不能让小鲛搂着自己睡觉了。

"师父……"

见小鲛爬过来，一副又要向他求抱抱的样子，楚曦立刻退了一步。

"以后不许随便对你师父搂搂抱抱的了，知道吗？"

"为……什么？"

沧渊仰起头，一副受了很大打击的表情，眼看又要泣珍珠了。

楚曦扶了扶额："因为……你以后长大就会懂了。"

说完，他又感到自己的肩膀沉重了不少——

毕竟，养闺女比养儿子可要麻烦多了。

长大才会懂？为什么呢？

浑然不知自己被弄错性别的沧渊想了又想，百思不得其解，便把这归咎于人族奇怪的规矩。他故技重施地朝楚曦撒了会儿娇，楚曦却坚决不让他近身。他想不明白自己做错了什么，又困惑又气急败坏，钻到一边的水洞里，拿鱼儿小虾们发泄起怒火来，搅得水底下哀鸿遍野，连偷偷跟来的人面螺也挤在石缝里不敢吱声。

在水下闹了一会儿，沧渊便觉得无聊起来，趴在水底生闷气。想起方才师父躲着他的样子，他的心里生出一种不可名状的恐惧来。师父会不会以后都不让他靠近了呢？

如果不让他靠近了该怎么办？

不如把师父困在这里，让师父只能和他待在一起……

一片静谧之中，沧渊的脑中突然冒出一个古怪而阴暗的念头。

第八章 小鲛救师

总算得了清静,楚曦便又坐下来练功。

过了筑基阶段,便要开始尝试炼精化气。他自小习武,奇经八脉早已打通,为了伪装成手无缚鸡之力的文弱公子以求自保,便时常将气户穴封住,久而久之,真气行至心口处就偶有阻滞的状况。

此时他才运气行过一个小周天,便觉得胸闷异常,硬冲了一下,心跳突然加速,一口气竟然提不上来,顿时暗叫不妙——他的旧毛病又发作了。当下摸出随身携带的医药包,取出银针,手竟然抖得抬也抬不起来。心跳越发快起来,引来阵阵剧痛。他捂住心口,喘息着道:"小……鲛……沧渊……"

听见上头传来一丝低弱的呼唤,沧渊"噌"的一下蹿出了水面。

只见楚曦的脊背弯曲着伏在地上,一头墨发遮住了脸,唯独露出没了血色的薄唇,衣袍都被汗水沁透了,粘在修长的身体上。他一愣,一甩鱼尾蹿过去:"师,师父,你,怎么了?"

楚曦痛得浑浑噩噩的,经他这雪上加霜的一抱,差点当场毙命,听见他的大声呼喊又清醒了少许,用那根银针戳了一下沧渊。沧渊吃痛,"嗷"了一声,这才松开双臂,楚曦气息微弱地道:"用、用我手里的东西。"

沧渊垂眸看了一眼银针,用蹼爪摸了摸,一连被扎了好几下,一气之下,索性俯首叼起银针来,一脸认真地等待楚曦的下一步指示。

楚曦哭笑不得,手颤抖着把衣襟扯开,指了指心口的气户穴。在他的心口处,有一颗红艳艳的朱砂痣。

沧渊盯着那颗痣,莫名发怔。

"快些……"楚曦声音虚弱地催促,"再磨蹭你师父就要归西了……"

沧渊聚精会神地咬紧齿间的银针,缓缓地刺入楚曦的心口。

楚曦咳出一口鲜血,呼吸顺畅了些许,心跳却仍然很快。他又指指那个医药包:"那里面有个小瓶子……取出紫色的药丸喂我服下。"

沧渊依言照办,谁知道晃了晃瓶子,却未倒出东西来。

楚曦差点儿背过气去,真是祸不单行!他觉得头晕目眩,深吸一口气,气若游丝地道:"小鲛……你去看看,附近的浅滩上,是否有一种紫色的水藻,长得……长得像人手,夜里会发光……"

沧渊转头跃入水中,如离弦之箭般蹿了出去。

"哎,你等等,我告诉你在哪儿!"

人面螺的嘴里喷出一团气泡,想叼住沧渊的鱼尾,却被甩了个大耳光,掀出水面,不禁一脸生无可恋的表情,正好与楚曦面对面,大眼瞪小眼。

"你,你怎么……"

楚曦喘息着想笑,一不留神被自己的口水呛到,猛地一阵咳嗽。

人面螺翻了个白眼,用舌头顶起螺身,便往洞外走。楚曦被它行走的姿势震惊得瞠目结舌,只见它刚到洞口却又一停,骨碌碌滚了回来:"有人来了,不是善类!"

人面螺的话音刚落,楚曦便觉得食指一热,戒指果然亮得通红。

人面螺一眼看见那亮光,瞠目结舌:"你身上怎么会有魔元丹?"

楚曦愕然:"啊?魔元丹是什么?这是我小时候吐出来的。"

闻言,人面螺不可置信地倒吸一口凉气:"……罢了,以后再告诉你,你赶紧看看秘籍里七十六页那招逆血术,临时抱个佛脚吧!"

楚曦忙撑起身子,迅速将秘籍翻到那页,强打精神默念心经,一边运气逆行血脉,终于,在流了一地鼻血之后,心跳竟然渐渐平稳下来。

人面螺道:"这逆血术只能撑一会儿,打不过就跑!"

楚曦心想,那他为何不现在就跑?

万一等小鲛回来,他岂不是也很危险?

总之,把那个不速之客引开再说。

想到这里,他揣起那支已经越发用得顺手的玉笔,叮嘱人面螺去找小鲛,随后拔腿就走到了洞外。

朝岛中的方向走了一段路,身后便传来一阵窸窸窣窣的声响,他回过身去,但见一个佝偻的人影自树影间走了出来:"公子?"

"元四?"见自家老仆竟然还活着,楚曦感到又惊又喜,却觉得戒指烫得吓人,心头微妙地一动。近看之下,他只觉得元四满脸殷切的神情有点儿说不出的古怪。元四攥住他的双臂:"公子,老奴可找到你了!"

楚曦状若无事地道:"你怎么找到这儿的?"

"昆鹏那小鬼带我来的,他找了公子好些天了,这会儿去岛的另一边找公子去了!公子,你一个人在这座岛上待着?"

"是啊。"楚曦点了点头,元四的语气十分正常,他找不到古怪处在哪儿。元四笑道:"公子,我先带你与昆鹏汇合吧?"

"嗯,你带路。"

"哎。"元四应声,转到前方,沿着海滩往前走,"公子,我方才来时,路过了一个石洞,那洞中有火有食物,是你留下的?"

"嗯,是。"

"我见那洞中还有珍珠和鲛绡,公子怎么忘了?不如老奴去拿?"

"好。"楚曦渐渐放缓脚步,与元四拉开一段距离,盯着他身后的影子。一个驼背的老伯,影子却很瘦长,若非他恰巧习了这秘籍中能识破障眼法的"瞳窥术",恐怕会被蒙蔽过去。

元四已经死了,他面前这个,不是元四。

楚曦觉得脚底发凉,步履却很稳,元四并未察觉什么异状,与他一前一后地往洞中走去。往洞里一望,楚曦便步子一顿——

那小鲛怀里抱着人面螺,还趴在洞里乖乖地等他!

楚曦在心里大叫,老螺不是应该把这尊小祖宗请走了吗?

人面螺转过脸,面如死灰:"他不听我的话,非要等着你。"

楚曦感到一阵无语,但见那元四骨骼"咯咯咔咔"一阵轻响,身形骤然变高变大,发出一连串尖锐的轻笑,这个笑声楚曦又怎会不认识!

——还好,这个人是冲他来的。

玄鸦,又或者,该叫楚玉。他们二人的旧账,也确实该清算了。

楚曦足尖一点,脚下生风,往后一跃到了洞外,却见玄鸦并未追出来,数十个黑衣人从周围的树上一跃而下,将他团团包围,玄鸦自己却一展黑骨银扇,径直逼向了小鲛!

……我还真是得了个烫手山芋啊,楚曦心想。

"沧渊,下水!"

楚曦高喝一声,甩出袖间的短刃,堪堪挡住迎面一击,又旋身闪开背后一刀,却见洞中银扇翻飞,小鲛上下乱窜,就是不肯下水逃走。楚曦心下焦灼,好容易才避开左右夹击,有点儿力不从心起来,急得大喊:"沧渊,你,立刻下水,为师以后就天天给你抓鱼吃!"

"……"玄鸦的动作一僵,他见鬼般地回头看了一眼,脸上的面具都掉了下来。就在这一瞬间,沧渊趁机一溜烟地钻进了水洞里,没了踪影。

楚曦松了口气,几下劈翻围住他的黑衣禁卫,赶在追出来的玄鸦面前。玄鸦的面具已经完全脱落,露出他那张冶艳的本相来,殷红的唇角一勾,媚意横生,一双桃花眼更是顾盼生辉:"哥哥,好久不见啊!"

"久违久违。"楚曦双眼一眯,懒得跟他啰唆,手中的袖刃与银扇当空交错,擦出一道刺眼的火光,便见袖刃立刻断成了两截!

他感觉虎口剧痛,退后几步,勉强站稳,扯起唇角冷冷地一哂,月光洒满周身,似乎洗去了他一身柔和的气息,浑身上下一刹那间变得凛冽起来。

楚曦与这个堂弟还真不少"久违",当年带头逼宫的是他,上门抓人的也是他,这个人把"恩将仇报,丧心病狂"八个字演了个淋漓尽致。也不知是不是上辈子欠了他的,自打把父母早亡的楚玉领进门来,楚曦的家族便劫难不断,一路衰败。谁能料到楚玉会放着好好的公子不做,偏要做细作,与胸怀狼子野心的逆臣里应外合,颠覆了整个王朝,最后还不要一官半职,仿佛专为了跟他作对,简直脑子有病。

见银扇翻飞着袭来,楚曦向后一仰,半截袖刃抵住直逼咽喉的扇刃,眼见片片扇刃竟似条条软蛇,扭动着分散开来,眼看就要缠上他的脖颈。楚曦感到有些不敌,就在此时,忽然怀中锐鸣一声,自动飞出一物,光芒陡涨,竟然是看似不堪一击的玉笔,"铿"的一下将银扇震得四分五裂!

玄鸦脸色骤变,快速后退几步:"你……法力恢复了?"

恢复?楚曦有些莫名其妙,喉头又涌起一股血腥味。

其实他已是强弩之末,随时都可能晕倒,索性抓紧笔杆便朝玄鸦扑去,试着使出那秘籍中的一招"落笔生辉",只见笔尖爆出一道耀眼的光束,骤然变长变粗,竟然变成一把光华万丈的长剑。楚曦一惊,手臂间涌出一股真气,扬手削下。玄鸦举扇相迎,只觉得一股磅礴、霸道的力量如惊涛骇浪般当头拍来,当即被震出几丈之远。

玄鸦满脸震惊地看了楚曦一眼,下一刻,全身的骨头都软化下去,整个人融化成一团漆黑的软物,钻进土里不见了踪影。

"……"

楚曦愕然半晌,只觉得他自从遇上小鲛以后,遇到的怪事便多了起来,连人也变得奇怪了。再一看,手里的长剑又变回了笔的模样,他头重脚轻地倚着一棵树坐下,喘了几口气。

心口剧痛阵阵,他的额角青筋扭动,豆大的冷汗淌了下来。

这已经不是第一次了。

他自小便有这隐疾,请了无数大夫,谁也说不出个所以然来。自从他吐出那颗红色的怪石后,每次这病发作便更加剧烈,像心窍里缺了一处似的。

楚曦垂眸看向那枚戒指,不禁一惊。

那枚奇石还在隐约发亮。

闪闪烁烁的,像一只眼睛。

混沌的脑海里,似乎有人在低声絮语,反反复复地念着那一句。

他闭上眼睛,浓稠的黑暗从四面八方涌了过来,让他有点儿胸闷。

他仰起头来,一滴汗水顺着修长的颈项流下来,正落到心口处。

滚烫滚烫的,像是一滴泪,灼穿了皮肉。

"师尊,如此,我便能永远跟随你了,你欢喜不欢喜?"

楚曦浑浑噩噩地咬紧下唇,全身汗水淋漓,像是从水里捞出来的冰雕,只有唇齿间绽出一丁点儿凄艳的血色。

第九章 戏里神魔

沧渊从错综复杂的地下水洞里游了出来，甩了甩头上的水，抬头便见一抹颀长的黑影立在面前，身上的斗篷随风上下翻飞。

嗅到年长的同类气息，他的瞳孔一缩。那个人半蹲下来，似笑非哭的罗刹面具上，一对眼孔内眸光暗涌，有什么难以形容的情绪在波动。

沧渊本能地往水里缩了一缩，却看清了那个人手里抓着的东西。

那是一个形状奇特的铁环，环身反射着妖异的光泽。

沧渊转身蹿入水中，却感到一道巨力突然勒住了他的脖子。

……

一声尖锐的嘶鸣自黑暗中响了起来，楚曦打了个激灵，猛然惊醒。

小鱼仔！

他扶着树站起来，抬脚就踩到一坨硬物。

"哎呀呀，你踩着我的脸了！"

不用看，这说话的一定是人面螺。

楚曦挪开脚，弯腰把它捞起来，朝四周张望，却不见小鱼仔的身影，想起方才的那声嘶鸣，心往下一坠，自言自语道："糟了，肯定是玄鸦……"

"不是，是另一个人。"人面螺忽然道。

楚曦蹙起眉毛，另一个？是那个面具人？

眼前浮现出在冥市遇到的雌鲛的惨状，他的心头变得愈发沉重。

"那个小魔头被带去那个方向了，被带上了那边过来的一艘大船。"他垂眸，见人面螺用舌头指了指西南面，"你快追，务必在天亮前登上那艘船。那个小魔头若是离开了你，不知道会变成什么样。"

楚曦蹙起眉头，可木筏还没造好，他怎么追得上？

"有个小朋友今晚也一起跟着来了，他带了船。"

人面螺的话音刚落，楚曦便听背后远远地有人喊："公子！公子！"

昆鹏？

昆鹏气喘吁吁地冲了过来。"元四"的出现还让楚曦心有余悸，他不禁低头看了一眼戒指，见那枚红石并没亮起来，这才放下心来。

他立即问："这些日子你到哪儿去了？"

"还不是那个缠着公子的鬼东西！"昆鹏咬牙切齿，想起那天半夜的惊险情景，气不打一处来，"我半夜醒来，发现公子不在船上，却瞧见那个鬼东西从一个货箱里钻了出来，鬼鬼祟祟的不知道想干什么，我猜他多半是想吃了我！我心疑公子也在那个货箱里，冲上去想把他赶走，正准备察看货箱，谁知他把那个货箱往水里一推，就扑了上来！"

说着，昆鹏捋起袖子，手臂上斑斑驳驳的全是结了血痂的抓痕。

"那个鬼东西差点儿把我给活撕了！若不是我情急之下抓了一把石灰驱赶他，怕是就没命了！我当时喊你喊得很大声，公子，你一点儿反应也没有，任那个鬼东西拖着货箱游走了，可把我急死了！"

楚曦看着那些伤痕，暗暗感到惊骇，心中不免有些愧疚，这几日，他光顾着照料小鲛了，竟没想到昆鹏不是被冲走了，而是有这番死里逃生的惊险遭遇。可是，想来想去，这也怪不得小鲛，他只是个娃娃，没什么心眼，估计是半夜又饿了，才会对昆鹏下手，没想到昆鹏不好对付，他又不想离开自己，只好拖着箱子逃了。

没跟他说实话，也是情有可原的，小孩子嘛，都是怕责怪的。

可是，这可怎么是好？

绝不能让昆鹏知道他还要去救小鲛，否则昆鹏得气成什么样？

楚曦心虚地问："那……船还在吗？"

"那边。"

昆鹏抬起手臂一指，二人望去，俱是一怔。

只见海天交接处，有一个发亮的物体从夜雾中现出了轮廓。

那个物体看上去，就像是一座移动的城池。

昆鹏惊叹道："那就是……通往南赡部洲的客船？"

三天后，夜晚。

楚曦将笔收回袖内，受分水术驱动的波流渐渐平缓下来，小船悄无声息地漂向了那艘足有皇宫主殿大小的庞然巨舟。

巨舟共有十层，富丽堂皇，巍如山岳，需要仰头才能看见上方那云翳一般遮天蔽日的白色风帆与用来远眺的雀楼，转动脖子才能目测船头与船尾的距离。它的龙骨之大，宛如海底吞云吐雾的巨蛟，两侧船舷长桨密布，动起来犹如百足之虫，蔚为壮观。

这就是大洲之间往来的客船吗？

十几年来，他都被严密地监视着，不能踏出港口一步，楚曦还是头一次这么近距离地观看这种巨舟，不禁被震撼了。

"公子，你……什么时候学会这么厉害的法术的？"

沉默许久的昆鹏终于憋不住问了一句。

"也是最近几天，"楚曦笑了笑，"还没用熟，小试牛刀而已。"

——小试牛刀。人面螺心里犯嘀咕，若在几百年前，这位主子说自己"小试牛刀"，恐怕整个三界都会颤上一颤。

船上，来自五湖四海的船客多如牛毛，每层船楼都有百十来人，无人注意到底层船尾的甲板上多了两个人。

"这艘船不太对劲。"楚曦刚站稳，就听见怀里的人面螺道。

楚曦压低声音："哪里不对劲？"

"不知道，就是不对劲。"

"……你不是万事通吗？"

人面螺不说话了。楚曦扶了扶额头，心道所谓传说果然都不可信，不过，既然人面螺觉得这艘船不对劲，那他们还是小心为妙。

"公子……你一个人在自言自语什么？"

一只手突然伸到他的额头上，楚曦扭头见昆鹏神色异样地盯着他，这才意识到昆鹏听不见这个人面螺在说什么，怕是以为他中邪了。

"我们得找个地方藏起来，"昆鹏看了看四周，"听说这些客船对偷渡客查得很严，每夜都要查船牒，发现了偷渡客就会扔进海里。"

楚曦点点头："我们先上楼，在甲板上太显眼了。"

第一层船舱是个大戏院，上百张的桌子旁坐满了看客，走廊上也挤满了人，摩肩接踵的，十分拥挤，上头也不知道在演什么，似乎是傀儡戏，戏子们戴着面具，穿着戏服，舞刀弄剑，吊着索在戏台子上飞来飞去，烟雾噗噗乱喷，掀起下方一浪高过一浪的喝彩声。

台下，坐在桌子旁的看客装扮各异，一个桌子一种风格，有一眼能辨出来自哪里的，也有稀奇古怪看不出来头的。这种大客船通常会在沿线的国家挨个停上几天，所以船上从什么地方来的人都有。

楚曦挤到一个人稍微少点儿的角落，低声问道："老螺，小鲛在哪儿？"

人面螺在螺壳里沉默了片刻："距离太近，我定位不了。"

"什么？"

周围太喧哗，楚曦没听清，低头凑近螺口，但听"嘭"的一声巨响，像什么东西在那座戏台上炸开了似的，紧接着，噼里啪啦的一串敲锣打鼓声响起，震耳欲聋。他抬眼看去，只见烟雾噗噗乱喷，一个人影从天而降，一身银灿灿的长袍上下翻飞，头上顶着个庙堂里才能见到的神像脑袋，涂得五颜六色的，极其搞笑。

又是"噗"的一声，地上跳出一个戴着罗刹鬼面的人来，粉墨登场。

"哎，诸位听好！"

锣鼓喧天，那俩人摇头晃脑地拉开架势，打起架来。

"且说那几百年前北溟神君与遗墟魔尊惊天动地的旷世大战，搅得三界混乱，生灵涂炭，天穹碎裂，大地崩塌……北溟神君为打败遗墟魔尊，拯救苍生，甘愿以身殉天，承受天刑七天七夜，借助上穹神力将遗墟魔尊与其帮手魇魅封回了冥渊！自己却不敌天刑之威，终于魂飞魄散，灰飞烟灭——"

又是"噗"的一声，那"北溟神君"后头炸开了一蓬火光。

楚曦笑喷了。

"北溟神君"拔剑指着地上打滚的"遗墟魔尊"："你就是世上剩下的最后一个魔，只要除掉你，苍生便能得救，死我一个神又有何妨？"

"我要死了！死了！""遗墟魔尊"哇哇大叫，上蹿下跳，好不滑稽。

见楚曦看得津津有味，笑得眼泪都要出来了，人面螺一脸菜色，默默地把头缩了进去，发出一声叹息，可惜在满室的喧哗里，无人听见。虽然都过去七百多年了，当年那场大战也被传得乱七八糟的……可，北溟果然还是一点儿也想不起来了。

"错啦，错啦！哎呀，真是胡演一通！"突然台下响起一连串娇笑，那声音极富穿透力，竟然盖过了嘈杂的喝彩声。

"遗墟魔尊呀，不是被北溟神君打败的，是他自己跳回冥渊里去，自绝生路的！"

说话的是一个面容俏丽的红衣女郎，她坐在桌子上，一只脚踩着椅背，手里一条带刺的鞭子甩来甩去，显得又风骚又泼辣。

"你这小妮子，知道个屁！"隔壁桌有个戴斗笠的青衣人站起来，大笑了一声，"遗墟魔尊修炼了几百年才蹿出来毁天灭地，哪儿会自己跳回去，他怕不是有病吧，莫非还是想家了？哈哈哈……"

台下爆发出一阵哄笑，气氛愈发火热，台上也是精彩依旧。

"你才胡说！我的祖师奶奶可是亲眼看到了！"

"我的祖师爷爷还是魔尊他叔叔的舅舅的二哥他儿子呢！"

"滚！"

"哈哈哈……"

"……"

"楚曦，那红衣女郎是修极乐道的妖魅，以吸男子精气为生，青衣的是巫咸国的灵巫，都不是好惹的善类，你离他们远些。"

楚曦正听得饶有兴趣，忽然听见人面螺开了口。

"那些穿白色羽衣的人，则是灵修，你可与他们结交。"

"修仙世家？"楚曦把注意力从戏台上收了回来，往台下看了一眼，果然看见一张桌子上坐着一名白衣男子，广袖深衣，袖摆缀着片片绯羽，飘逸若仙，身旁还坐着一个绯衣短褂的俏丽少女。

"这等高人，招惹不起。"他移开视线，走到通往二层船舱的楼梯上时，尽管知晓小鲛不大可能会在这儿，还是往底下看了一圈。

正与身旁的人说话的白色羽衣男子抬头看了一眼，不偏不倚地与楚曦的目光撞上，两个人同时一怔。男子生得一副清朗如日月的好相貌，美中不足是那对颧骨有些高了，给人以冷漠高傲之感，所以他明明是从下往上看，楚曦却觉得他有种"在看脚下蝼蚁"的错觉。

只是他这只"蝼蚁"，似乎不巧引起了那个美男子的注意，他一对斜飞入鬓的眉毛拧了起来。那种表情既似震惊，又似惊喜，还带着点儿愤怒，按楚曦画人像的经验来看，那就是当"终于找到了欠自己八百万两黄金的人，这下可以追债了"时会出现的臭脸。

楚曦不禁回头看了一眼，没错，是在看他。

一瞬间，他有种最好不要跟那个高傲的美男子搭话的诡异直觉，于是在对方站起来之前，就脚底抹油地上了楼。

昆鹏小声问道："公子，你跑什么啊？那个人认识你？"

楚曦摇摇头，心里有点儿犯嘀咕，他见过那个人吗？没印象啊。

啧，不管了，先找到小鱼仔再说。

第十章 蜃气鬼船

船楼第二层是个大赌坊，烟雾缭绕，纸醉金迷，三教九流什么人都有，一个个光着膀子围着赌桌玩得浑身大汗。

楚曦匆匆转了一圈，正待上楼，就听见人面螺低声喊起来："等等，等等，你走慢点儿，我好像，好像嗅到了一股熟悉的气味……"

楚曦心道，搞了半天人面螺是靠闻的，鼻子比狗还灵啊。

"在你的右前方，有个人——"

楚曦抬眼看去，目光在那张赌桌附近转了一圈，定格在其中一个断了一臂的胖子身上。他自幼画画，识人记物都过目不忘。

他见过这个人，在冥市。

他左右看了一眼，随手拿了件别人脱下的衣物，走向角落的井屏，打算进去易个容，结果迎面撞上一个人。

那个白衣傲骨男用那种睥睨众生的眼神盯着他，楚曦感觉心里一阵发毛。

"请问，阁下……认识我吗？"

那个人盯着他看了半天，才从齿缝里挤出三个字："不，认，识。"

楚曦只觉得这三个字要是能变成剑，他已经被戳烂了。

"那……阁下请让让？"

那个人一动不动。

昆鹏发起狠来："这么看着我们家公子，你找死呢？"

"哎，昆鹏，收敛些。"楚曦生怕动静闹大了，惊动那个人，伸手把昆鹏往后一拦，对那个傲骨男一揖，低声道："得罪了阁下，请多包涵，我这个随从年纪小，出门在外，不太懂事。"

"鲲鹏？"傲骨男的表情总算有了点儿波动，他嘴角抽搐了一下，像是想笑，转瞬间又敛去了，淡淡地道，"你们可够随便的。"

人面螺心道，可不是嘛，一个转世不换脸，一个转世不换名字，真是一对主仆，找起来可省事了。

"你，跟我来。"

"啊？"

楚曦还没反应过来，已经被傲骨男捏住肩膀，出了赌坊，此人抓着他就像抓着一片羽毛，行走间脚不沾地，他根本没法挣扎，心中一悚，知晓自己是遇上了高人。

昆鹏在后面追得吭哧吭哧直喘气，转瞬间已被甩出老远，他们一路上了六七层，到了一间客房门前才停下，里边跃出个穿着绯色衣衫的少女来。

那个少女生得漂亮、机灵，眸若点漆，像只小鸟儿，盯着他端详了片刻，突然双眼一亮，蹦蹦跳跳地走了过去。

楚曦一瞟，见她走到昆鹏面前，踮起脚仰头"啾"地啄了他的脸一口。

昆鹏一下傻了，这半大小子的脸"唰"的一下红了个透，往后蹿了一大步，跳到了船栏上，指着她："你、你、你——干什么？"

绯衣少女笑嘻嘻地道："嘻嘻，打招呼呀。"

这修仙世家打招呼的方式都是这样的吗？

楚曦惊叹不已，胸口一紧，整个人被拽进了房内，门在身后"嘭"的一声被关上，那傲骨男轻飘飘地往椅子上一坐，道："跪下。"

"啊？"

"听不懂吗？跪下。"

人面螺气若游丝地道："这大逆不道的……"

楚曦有点儿蒙："敢问阁下，为何？"

傲骨男："我见你骨骼奇殊，是适合修仙之人，有意收你为徒。"

"收徒？"楚曦一阵莫名其妙,这个人一副要讨债的架势,把他抓上楼来，结果是想收他为徒？他这是走了哪门子的狗屎运啊？

不知为何，先前这个人面螺提起"修仙"二字，他只是无感而已，此时，却无端端地涌起一股哀厌之意，心里愈发担心小鲛，好似这明明不相干的两者挂在一架天平上，一端为责，一端为情。

他不欲在这里多纠缠，站起来就走，哪知他刚拉开门，就有一阵劲风袭来，吹得那门猛地关紧了。他拉了几下门把手，没拉动，顿时觉得不耐烦，手里聚起一团真气，一掌狠狠地拍去，那门仍然纹丝不动。

他回过头，不冷不热地挑起眉梢，随意一揖："阁下的好意，在下心领了，可惜在下心无大志，对修仙并无多大兴趣，而且在下与阁下素不相识，阁下如此，似乎有点儿强人所难吧？"

傲骨男半晌未语，似乎脸上有点儿挂不住，还努力维持着高冷之态，双颊却因为恼怒泛起一层薄红，连眼圈都红了。

楚曦竟有种自己欺负了他的感觉，而且还莫名有点儿习惯。

怎么这个人竟然是个外强中干的家伙吗？

看起来也约莫有个三十岁了，怎么这副脾气？

他心里觉得好笑，脸上一本正经地又道："阁下，我……先告辞了？"

那个人的脸色彻底垮下来，他声色俱厉地道："你……好大的胆子！你分明已有基础修为，练的还是我尧光派的法门，不拜入我门，岂非偷学？我尧光派对偷学者惩处极为严厉，是要毁去双目、断其筋骨的。你若不愿拜师入门也可，就请自罚之后再离开吧。"

"……"楚曦愕然，这个人显然是在逼他了，自毁双目、自断筋骨的事他肯定是不会干的，不禁觉得有点儿头大，便迟疑着道："容我……考虑一下。"

"限你今晚决定。"那个人一拂袖子，走了出去，"这间上房留给你了，还有里面那件衣服也是。"

"多谢。"楚曦问："阁下怎么称呼？"

那个人远远地抛下一句："灵湫。"

这个名字有点耳熟，但楚曦想不起来在哪儿听过，思索间却嗅到一股香味。桌上搁着一盘包子，一壶茶，包子还是热的。

楚曦拿起包子咬了一口，又倒了杯茶喝，手不禁一顿。这哪儿是茶，分明是酒，醇厚甘甜，回味无穷。他时常出入皇宫，也算喝过不少好酒了，可没一种比得上嘴里这种，怕是琼浆玉液也不过如此。

他忍不住多喝了几口，顿时觉得一阵舒畅，心口的淤塞感减少了不少，一股真气在筋脉中畅游,目光游离着落到墙角处,那个屏风后面似乎有一个人影。他走过去一瞧,便觉得眼前一亮。

那是一套与那灵湫身上所穿式样差不多的深衣,大体也是白的,但袖摆上缀饰的羽毛不是绯色,而是他最喜欢的缥色。

不知怎的,他只觉这套衣衫就像是为他量身定制的,穿上试了一试,腰身不宽不窄,袖摆不长不短,果真十二分地合身。扬手投足间,袖摆上的羽毛轻盈地浮动,宛如波流涌动,极为潇洒飘逸。

再揽镜自照,镜中之人既陌生又熟悉,似他又不似他,他将束发的缎带解松了些,一任如墨般的青丝垂下,只觉得如此才更合适。

他摸了摸自己的镜中影,这个动作绝非出于自恋——

而是一种没有来由的情绪,在他的眉宇间凝聚成一道折痕。镜子里他自己的表情,就像想告诫他什么事一样,手指点在他的心口处。

那里正隐隐刺痛。

他拨开衣襟,心口上的朱砂痣比之前更艳,似乎要滴出血来。

他用指尖戳了一下,便浑身一颤。

正发怔,听见门口传来的脚步声,他突然回过神来。

"公——"昆鹏脚下一顿,见镜前之人回过身来,白衣胜雪,青丝透迤,说不出的风流雅致。楚曦从旧衣中取出那支玉笔,见昆鹏还在睁大双眼看着自己,不禁一哂:"如何,不合身吗?"

"嗯,不、不、不,合身!"昆鹏先点头,又摇头。

楚曦想了想,嫌这衣服太打眼,那套旧衣却已经很不干净了,他实在忍不下去,想了想,便把旧衣披在外面,然后在额间画了个符咒。

再瞧镜子中,已经换了张脸,又将昆鹏也叫到镜子前来,如法炮制。

等他回到赌坊中时,已近子时,赌桌边却依旧是人声鼎沸。

"他不在这里了。"人面螺停顿了一下,似乎有点儿迟疑,"在底下。"

楚曦正要迈步,又听人面螺道:"等等。"

"你这样去不行,那个人身上有股很重的煤炭味。"

楚曦的心中一动,煤炭味,那个人定是在最底层烧煤炭的动力舱了,说不定,就是个船工。

人面螺道:"用隐身术,在第一百七十五页。"

"……"

楚曦感到一阵无语，居然还有隐身术，他怎么没发现？

"救我……"

"救命，救救我们……"

沧渊在此起彼伏的惨呼声中醒了过来。

浓郁稠白的蒸汽犹如厚重的云霾覆盖在他目光所及之处，他的正前方有几个巨大的铜鼎，鼎下燃着幽蓝的焰火，那是蒸汽的来源。

"救命……救命啊……"

方才在他昏迷时听见的那种呼救声再次传了过来。

在他的背后、头顶、两侧……无处不在。他艰难地转动头颅，然而脖子上扣着一道沉重的金属环，令他从颈部以下都动弹不得。

他垂眸看去，发现连尾巴也被几根指头粗细的锁链束缚着，链身上有细致的雕纹，像是什么古老的文字，他莫名觉得有点儿眼熟。

一种浓烈的恐惧感涌了上来。

但这种恐惧并非源于此刻的境地，而是因为楚曦。

他不在这里。

他在哪里？

"师父……"

沧渊干裂的嘴唇颤抖了一下，却什么声音都没发出来，但若有人能看见他此刻的表情，一定会觉得这呼喊应该是声嘶力竭的。

可自然是没人回应他的。

师父会来找他吗？还是就这么把他抛弃了？

对了，是楚曦亲口赶他走的。

楚曦一定是不要他了。

一定是不要他了。

恍惚间，仿佛有一个若鱼若鸟的巨大黑影自头顶落下，他仰头望去，那个颀长人影衣袂飘飞，俯首垂眸瞧着自己，一双细长的黑眸泛着寒意。

他们不过隔着几步路的距离，中间却似乎有道无法逾越的天堑。

随后，那个身影便乘风而去，从他的视野中消失。

不要他了……不要他了……不要他了！

心底有个声音叫嚣着，越来越大，越来越清晰。

浓重的恐惧从内心深处某个地方狂乱地滋长出来，如同一簇一簇的荆棘，把他的五脏六腑都扎穿了，千疮百孔，鲜血淋漓。

他开始一阵一阵地发抖，眸子愈发变得明亮，像燃起了两簇鬼火，一低头咬住颈间的金属环，扭摆头颅带着狠劲儿地撕扯起来，尖尖的獠牙在金属环上磨出"咯吱咯吱"的刺耳噪声，好似在嚼仇人的骨头。

"别咬了，咬不断的，我们都给他困在这儿啦！"

"咔"的一声，半颗断牙迸落到地上。

沧渊咬着金属环，分毫不松口，抬起眼皮循着声音看去。

只见咫尺之处，一张凄惨的人脸自舱板的木纹间浮现出来。

……

昆鹏刚拉开舱盖，一股水蒸气立刻溢了出来。

楚曦用袖子挡了挡，与昆鹏奇怪地对视一眼。这蒸汽竟然不是热的，而是冷的，像是从什么极寒之地刮来的风，冻得人打哆嗦。

昆鹏率先跳了下去，楚曦紧随其后，纵身一跃。

落脚处一片潮湿。

昆鹏低声问："公子，你到底要来这儿找什么？"

耳闻附近传来脚步声，楚曦用食指贴近嘴唇，"嘘"了一声。

因为技术不佳，他这张易过容的脸卖相也不大好，一做表情就歪鼻斜眼满脸褶子，像朵烂菊花，冷不防把昆鹏吓了一跳，昆鹏嫌弃地挪开了视线，忽然觉得自己死心塌地跟着公子还是跟长相有点儿关系的。

"哎哎哎，你们快点儿，把燃料加进去！"

一个粗嗓门的吆喝声传了过来，楚曦往那个方向走了几步，见浓重的水蒸气中透出几个巨大炉鼎的轮廓来，数十个人影在炉鼎周围穿梭来去，显得太渺小了，像一群蚂蚁在蠕蠕爬行。

其中一个站在一架搭着炉壁的梯子上，挥舞着手似乎在指挥，下面的人则一个挨一个把什么东西往烧炉子的蓝色火焰里扔。

楚曦又走近了些，透过前方大风箱的缝隙定睛细看，猛然一惊。

他们运的所谓"燃料",哪里是什么柴火?

分明是一个个被扒光了衣服的人!

他们甚至还是活的,却都表情呆滞,不知道挣扎,有的是被扔进去的,有的甚至被推了一把,就自己跳了进去,一个个烧得皮焦肉枯。

这个情形诡异得像是一场活人祭祀,楚曦觉得后背发凉。

很快,他就注意到了那个站在角落里的瘦长黑影,那张似笑非笑的罗刹面具像在无声地监视着这一切,透出一种冷漠的残忍。

那个家伙,到底是什么人?

"公子,我觉得,我们最好,下船。"昆鹏拽了一把他的袖摆。

楚曦没答话,仔细地看了一会儿,确认这些被烧的都是人之后,才朝相反的方向走去。走了没几步,就看见一团影子从雾气里爬了过来,两个人俱是一惊。那是个蛇首鱼身的怪东西,生有走兽似的六只利爪,正嘶嘶吐着蛇一样的红舌头,像是察觉到了什么。

人面螺道:"快走,是冉遗!一种食人的凶兽。它能闻到你们的气味!"

那只冉遗爬得奇快,话音刚落,就已经爬到了他们跟前,楚曦闪身一避,跳到旁边一个汽缸顶上,冉遗鱼尾一甩,就朝昆鹏气势汹汹地冲去,昆鹏反应也是极快,一下子跃了上来,冉遗扑了个空,一口咬住了汽缸旁成堆摆放的煤炭。楚曦生怕惊动了那个面具人,拍了一下昆鹏:"哎,你把这个看门兽引开,我去去就回。"

"公子!你去哪儿?"

楚曦跃过几个汽缸,来到船舱的另一头。

他的面前是一扇看起来很结实的铜门。

要过去也没什么难的,他记得秘籍里的穿墙术。

正要画符念咒,就听见人面螺"哎"了一声。

"嗯?"

"你还是回去睡一觉,明天再来吧。"

楚曦怀疑地问道:"为何?"

"你有心疾,血气不足,真气难以维持太久,再用法术恐怕会诱发心疾再次发作,恐有性命之虞……嗯!"

话没说完,一只手就把他的嘴捂住了。

人面螺默默地流泪，这个脾气跟几百年前一模一样啊！一模一样！

"啰唆死了。"楚曦懒得废话，一手执笔，在那扇门上迅速画了个框，纵身穿了过去。尚未站稳，额角就浮出淡淡的青筋来。

这里面也有个大炉鼎，但是焰火比另一端的还要旺，还要蓝。但蓝色的火焰并没起到照明的作用，反倒像把光线都吸走了，使四周显得格外黑暗。

他擦了擦脸上的汗，一步一步朝里面走去。

越往里走，便越觉得寒冷，凉丝丝的水蒸气无孔不入地往皮肤里钻，一直渗透至骨髓，周身泛起一种极度不舒服的感觉，像是有什么污浊之物如潮水一般正从四面八方朝他聚拢而来。

"好鲜嫩，好纯净的味儿啊！"

"哎哟，这是有新鲜的燃料送来了吗？我的口水都要淌出来了……"

"啧啧，瞧，还是个自己送上门来的，嘻嘻嘻……"

声音越来越大，越来越密集。

人面螺"嗯嗯"乱哼，示意他快走。

楚曦在原地站定，捏紧笔杆，想像上次一样把笔变成剑，可此时他显然已经是强弩之末，手里的笔竟然毫无动静。

空气变得越来越黏稠了，他像陷进了沼泽里，脚步也难以迈开，突然食指处隐隐发热，一点灼红的亮光犹如腾起的火焰，突然照亮了周围的方寸之地。在看清四面的景象时，楚曦头皮一麻。

那从上至下、从左到右的舱壁上，密密麻麻地布满了一张张人脸的纹路，像水面的波浪扭曲起伏着，在见到光亮的瞬间消失得无影无踪。

"咯吱咯吱……"

就在这时，楚曦听到了一种奇怪的声响。

人面螺好不容易摆脱他的手，喘着气道："这光撑不了多久，你的真气就快耗尽了！那些玩意儿是蜃灵，这根本就是艘蜃气船！"

"别出声。"无暇思考"蜃气船"为何物，楚曦又把他的嘴捂住了。

"咯吱咯吱……"

那种细碎的响声又传了过来。

楚曦朝里走了几步，隐约瞧见一个长条状的影子，闪烁着点点微光。

他放轻脚步，把手举起来，光照面积扩大了些。

那团影子被惊动，猛地一缩，抬起头来，满嘴鲜血淋漓，一双眼睛亮得骇人，瞪得极大，死死地盯着他，喉头里发出阵阵凶狠的嘶鸣。

"小鲛——沧渊！"

沧渊浑身一僵，嘶鸣声戛然而止，眼睛却还瞪得大大的。

楚曦反应过来，朝脸上一抹，恢复了自己的脸。

那双碧蓝色的眸子瞪得更大了，眼底倒映着眼前雪白的人影。

——他来了，竟然来了。

"啪嗒""啪嗒""啪嗒"……

泪水成串地滚落下来，溅迸成珠，在舱板上发出清晰的声响。

楚曦觉得这声响像砸在心尖上似的，疼得他的旧疾又要发作了。

他连忙弯下腰，抱住了这个小祖宗，想先安慰安慰他，谁料沧渊一口叼住了他的肩头，不肯松口了，牙像断了半颗，扎在肉上糙得很，也不知道这两天吃了多少苦头。

楚曦轻轻地抚了抚他的背，哄道："好了，别怕了啊！从此以后，上天入地，师父都护着你。"

第三卷 保护

第十一章 救出小鲛

沧渊的呼吸一紧，胸腔里不听使唤的活物被这句诺言给拴住。

上天入地……都护着他？不会丢下他？

"先松开，啊！让师父把你身上的鬼东西弄开。"

沧渊犹犹豫豫地松了口，呼吸还很急促，呼哧呼哧的。

那支笔的光线开始一闪一灭，楚曦忙凝神察看扣住小鲛脖子的玩意儿。那是一个不明质地的金属环，环身上刻有些特别的纹路，像是符咒。他摸了一圈，也没摸到开口在哪儿，顺着连接的锁链一路摸下去，也没有找到锁之类的，不禁感到有些焦急。他把那条锁链拽起来一点儿，一动不动的鱼尾就甩了甩，接着，一双湿漉漉的手臂就把他的胳膊抱住了，垂散在脑后的头发也被小蹼爪攥得紧紧的。

"……"

他当这小鱼仔刚才为什么这么老实呢，原来是动不了。

"老螺，这符咒是什么？你知不知道？"

人面螺道："我只看得出来是魔修法咒，可怎么破就不知道了。"

魔修？小鱼仔是怎么招惹上魔修的？

楚曦觉得有点儿头大，略一思忖，心中有了个主意，提笔在那金属环上画了几下，一个锁扣登时出现在了金属环身上。他立即又在手里画了把钥匙，插进锁眼一拧，"咔嗒"一声，那金属环竟然打开了。

人面螺瞠目结舌，楚曦也感到有点儿意外。

虽说秘籍上说"画假成真"这等雕虫小技只能保持极短的时间，只能拿来骗骗人而已，但开锁只需一瞬间，如此，也算是歪打正着了。

他弯腰把小鲛抱起,差点儿一个趔趄栽倒在地。

这短短一天不见,小鲛似乎个头变大了……那么一点儿啊。

就在这一瞬间,手上的光突然灭了。四周陷入一片漆黑。

方才已经消失的窃窃私语声又响了起来。

"灯灭了,灭了,快出来!"

"我饿了,好饿呀……"

"闻着味了,在那儿呢……"

"别怕啊,有师父在。"楚曦抱紧小鲛,唯恐他受惊,可漆黑一片什么也看不清,他生怕撞到炉鼎,只好摸索着舱壁慢慢走,掌心所触之处竟然是软的,像人的皮肤,冷不丁摸到一块凹凸不平的东西,有一条又长又湿的软物紧紧地卷住了他的手腕。

"哎呀哎呀,尝到味儿了,好鲜啊!"

一个尖锐的声音在耳畔响起,楚曦一惊,退后一步,猛地一甩手腕,那条软物却顺着他的胳膊游上来,这时怀中的小鲛动了一下,惨叫声突然传来,那软物当即断成两截,从他的手臂上滑了下去。

他忙顺着舱壁继续走,一只潮湿的蹼爪把他的肩膀往里一拢,便朝舱壁上抓去,刹那间,"啊啊"的惨叫声此起彼伏,响成一片。楚曦一连踩到了好几条断舌,终于冲出了门外,后怕之余不禁暗暗咂舌:

这小鱼仔,竟然不惧怕那些鬼东西,还保护了他!

"公子!"

刚抱着小鲛爬上汽缸,他就听见昆鹏的呼喊。

楚曦点点头,那看门的冉遗已经被邀得精疲力尽,趴在煤堆里像条咸鱼,心道这小子的身手真不错。昆鹏一跃爬上了通往上层的绳梯,把舱盖推了开来,往外探了探,才低头道:"公子,快!"

楚曦跳到离舱口最近的汽缸上,犹豫了一下,先把小鲛往上托去。

大抵是舱口的光线不错,楚曦听见昆鹏一刹那间就屏住了呼吸。

完蛋,要出事。

楚曦心想。

仇人相见分外眼红,沧渊往上一扑,舱口处就传来一阵厮打声。

楚曦扶了扶额头,也跳上绳梯,却险些被砸下来的舱盖夹了脑袋,幸好他反应极快地缩了脖子,才逃过一劫。

舱盖一关,外头又平静下来,舱盖再次打开,一只蹼爪和一只手便同时伸了下来,两双眸子齐刷刷地看着他,一个比一个睁得大。

楚曦叹了口气,感到自己未老先衰,十分艰难地爬了上去。

"师父——"

还没站稳,沧渊就扑过来,楚曦听见昆鹏抓在手里的剑都抖得嗡嗡响,但没法子,谁让小鲛没腿,没法走路呢,总不能让昆鹏抱着吧?这么想着,楚曦无可奈何地弯下腰,把沧渊抱了起来。

隐身术已经失效了,术法有冻结时间,短时间内无法再施,楚曦只好用旧衣裹住沧渊的尾巴。可他的鱼尾明显变长了些,比他一个成年男子的双腿还要长,尾鳍拖在地上。他没办法,只得把沧渊扛在肩上,让昆鹏搭把手。两个人上楼梯时,昆鹏走在前面,一只手抓着裹在衣服里的鱼尾,手背的青筋直跳,活像抓着一条大便,可能大便也不至于让他难受成这样,脚步重得似乎能把楼梯板凿穿。

楚曦提心吊胆地说:"昆鹏,你轻点儿走路!想把人引来啊!"

昆鹏气愤地道:"引来最好,最好把这个鬼东西扔出去!"

"师父,嗯,他抓得我,疼……"

沧渊在衣服里扭了扭,轻声抱怨,昆鹏一听这个鬼东西得了便宜还卖乖,气得七窍生烟,恨不得抓着他跳下楼同归于尽,胳膊还被楚曦掐了一把:"你手劲小点儿,别把他抓伤了!"

昆鹏顿时无语,这鬼东西的鱼鳞硬得跟铁片一样,他一用力,这鬼东西就刺猬似的把鳞片全竖起来,他还没嫌扎手呢!果然长得漂亮就是待遇不一样……他当年还小的时候,公子也没对他这么好!

好在此时夜已深,船上大部分人都入睡了,他们上楼时才未引来什么人注意,那个面具人也没追来,总算是有惊无险地回到了房中。

一关上门,昆鹏就撒了手,怒气冲冲地道:"公子,你费这么大劲儿,不会就是为了救他吧?他还叫你师父?公子,你收个鲛人做徒弟?他跟着你学什么啊?学武功还是学画画?"

楚曦轻描淡写地道:"都学,不行吗?"

昆鹏气得把门一摔,出去了。

楚曦喝道:"昆鹏,你去做什么?"

"学这鬼东西,去吃人杀人!"

"喂,房间里有包子!"

"不饿!"

楚曦扶了扶额头,昆鹏真是让人不省心,都怪自己平日只督促他好好练武,没想过让他修身养性,脾气臭得不行,横起来时连他也"怼"。

他把沧渊抱到榻上,抓住他头发的蹼爪依然不肯松开。

楚曦拍了拍小鲛的背:"沧渊,没事了啊!松手,让师父看看你的牙怎么样了。"

"嗷……"沧渊不情愿地松开手。

楚曦回身拿了烛台过来,一只手托起沧渊的下巴,目光稍凝。

不是他的错觉。

三天不见,不只鱼尾变长了,这脸也像长大了一两岁,眼型稍微狭长锐利了些,有了一点儿十三四岁少年人的棱角,容貌比初见时更昳丽了几分,总体来说还稚气未脱。

是因为那铁锁上的符咒的关系吗?

他心里想着,殊不知鲛人本来就长得比人类快,幼儿时期是很短的,少年时期较为漫长,成年后容貌则不再变化,故有长生不老之说。

楚曦暗暗思忖着,轻声道:"啊,张嘴。"

沧渊听话地张开了嘴,露出左边一颗断了半截的獠牙,悬在那儿摇摇欲坠,还在淌血,已经是一种无法保留的状态了。

楚曦感到一阵揪心,这得咬得多用力啊,把牙磕成这样,这个年纪的人类孩子是还会换牙的,不知道鲛人是不是也如此。

唉!反正换不换都得拔。

"师父给你把这断牙拔了好不好?"

他说到这儿,用指尖碰了一下那颗牙。一股本能的杀戮之欲蹿上脑门,沧渊险些一口咬下去,硬生生地忍耐着,乖乖地点头。

楚曦环顾四周,他随身携带的东西都落在洞里了,只能用现有的东西凑合凑合,也不知道什么法术可以用来拔牙。他用酒淋了一遍手,又给沧渊喝了一点儿酒,拔了两根头发丝,将断牙自根部缠住,轻轻一拽,断牙就脱落了下来，再看牙槽，竟然已经冒了个尖尖。

——是新牙。

楚曦有点儿惊喜，呀，鲛人换牙这么快的吗？果然跟人类不同。

又喂了点儿酒进去，他才合拢沧渊的嘴："漱漱口。"

"咕咚"，沧渊的喉头一动，不知所云地看着他的师父。

楚曦扶了扶额头："漱口的意思是，不要吞下去，要吐出来。"

"嗯！"沧渊打了个嗝，脸颊有点儿泛红，一双眼睛水汪汪的。

"牙疼不疼？"

沧渊摇摇头。

算了，喝了酒不疼了也好。

想着，他拾起旧衣，给沧渊擦拭唇畔的血迹，手指时不时地触到沧渊的脸，他的指腹生着时常习武、握笔之人特有的薄茧，令沧渊觉得脸上发痒。

小鲛不由得撒娇："师父，我渴。"

楚曦点了点头，怕是不只要喝水，鲛人到底是水中生灵，离水久了肯定要出麻烦。想起之前换衣时看见屏风后有个浴桶，他过去一瞧，见那浴桶里有水，里面还有花瓣，也不知道有没有人泡过。

多半是那个灵湫给自己准备的。

啧，真矫情，一个大男人还花瓣浴，娘里娘气的。

他推开屏风，正准备拖着浴桶出去，突然心口处袭来一阵剧痛。

糟糕了……

第十二章 辨我雌雄

"嘭!"

沧渊猛然听见一声闷响,然后那边便没了动静。

"师父?"

他叫了一声,没听见回应,心里一紧,连滚带爬地下了地,便见楚曦倒在浴桶边上,不省人事,慌忙托起楚曦的头:"师父,师父!"

"别号丧了!你师父都是为了救你强撑到现在,心疾又发作了!"人面螺从角落里挪过来,"你在他心口放点儿血,我教你。"

"会写字吗?"

沧渊摇摇头,突然痛恨起自己来。

人面螺翻了个白眼:"那画线你总会吧?你先解开他的衣服。"

沧渊点点头,扯开楚曦的衣襟,一眼瞧见他胸膛上那颗殷红如血的点,不禁呼吸一滞。

"在他的心尖痣周围划个叉放血,你小心些。"

原来那颗东西叫"心尖痣"。

沧渊忙集中精神,指尖小心翼翼地绕着那颗心间痣划了两下,因为不忍用力,只划出一道细细的血痕。

人面螺吼道:"用力点儿!你在给他挠痒痒啊!"

沧渊打了一个哆嗦,戳深了些,总算有暗红色的血液流了出来,但血液很浓稠,而且少,没流多少眼看又要凝固。他想了想,扶着桶沿撑起鱼尾,同时拽住了楚曦的胳膊。这一拽,他才发现这个成年男人竟然这么轻,他用一只手就能轻而易举地把楚曦拽起来,背也不费力气。

他用鱼尾托起楚曦的背，一弯腰，把楚曦托了起来，放进桶里。

一缕鲜血混杂着飘散的乌发浮到水面上，像一层水墨绉纱。

沧渊嗅到了从水里慢慢溢开的人血的香味。

他一点儿也不饿，有的只是恐慌。浸了水后，男子的脸色显得更加苍白，楚曦闭着双眼，漆黑的睫羽如同一对溺死的蝶，停在那里，好似再也不会醒来了。这副样子眼熟得可怕，沧渊托住楚曦的后颈，近乎呜咽地在楚曦的耳畔叫道："师父，师父，师父……"

人面螺："你这样叫，他醒不过来的，你跟我念。"

"心无去来，即入涅槃。是知涅槃，即是空心。言若离相，言亦名解脱；默若着相，默即是系缚……"

沧渊跟着念，他本来一句话都说不顺，一下子听这么长一串，念得是颠三倒四，被人面螺暴喝了几次才念清楚，便也牢牢地记在脑中。

须臾之后，楚曦的睫羽颤抖了一下，他有了些意识。

他轻轻呻吟了一声，迷迷糊糊地抬起眼皮，便见一对幽碧光点在近处闪闪烁烁，鬼火似的，一瞬间以为自己还在船舱中，打了一个激灵，清醒过来，这才看清是小鲛瞅着他，眼睛瞪得太大，所以在暗处显得格外亮。

沧渊凑得极近，睫毛上的水珠子都快掉到他的脸上了。

楚曦抬手把沧渊的头扒开了一点儿，动了动身子，却发现双腿无法动弹，一看果然是被鱼尾缠住了小腿。

楚曦有气无力地喝道："你……快点儿松开。"

鱼尾磨磨蹭蹭地松了开来，他打了个喷嚏，见沧渊撑着桶沿起身，忽然起了玩心："沧渊，告诉师父，你……是男娃吧？"

沧渊一听，一愣，忙把身子埋进了水里，吐了个泡泡："师，师父……跟你一样。"

楚曦不禁一愣，接着一阵汗颜。

过了这么久，他竟然连沧渊是雌是雄都没分清楚，不过，总算不是养闺女，养儿子可省心多了，顿时心里轻松了一大截。

这么想着，他起身出了浴桶。一出水，便冻得颤抖了一下。虽然正值七月，海上还是有些冷的，他出门也没带什么换洗衣物，可真是有点儿麻烦，只能先睡下了。

刚准备宽衣解带，一阵敲门声便传来。

"谁？"

"我。"

一个冷冰冰的声音传了进来。

楚曦感到一阵头疼，只想假装已经睡下，门却已被打开，一个人不请自进，不是灵湫是谁？他这副狼狈的样子大概是把对方吓到了，灵湫沉默了半晌，直接坐了下来，端起桌上的杯子喝了一口。

楚曦："哎，那里面——"

……泡着小鲛的牙。

"噗"，下一刻，灵湫就呛得喷了一地。

"喀喀喀，呸呸……这是什么东西？"

灵湫把那颗断齿从地上捡起来，看了一眼后立刻甩掉，那张冰山脸再也绷不住了，表情就跟吃了屎一样难看："你在……做什么？"

楚曦："拔牙。"

灵湫的脸色更加扭曲了，嘴角都轻微地抽搐起来。

"你的牙长这样？"

楚曦一时无言以对，沉默了一会儿后道："你不是为这个来的吧？"

灵湫微微仰起下颔："自废筋脉，还是拜入我的门下？你二选一。"

"若我拜入你的门下，我以后需要做什么？"

"不需要做什么，下船以后跟我去尧光山修行便是。我见你有隐忍之相，想必是心怀抱负，想成就一番大业……"

话未说完，角落里响起"哗啦"一声，屏风倒了下来："不，许！"

沧渊盯着房间里的不速之客，开始磨牙："不许……跟他去尧光山！"

这一句倒是蛮顺溜的，一次都没磕巴。

楚曦竟然有点儿欣慰，却见灵湫面色铁青，从椅子上站了起来，盯着沧渊，嘴唇颤抖了半天，才挤出一个字："他……"

因为这个反应跟昆鹏当时差不多，楚曦这次面无表情，对答如流："他是我养的鱼，不巧长了个人的身子。"

灵湫显然被这套极其不靠谱的说辞给噎到了，一时语塞。

楚曦腹诽，不就是只鲛人吗？这个人看上去见多识广的，连鲛人也没见过？他下意识地看向了桌上的玉笔，考虑是否要先发制人，却见灵湫并无动作，不像是太过震惊，倒像是如临大敌，进退两难。

听得身旁传来低低的嘶鸣，没等沧渊暴起伤人，楚曦眼疾手快地一把将他按进了桶里："好，我答应你。不过，我不会丢下他。"

灵湫倒吸一口凉气："不成！你可知道你这是惹祸……"

"啊——"

"嘭！"

灵湫话未说完，便被下方一连串的动静打断，垂眸只见一个球状物骨碌碌地滚到他的脚边，朝上的黑洞里突然露出张脸来。

看清这张脸的刹那，灵湫双腿一软，差点儿便跪了下来。

"打住——我有话私下与你说。"

听见脑海中响起苍老而熟悉的声音，灵湫险些热泪盈眶。

于是楚曦便看见这傲雪凌霜的美男子一脸他乡遇故知的表情抱着人面螺冲了出去，不禁瞠目结舌。灵湫一路走到船舷边，把人面螺摆好，然后恭恭敬敬地跪了下来，那架势活像要给祖宗烧上三炷香才好。不过，楚曦却听不见他们说了些什么。

灵湫沉声问道："您怎么会在这儿？"

人面螺道："跟你一样，见到天兆便寻来了。"

灵湫扫了一眼房内："我前些时日夜观天象，见北方有晨星闪动，立刻从天界赶到这儿，原以为只会找到北溟，没想到那个小魔头竟然已经缠上他了……早知如此，就应该早点儿动身，实在是失策。"

"这都是命中注定。"人面螺叹道，"再过数日就是鬼月，又将有百年一遇的日蚀，正是百魅横行的险要时刻，小魔头早不出现，晚不出现，偏偏在这个节骨眼上缠上北溟，你以为是赶巧？"

"这么说……"

人面螺点点头，目光变得深邃又凝重。

"他的执念太深，怨怖过重，怨怖生心魔，心魔生魔欲，何况熬了七百年才化出这滴眼泪，这一世，生来本性便极恶，如受到诱导，必会再次化魔。这世上，唉！也只有北溟能拴住这个小魔头……"

灵湫声音冷冷地道："您也不想想那个魔头把北溟害成了什么样。若不是为了替他挡……"灵湫一顿,有点儿哽咽,"堂堂一个上神,又怎会魂飞魄散?您倒忍心看着北溟被他继续纠缠,重蹈覆辙。"

"是重蹈覆辙,还是重获新生,现在断言,为时尚早。"

"莫非您已经有对策?"

"这艘船驶向何处,尚且未知,且先让他缠着吧。只是不知道,北溟这七魂六魄都残破不堪的状态,又能撑到何时。"

"既然如此,为何您不直接告知北溟前世之事,让他小心提防那个小魔头?若是小魔头先恢复了记忆,我只怕……"

"唉……你以为我不曾试过?前几日我便想提点他,才刚一开口,便引来一阵电闪雷鸣,极不寻常。后来我想,北溟曾受过天刑,魂中必带有罚印,贸然泄露天机,只怕会招致天怒,得不偿失啊。"

耳闻这一句,躲在一旁偷听的某个人唇角微勾,是个极冷的笑。

"喂,谁在那儿?"刚从楼梯走上来,昆鹏一眼就瞧见角落里的人影,当下低喝一声,一个箭步逼去,未待他近身,那个人影就纵身跳到底下一层,一抹绯色的衣袖像一片落花飘入了阴影里。

昆鹏一愣,想起之前那莫名其妙的一吻,不禁有些赧然。

那个丫头,来这儿做什么?

抬眼瞧见走过来的灵湫,他便明白了过来。

"昆鹏?"此时楚曦走到门口,正要关门,瞧见他便喊了一声。

一缕暖黄的烛光从门缝里投出来,勾勒出男子颀长的身影,一如以前他看家护院时每夜都会看见的景象。一瞬间,他就想走过去,像以前那样,守着他家公子的门,直到天亮。可看见楚曦脚边露出来的鱼尾时,向来尽忠职守的少年把头一扭,怒气冲冲地跑了。

"……"

楚曦无可奈何地摇了摇头,把门关上了。回头,沧渊还趴在地上警惕地盯着门口,楚曦把他往里边拖:"好了,去睡觉了。"

沧渊不情愿地扭了几下才爬进桶里,一下水就抓住他的衣摆不放:"你说,不丢下我。"

楚曦忍着笑:"不丢,刚才不是说了不丢下你吗?"

这一急,结巴也不打了,字正腔圆的,看来得多吓吓。

"不过,你要是不好好学说话,学吃饭,师父就把你丢了。"

刚一说完,衣摆就被拽得更紧了,楚曦连忙改口哄了他几句。别看这小鲛漂亮得像个小妖精,又成天撒娇,力气却大得骇人。想起前几日那血淋淋的画面,楚曦的心里一阵发毛,若真把沧渊惹恼了,把整个人徒手撕烂也是易如反掌的事。

"师父,我要学说话,学吃饭,学写字。你,不许丢下我。"

"好了,好了,"楚曦掰开他的手,"该睡觉了啊。"

楚曦如此哄着,却不知道这个小家伙心里听得有多么认真。之前对人族的世界毫无兴趣,甚至带着一些与生俱来的恐惧与厌恶的沧渊,现下已经决定要努力变得像个人了。

那样,他不至于在师父需要他来保护的时候显得那么无能为力。

好不容易才把沧渊的手掰开,楚曦刚走到榻边,就打了个喷嚏。

沧渊有点儿紧张,伸长脖子:"师父,怎么了?"

"没事。"楚曦随口答着,吹灭了灯,把湿发撩起来,搭在榻边,转过身睡了。

昼伏夜出的沧渊百无聊赖,在水里吐了几十个泡泡。

听见房间里的呼吸声逐渐变得悠长起来,他便偷偷爬到了榻尾,"哧溜"一下,像条大泥鳅一样爬上了床,隔着被子蜷在楚曦身边。可饶是他小心翼翼的,楚曦还是醒了过来。

楚曦真气损耗过度导致旧疾发作,又在水里泡了半天,这会儿已经发烧了,浑身烫得厉害。迷迷糊糊间,只觉得有一只蹼爪覆上自己的额头,冰凉凉的,活像冰块,弄得楚曦睡意全无,扭头一看,沧渊不知道是比他醒得早还是压根儿没睡,一双眼睛忽闪忽闪地瞅着他:"师父,饿。"

楚曦一惊,随即觉得又好气又好笑,这小鱼仔还真是小孩子,一睡醒就向他讨食。啧,能吃死了。

看来从今天起,得好好教教他。

他拍了拍沧渊的蹼爪:"放手,师父给你去弄吃的。"

沧渊恋恋不舍地撒开爪子,"嗖"的一下从榻上蹿入了桶中,整个身子埋进水里,只露出半个脑袋,做贼似的。

楚曦忍俊不禁,坐起来,摸了一把榻边椅子上挂的那件缀羽深衣。

这件衣服不知道是什么质地的,不像丝绸,也不像锦缎,又保暖又轻薄,晾了半个晚上便干透了。

在白日的光线下看,竟看不出一根缝制的线,却能看见细致精美的底纹,泛着点点微光,像是由漫天星云织就一般,使他的脑海中不禁冒出"天衣无缝"四个字,他忽然便对那个尧光派生出了一点儿兴趣。

他拾起中衣,起身下了榻,一推门,便见一个人坐在门前,怀里抱着佩剑,脊背挺得笔直,已经睡熟了,脚边还搁个了提笼,冒着热腾腾的水汽。

他的心口一暖,弯腰想把昆鹏扶起来,不料一碰,昆鹏便醒了,一蹦三尺高,脸上泛起愠色,从齿缝吐出两个冰渣子:"公子。"

楚曦抱着手臂倚着门,温和地道:"小鹏。"

昆鹏最受不了楚曦的这种语气,一下子脊梁都软了。

见他的脸色软化,楚曦笑了笑:"别生我的气了,啊!没提前告诉你一声是我不好,可里边那个小家伙没了我不行,你当初跟我回来的时候不也这么大?都是个大人了,怎么非要跟一个孩子较劲?"

沧渊听得清楚,"噌"的一下从水里冒出头来,爪牙外露,一副剑拔弩张的样子。

昆鹏火冒三丈:"公子,你看看那东西,那是孩子吗?"

楚曦扭过脸。

沧渊耷拉着耳朵,泪光盈盈地望着他,梨花带雨,十分可怜。

楚曦的心"咯噔"一下:"别哭,乖啊,师父没说赶你走。"

"嘭——"昆鹏闷声不响地摔门走了,大有离家出走的架势。

罢了,闹个几天也就好了,楚曦叹了口气,把提笼拿到桌子上,掀开盖子,里边赫然是几个包子,一盘清蒸鲳鱼,是他爱吃的菜。

沧渊嗅着香味从桶里爬了出来。楚曦把他放到椅子上,就见他自己把筷子抓在了手里,调整好了姿势,拿得像模像样的,一本正经地看着楚曦,像在等楚曦表扬他。楚曦点了点头:"嗯。"

沧渊高兴得双耳乱颤,正要去夹鱼肉,却被扣住了腕子。

"沧渊,那天夜里,你是不是袭击了昆鹏?"

沧渊摇了摇头。

楚曦冷下脸来,盯着他:"跟师父说实话。师父最讨厌说谎的孩子,知不知道？"

沧渊的双耳又耷拉下来，他垂眸不语，眼圈却慢慢红了。

"他，先打我的，我讨厌他。"

楚曦蹙了蹙眉，暗自思忖着：按昆鹏那个暴脾气，那天夜里看见沧渊跟他在一块儿，指不定还真是昆鹏先动了粗，把沧渊逼急了。那时沧渊就是只完全没经过教化的兽崽子，下手狠了点儿也情有可原，虽然本性凶顽，可单纯得就像个孩子，应该不会耍什么心计的。

"师父，你，是不是想，把我丢了？"

沧渊沉默半晌，突然蹦出一句话。他的语气突然变得极其尖锐，像喉头里藏着一把利刃，他将牙齿都咬得咯咯作响。

楚曦被吓了一跳，见他的牙关紧闭，嘴角溢出一丝血来，生怕他把新牙又弄坏了，连忙捏住沧渊的下颌，强迫他张开嘴。

一眼看去，果然牙床里鲜血淋漓，舌头被咬出了几个洞。

楚曦真的不敢再训他了，没料到这个小鲛人的脾气这么烈。

楚曦怀疑他真的要把沧渊丢了，说不定沧渊会来个殊死一搏，要么同归于尽，要么在他的面前自残而死，光是想想就觉得头皮发麻。

也不知是何时依赖成这样的，难道是因为丧母的缘故？

如此想着，他的心头涌上来一股说不清道不明的哀绪，一阵胸闷，可仔细去辨别时，却如一道轻烟似的，转瞬间就消失了。

第十三章 迷失冥界

"别动不动就说师父要把你丢了,你被抓走,师父没来救你吗?"

沧渊的眼神稍软,委委屈屈的:"那我还可以和师父睡在一个屋子里吗?"

楚曦默默地扶额:哪能不答应呢?

不答应他还能安生吗?

指不定半夜就跟昆鹏拆起房子了呢……

这两个活宝打起来他拉得住吗?

"那你答应师父,以后不许跟昆鹏打架。他不惹你,你也不许惹他。哪天动了手,夜里就一个人面壁思过,记住了吗?"

沧渊很乖地点点头,肚子咕噜噜地响了一声:"师父,饿。"

楚曦痛快地应允:"行了,吃吧。"

沧渊夹了一筷子鱼,塞进嘴里,显得还挺斯文,就是嘴角漏了一滴汤汁不知道擦。楚曦忍了又忍,还是顺手给他抹掉了。

沧渊舔了舔嘴角,夹起了一个大包子,筷子一滑,"啪",掉到了桌子上。楚曦笑道:"这个可以用手抓。"

沧渊如获大赦,抓到嘴边,一口一个,嚼得腮帮子鼓鼓囊囊的,不住地皱眉,似乎不太喜欢这种人类的食物,等他吃完楚曦才下筷子。沧渊把鱼吃得干干净净,包子倒是没再动一个,盯着装鱼的盘子眼睛发绿,还是很饿的样子——也对,正在长身体的年纪,一条鱼哪里喂得饱?楚曦道:"等会儿师父再给你弄几条来,啊。"

见楚曦起身要走,沧渊又把他的衣摆拽住了:"不要了,鱼,嗷。"

楚曦纠正:"是,不要鱼了。"

"是,不要鱼了,师父别走,嗷。"

楚曦哭笑不得,这小鱼仔要寸步不离吗?

对了,莫不是因为害怕?

那个面具人……今天恐怕会发现他不见了。

"沧渊,那个人,为什么抓你?你知道他是什么人吗?"

沧渊若有所思地摆动耳朵,先是摇了摇头,沉默了一下,又道:"抓我,我不知道,他,为什么,他是什么人,是我的同族。"

楚曦发现他一次要回答两个问题就不成了,遣词造句乱七八糟的,但好在听懂不成问题——同族,那个面具男,也是个鲛人?

楚曦眼前顿时闪过那个人泛着奇异光泽的手背,心道难怪。

如此看来,沧渊的母亲会出现在冥市并不是巧合,应该就是那个面具男处心积虑设下的陷阱。恐怕,从小鲛被他带上岸起,面具男就在跟踪他们,听到了他与昆鹏的对话,所以提前等在了冥市。

可身为沧渊的同族,面具男为何要抓他,还用符咒把他缚住?

沧渊的身上到底藏着什么秘密?

楚曦蹙起眉头,愈发觉得他似乎被卷进了一个漩涡般的谜团里。

人面螺呢?对了,昨天它被那个灵湫带走了,就没送回来……

咕噜噜……

脚底传来一连串动静,楚曦低头便见它从榻底滚了出来。

"你找我啊?"

"你……你什么时候进来的?"

人面螺仰面朝天,从鼻子里发出一声冷哼:"今天早上!我从你的脚底下滚进来你也没看见,哼,目中无人的小子。"

"……"

楚曦心道,你是人吗?你是个长着人脸的螺啊!但还是螺啊!

不打算在这个问题上争辩,他把人面螺从地上抓起来,放在桌子上。与沧渊一打照面,人面螺就愁眉苦脸地想往壳里缩。楚曦一把捏住了人面螺的鼻子,捏得人面螺大叫起来:"哎哟喂,夭寿啦,夭寿啦!欺负老人家,简直丧尽天良,你、你、你做什么?"

楚曦的手指收紧："我问你，你为什么会在那艘船上！你是不是跟那个面具男是一伙的？你到底是什么东西？有什么目的？说！"

"我、我、我跟他不是一伙的！也不知道他是什么人。我、我、我就是一个螺，我漂到那艘船边，被人给捞起来当海货卖的！"

"你刚才还说你是人！"

"我口误不行吗，哎哟喂，天寿啦，鼻子都要给揪掉了……"

"你当我傻吗？你一见面就能说出我是谁，又一路跟着我，引导我修炼那修仙的秘籍，上这艘船来救沧渊……"楚曦蹙起眉头，细细想来，这个人面螺确实也没害他，反倒一直在帮他。

他松了劲儿，人面螺深吸一口气，扭了扭通红的鼻头："我说了，你遇见我，是命中注定，公子命里的劫数关乎天下苍生，我乃世间最古老的生灵，自然有责任引导公子渡劫……啊唔！"

楚曦往人面螺的嘴里塞了个包子，淡淡地道："懒得再听你啰唆什么有的没的了。从现在起，我问你什么，你就答什么，否则我就噎死你。"

沧渊偷瞄了"和颜悦色"的楚曦一眼，双眸亮亮的。人面螺在心里哀叹，好，这小魔头八成是通过差别待遇发现他师父有多宠他了！

北溟这个脾气就是这样，好起来比谁都好，狠起来比谁都狠！

人面螺忙不迭地点头，楚曦拿出包子："那面具男到底是什么人？他想要做什么？你说这艘船是蜃气船，又作何解？"

"我不知道他是什么人，那天我也是第一次见到他，"人面螺停顿了一下，"但我能猜到他想做什么。所谓蜃气船，就是海底的千年老蜃吐气形成的船，这种船本该是载海中亡灵往生的渡舟，是前往另一个世界的，根本不可能搭载生者，但这艘船却……"

听人面螺解释了一番，楚曦才弄明白，这艘蜃气船显然已经不是第一次伪装成活人乘坐的客船了，想必是潜伏在船底的老蜃吞噬了不少魂魄。底舱的舱壁上出现的那么多张脸，都是枉死之人的怨气所化的"蜃灵"，因为无法往生，便只能附着在船体上，而向来懒惰的千年老蜃却绝非出于自愿吞噬生者的魂魄，相反，是有一位灵力高强者将其缚在了船上。就像他们在底舱看到的那样，那些炉鼎里，多半不是别的东西，就是千年老蜃，面具男投喂活人给老蜃作为养料，从而获得驱动这艘船的燃料——"蜃气"。

楚曦问："可那个面具男到底要让这艘船去往何方？冥界？"

人面螺摇摇头："恐怕没这么简单。"

"为何？"

"因为……"人面螺扫了楚曦和沧渊一眼，"你们在船上。如果只是想吞噬活人魂魄修炼什么的话，那个人不必如此大费周章。"

"我们？"

楚曦心道：莫非又跟我的什么前世有关？

"说吧，你找上我……们，到底是为了什么？"

老螺犹豫道："你，唉！你还记得在楼下听的那出戏吗？"

楚曦想了想，全无印象。

这时，天际忽然传来一声闷雷。

人面螺吓得连忙改口："没事没事，我就随口一提。现在最重要的，是得赶快离开这艘船。可我们既然已经上了贼船,想下去就没么容易了,唉！若我想的没错，我们现在恐怕已经不在人间了。"

楚曦感觉后背一凉，立即推开窗户，但见天虽然是亮的，可四周海面上都笼罩着浓稠的雾气，若离开船，不出三米就会完全迷失方向。

"我们不在人间，莫非在冥界？"

"也不在冥界。若到了冥界，断不会如此风平浪静。我们应该是在中阴界，是人界与其他界的交界，尚算安全，可再过一阵子，就到了鬼月，船要是靠了岸，就不知道会到什么地方了。"

听人面螺的语气变得阴森森的，楚曦的手臂上起了一层鸡皮疙瘩。

沧渊似乎也很害怕，一下扑到他跟前，用鱼尾把人面螺横扫到墙上，发出"嘭"的一声闷响。楚曦摸了摸沧渊的脑袋："不怕，师父在。"

人面螺艰难地翻过来，头上肿了个大包，嘴里还在念叨："但船只要一靠岸，你们就需尽快下船，比一直在船上来得安全……"

没错。楚曦看了一眼楼梯口，心道，不知那个面具男何时会寻过来，从昨夜到现在已经有近十个时辰了，怎么说他也该发现了。

想起秘籍中的某一页，他心中一动，把沧渊放进桶里，去房中取了玉笔，在手心画了个界符，走到门口，便用匕首将手臂割破了一道口子。沧渊见状一下子蹿到他的身边来，抓住他的手："师父！"

楚曦用另一只手摸了摸他的脑袋："去里边待着，师父要用这个法子保护你。没有师父的允许，不许出来，听到了吗？"

沧渊不情愿地扭了扭尾巴，凑近他手上的伤口想舔，被楚曦躲了开来，拖着鱼尾将他扔进了桶里。沧渊头撞到了桶壁，一气之下钻进了水中。

人面螺道："你要画个结界？"

"是。"楚曦点点头，把门关紧，用笔蘸了血，绕着周围的甲板走了一圈，一直画到楼梯口。幸而也许因为顶层的雅间没什么人住得起，只有他们几个人在，否则这个情形定会把人吓到。

画完阵法，楚曦便坐了下来，闭上双眼，默默念着那秘籍中的法咒，一道热流自丹田处涌出，一缕光亮从他肚脐中的脉络缓缓游向手腕，然后从指尖聚向笔尖，将那血迹一路点亮了。

楚曦一睁开眼睛，便不禁一惊，心头不免忐忑。

他修为尚浅，却记得这"画地为牢"的法术是修到金丹期才能学的，因为他天生有过目不忘的本事，有些内容扫过一眼也就记下了，没想到第一次使用便能成功，难道是他真的天赋异禀？

"你，你的悟性不错……"人面螺干咳一声，如此评价这个曾震撼三界的上神未免让他觉得有些汗颜，硬着头皮道，"不过，你修为不够，还需勤加修炼，应该多向灵湫讨教讨教。这个阵法有些不足之处，也可以让他来弥补，否则，以你的法力，持续不了多久。"

"嗯。"

楚曦握住渗血的手腕，心里觉得人面螺所言的确有道理。

站起身来，门便被推开了，一缕物什凌空缠上他的手腕，门内影子一闪，却没了踪影。楚曦笑着摇摇头，卷紧了手腕上的鲛绡。

人面螺低声嘀咕着："小魔头，倒是挺熨帖的。"

楚曦却听得一清二楚："是啊！别看他的脾气不好又娇气，却知恩图报得很，我愈发觉得，我这个徒弟收得不亏，就当养儿子我也认了。"

人面螺心里叹道：不亏……待这个小魔头长大，有你头疼的时候。

第十四章 魔物袭身

就在此时，楼梯口传来了一串脚步声。

楚曦警惕地扭头看去，但见一抹白影翩然而至，脚不沾地地避开了地上的所有血迹，垂眸扫了一眼："这是你画的结界？"

他的脸上没什么表情，语气却透着明显的嫌弃。

楚曦在心里翻了个白眼，作了个揖："还请灵兄赐教。"

"叫我师父，我就赐教。"灵湫仰起下颌，却听一个声音在脑海中响起："你别闹了，适可而止。就算你出师已久，也好歹是他的开山弟子，这么没大没小，哪天北溟恢复了记忆，不一剑劈了你才怪。"

楚曦犹豫着，想喊他一声师父，权当是缓兵之计，却见他的脸色忽然一变："啊……算了，你既然不想拜师，我也就不强人所难了。"

说罢，他在楚曦的肩上一拍。

楚曦顿时觉得一股热流灌入筋脉之中，浑身上下说不出的舒畅，调运了一下内息，丹田处真气沛然充盈，不禁讶然："你？"

灵湫冷冷地道："你既然已经拜入我的门下，我便赠你些法力，不必客气。"

没想这个人一副苛刻的模样，倒还挺慷慨的，楚曦一哂："多谢！"

灵湫不答，四下张望："你们有没有看见丹朱？"

楚曦："丹朱？"

"我的弟子，就是跟我一起来的那个少女，穿绯色衣服。"

"我看见了，昨夜。"一旁响起另一个声音。

昆鹏从楼梯口一跃而上："她跑到楼下去了。"

"奇怪了。"灵湫蹙起眉头,自言自语了一句什么,掐指一算,脸色便沉了下来。楚曦隐约感到不太妙:"怎么了?"

"我感应不到她。"

楚曦心道:不会掉到海里去了吧?

但见灵湫走到船舷边,一扬手,袖子里便飞出一只绯羽小鸟,振翅朝海面飞去,却还未飞出几米,轰隆一声,头顶突然电闪雷鸣,狂风骤起,天空中一瞬间变得乌云密布,海面上翻起了滔天巨浪。

船身剧烈地摇摆起来,楚曦往一边滑去,险些跌进海里,幸而眼疾手快地抓住了船舷,又一手捞住了滚过来的人面螺,将其塞进衣服里。

他垂眸一扫,便不由得一惊,只见不远处的海面上有一个巨大的漩涡,自上而下地俯瞰,涡流竟聚成了一个人脸的形状,还是张颇为诡异的面孔,漩涡的中心正是那个人脸的嘴,正往上喷吐着股股水柱,使海水凌空卷成一团,犹如飓风一般,朝船的方向缓缓逼近。

楚曦愕然:"那是……"

"汐吹!能控制潮汐的妖怪!"人面螺喊道,"你千万别落水!"

"我尽量!"楚曦抓紧笔,驱动真气,腕部一震,手心爆出一道亮光,玉笔果然如上次一样突然变成了长剑,剑身白如冰雪,光华流转,寒意凛冽,耀得他整个人气势超凡,宛如脱鞘的利剑一般。

灵湫目光一滞,旋即足尖点地,跃到他的身侧,手中的拂尘刚一甩出,便暴涨三尺,燃起熊熊烈焰。看着威风凛凛的,谁料船身一斜,一道浪拍过来,"噗"的一下,把火浇灭了。

楚曦想笑,又觉得不是该笑的时候,忍得嘴角都抽搐了。灵湫一抹脸,似乎也觉得丢脸,双颊泛起一层薄红,表情仍然十分严肃:"我们得把汐吹杀了,否则整艘船都会被它吞进去,陷进鬼蜮!"

说着,他一把扣住楚曦的手腕:"我教你如何御剑飞行!"

楚曦垂眸,见灵湫在掌心画了个符咒,在剑刃上一点,刹那之间,一股力道突然将他的手扯起,剑身竟然悬浮起来。

"御剑飞行的诀窍便是……"楚曦听完,抬眼,二人的目光相撞,灵湫错开视线,"这是,当年我的师父教我的。"

不知为何,楚曦心中微妙地一动,同时听见一串尖锐的笑声,转眼一看,汐吹的脸已经逼近船尾。一道巨浪凌空袭来，他抓紧剑柄，纵身跃起，身体异常轻盈地飘在了空中。还未习惯，迎面便见无数碗大的白色物体随着那道波浪漫天扑来，似乎有一对翅膀在快速地张合着。

海鸟吗？

等到来到近处，他才看清那些东西的模样——

哪里是海鸟，分明是一只只蛤蜊，振动贝壳在空中横冲直撞！

这种景象本来应该是十分滑稽的，可是蛤蜊壳中却是尖牙利齿，长舌蠕动，像是凌空翕张的一张张大嘴，若给咬中，不死也要掉一大块肉。

楚曦不敢大意，左闪右避，被那些蛤蜊的浓烈臭味熏得头晕目眩。他屏住呼吸，随手劈烂了十来个蛤蜊，一眼瞥见昆鹏被数只蛤蜊围住，明显有些吃力。正要下去支援，却听"嘭"的一声，沧渊从舱房里滑了出来，在倾斜的甲板上径直滑向了一侧船舷。

"沧渊！抓紧船舷！"

楚曦高喝一声，劈翻一个险些咬住肩膀的蛤蜊。沧渊张牙舞爪，一只蹼爪抓住了船舷，摇摇欲坠，撕心裂肺地喊了声："师父！"

"来了！"楚曦一跃而下。

沧渊抬眼望去，那修长的白色身影衣袍翻飞，长发如练，剑似长虹，姿容真是惊世绝艳。可是楚曦这样持剑而来，却让他的心底爆发出一股强烈的恨意，手腕猛地一颤，竟然一下子就抓不住了。

他的身子往下坠去，恍惚间有个声音大笑起来——

见沧渊落向海中，楚曦俯身追去，只见他睁大双眼，连绵不断的珍珠一颗颗打到他的身上、脸上，心道：唉！八成是吓哭了……

将剑夹在腋下，楚曦伸长一臂："沧渊，抓住我的手！"

听见楚曦的呼喊，沧渊这才回过神来，怔忡地伸出蹼爪。

二人指尖相触，底下风浪骤起，楚曦垂眸就见那张妖异的鬼脸如饥似渴地凑了上来，一口就将沧渊吞入涡心，当下心神俱颤，举起长剑。剑刃如长虹贯日，剖开一道巨浪，凌空劈下！

霎时，巨浪在他的剑下分成两股，化成两条蛇形，在他的面前聚出一个人形，扬手一挡，将他震了开去。楚曦踩住剑刃堪堪稳住身形，那个人形就扑了过来，但见这个人形虽然是由水流形成，看不清面目，身姿却极妩媚，让他有种似曾相识之感，不禁生出一个念头。

"玄鸦？楚玉？是不是你？"

大抵奇怪的事够多了，他联想起来竟然毫无阻碍。

但听轻笑连连，水流分成几股，从四面八方朝他袭来，让他左支右绌。

"滚开！"

楚曦气喘吁吁的，一面躲闪，一面逼近那漩涡的中心。纠缠斡旋之中，上头一声轻喝，灵湫也跃了下来，帮他支开了一部分水流。

楚曦松了口气："你帮我挡住它，我去救人！"

不料灵湫勃然大怒："你等等！"

楚曦回眸看来，那眼神坚定如刃，像当空刺来的一剑。

灵湫身形一晃，狠狠地攥紧了手中拂尘。

——前世楚曦要护他，要救他，此世，亦如此。

人道他威震三界，为拯救苍生而牺牲了自己，是世上最无私的神，却不知道他其实亦有私情，散尽七魂六魄，只为予那一人新生。

且说沧渊虽然被卷入漩涡中心，一时不得脱困，但他是海中生灵，入水并不十分慌张。挣扎了一阵子，好斗的天性便被激发出来，他索性随汹涌的水流而下，想探探这漩涡之下到底是何光景。

涡流越往下越黑暗，他愈发感到舒适，仿佛回到了母巢之中，情不自禁地闭上了双眼，渐渐放松了紧绷如弦的身体。

水流变得温柔起来，似无数双柔荑在抚摸他的周身。

四周安静下来。

"重渊，重渊……"

静谧的黑暗中，一个妖娆的声音飘来，似乎近在咫尺，在耳畔低喃着。

那个声音唤的好像是楚曦为他取的名字，又有些许的不同。

沧渊睁开眼睛，朝四周望去，除了卷动的海水什么也没看见，只是抚过周身的水流更加服帖，更加柔顺，甚至有了一种谄媚的意思。

那个声音咯咯笑着："我的魔尊大人，我等您等得好苦啊……我熬了整整七百年才盼来了您，想必您重见天日，也是十分不易……"

沧渊难以理解这话的意思，却本能地感到一阵厌恶。他摆动鱼尾朝涡流上方迅速游去，水流纷纷被他震开，却还恬不知耻地聚拢过来，继续阻挠他的行动。那个声音亦是如影随形："啊哈哈哈，我猜，您还是放不下心中的执念吧？可不是嘛，这还未到逢魔时刻，您就找到您的师父了……"

沧渊一怔，动作迟滞了一下，便被水流密密地缠住。

"嗯……果然被我说中了，一提到您的师父，您就心神不宁了，前世如此，此世还如此，您怕是还没想起上辈子的事儿吧？哈哈哈……我的魔尊大人……不过，我得劝您一句，您最好趁早离您的师父远点儿，别再跟着他了，跟我走吧！别看您的师父看起来性子好，实则呀，是个冷血阎罗！万一他想起您前世造的孽，恐怕又会把您打到万劫不复……"

虽然仍是听不懂，一阵恐慌却蓦地攫住了沧渊的胸口。

他的瞳孔缩得极小，双爪突然张开，狠狠地撕抓四面的水流，五指闪出道道幽蓝色的寒芒，如锋利的分水刺般将涡流剖开数道裂口！

"啊呀，啊呀，疼死了，魔尊大人，手下留情！我这不是来给您出谋划策的吗？我可是您最忠心的奴仆，您倒拿我撒起气来了！我是为您好，您的师父是什么人物？您一定忘了，前世您的师父待您是如何冷酷无情！他若想起了您的所作所为，今生也是一样！他会弃您如敝屣，视您若虎狼，除之而后快！"

滚开！滚开！滚开！

沧渊心下怒极，喉头里爆发出一声嘶鸣！水流轰然炸开，那笑声却阴魂不散："我的重渊大人……唯有再次入魔，唯有变强，成为这三界至高无上之主，方能扭转结局……不然，您就再痛苦一世吧！反正熬了七百年，哈哈哈……"

"沧渊！"

一个熟悉的声音劈开重重黑暗，把沧渊从混沌里骤然惊醒。下一刻，他便察觉到有一只有力、修长的手抓住了他的胳膊，把他一把带离了漩涡。这一瞬间，一条极细的黑影钻进了他的一片鳞下。

水流散开，他把头靠近师父跟前。听见师父急促的心跳，自己胸腔里一颗快要闯出胸口的野物方才安定了些许。

那句话却在脑海中挥之不去。

弃如敝屣……除之后快吗？

心中突兀地钻出一个尖锐的念头来，像一条长相狰狞的毒虫。他下意识地收紧蹼爪，攥住了楚曦的长发，却正遇上他满含担忧的双眼，这一眼仿似一只温柔的手，四两拨千斤似的在他心尖的那条毒虫身上一点，便又让它暂时缩回了心底。

剑刃不平不稳地落在甲板上，楚曦刚一站直身体，便觉得头发被拽得生疼，可是小家伙依然瑟瑟发抖，他又不忍把沧渊拽开，只得挥剑小心地割断了那几缕头发。手起剑落，沧渊便浑身一震，楚曦差点儿以为自己割到了沧渊的爪子，掰开细看，又发觉没有。

楚曦上下检查了一下，发现他除了尾鳍处的红色面积更大了些，没有哪儿受伤，才放下心来。楚曦抬眼，遇上一双充血的眸子，又吓了一跳。

——这是吓坏了。

楚曦摸了摸沧渊的耳朵，哄道："不怕了，啊！妖怪被打跑了。"

见沧渊凝视着他，毫无回应，楚曦的心里咯噔一下：完了，傻了！

"沧渊，还认得我吗？"

沧渊的耳朵抖了抖，紧闭的嘴唇里迸出俩字："师……父。"

还好，还认人。

楚曦松了口气，垂眸在海面上寻找灵湫的身影，但见他从漩涡中捞出另一个身影，纵身飞到甲板上，怀里抱的正是那绯衣少女丹朱，看样子是溺了水，一动不动地缩在他的怀里，人事不省。

再看海面上，漩涡已经消失得无影无踪，漫天的蛤蜊也不见了，只是风浪依然很大，推着船体急速前进。

此时天色已暗，船上灯火通明，楚曦这才察觉到有些不对劲。

这艘客船上少说也有几百人，这会儿竟然异常安静。按理说他们船上船下地飞，闹出这么大的动静，整艘船早该炸开了锅，就连方才他们下去缠斗汐吹之时，也没见船上有什么围观之人。

打从昨夜起，这艘船就似乎变成了一艘鬼船。

"公子！"

楚曦扭过头，见昆鹏三步并作两步地走了过来，鲜血染红了半边胳膊，看上去很是狼狈。他喝道："昆鹏，你先坐下休息！"

昆鹏没理睬，仍然走到了他面前，上下打量了他一番，又横眉怒目地瞥了沧渊一眼，欲言又止。为免这两个活宝又掐起架来，楚曦按牢了沧渊：

"昆鹏,给我瞧瞧你胳膊上的伤。"

"一点儿小伤,公子不必费心。"

一句话硬得堪比铁钉,把楚曦碰了个无言以对。这时,沧渊不满地蹭了蹭,他只好先把沧渊抱回了房间,灵湫也跟了进来,将丹朱放到榻上,给她喂了粒丹药。

楚曦把沧渊塞进桶里,一回眸便猝不及防地撞上了灵湫的目光,他盯着沧渊的尾巴,眼神有些异样:"楚曦,你跟我出来一下。"

"怎么了?"楚曦掩上门,心下生出一丝不祥的预感。

"你那鲛人……有点儿不对劲。"

楚曦蹙眉:"怎么?"

"汐吹,乃是吸食海中溺亡者的怨念所化的妖怪,但凡活物都易被其蛊惑,我见你的鲛人神色有异,恐怕已经被汐吹影响,说不定,就附在他的身上。你需要在他的身上刺个符咒,将汐吹的邪力镇住。"

"什么符咒?"

"伸手。"

楚曦依言伸出手,便见灵湫在他的掌心比画了几下,依稀是个楔形文,只有一个字,像是个"溟"字,心中又生出那虚实不定的微妙之感来。灵湫一个字写完,手指还点在他的掌心,竟然有些发颤。

楚曦抬头,目光扫过灵湫的侧脸,发现他的睫毛亦在微微地颤抖,盯着那个字,整个人魔怔了似的,不禁疑惑地问道:"你怎么了?"

灵湫立刻负手背身:"溟……为海神之名,可镇住海中的邪魅,你用锐器刺在他身上便可。"

楚曦笑着反问:"莫非就是那个什么,拯救苍生的北溟神君?"

灵湫冷哼一声,拂袖走开。

怎么回事?谁都不给他好脸色?

第十五章 前世交情

楚曦合起手掌，啼笑皆非，语气倒是一本正经："灵真人，方才，谢谢你教我御剑，还出手相助，您的大恩，在下没齿难忘。"

"谁要你没齿难忘。方才我若是不出手，这艘船怕是要沉了！"

不知怎的，楚曦竟从灵湫的语气里听出一丝幽怨语气来，不禁头皮一麻，心道难道他上辈子真欠了这个人什么不成？

楚曦扯起嘴角，有点儿自讨没趣地沉默了一会儿，轻轻一哂。

"方才经历那番险境，在下算是知晓了自身之弱小，若想将身边之人护于羽翼之下，又怎能如此不堪一击……我所愿，曾是游历四方，历练自己，待足够强大时，返回母国为父母雪耻，复兴家族。谁知，这段时日，我才知晓仇人远不似我想的那样简单。这数十年来，周遭的一切，哪些是真，哪些是幻，我亦不得而知。死里逃生，却是从一块砧板跳进了一局大棋中。也算知晓了，于世间作乱者不尽然是恶人，还有种种魑魅魍魉，凶险远超人间纷乱。灵真人，原先，我不愿拜你为师，是因为我觉得仙、神，离我等凡人太远，我不求拯救苍生，只想做力所能及之事，保护触手可及之人，如此看来，倒是我坐井观天，狭隘了。人面螺说，这些时日我遭遇的种种，皆与我的前世有关，先前我对此尚存有疑虑，如今却已经信了。想必，灵真人也与我的前世有几分交情吧？我，觉得……你似曾相识。"

闻言，灵湫似乎有些动容，侧过脸来，眸光微闪。

见灵湫不置可否，楚曦沉默了半晌，又笑着问道："你不肯回答，莫不是因为天机不可泄露？"

灵湫扫了楚曦一眼，神色又沉下来，把脸别过去了。

"也好，若灵真人因我惹祸上身，实在不值，真人不愿告诉我也罢，我自己会寻求答案，还望真人以后不吝赐教。"

话音刚落，灵湫一扬手，扔了个什么东西过来。

楚曦接在手里，只见竟是一枚光华流转的金丹，微微一愣。

"你尚在筑基之期，能力自然有限，此乃我以日月精华炼制的元丹，吃了这个，修为会大进至金丹期，不必如常人苦修数百年。你若有上进之心，日后便随我上山，届时我再指引你继续修炼。"

楚曦愕然："这东西想必极为珍贵吧，灵真人为何待我如此慷慨？"

灵湫下颔一紧，默然半晌，铁树开花般地笑了一下，那笑容却带着点讥诮，不知道是嘲笑谁："你不是也猜到，你我前世有交情吗？"

楚曦凝目。

"是有交情，交情还不浅，不过，我不想要这份交情罢了。"

楚曦突然觉得那颗金丹有点儿扎手，不知道该如何是好。

他的前世到底是个什么人啊？怎么感觉人人都嫌弃似的？

"反正，吃与不吃，你自己决定。"

说罢，灵湫便走到了一边。

金丹在手心滚了一滚，楚曦的目光落到湿透的靴子上。和汐吹作战时的无力感依然清晰，他蹙了蹙眉，未多犹豫，仰头便吞了下去。

刚一入口，一股热意便从丹田处升腾起来，渗透肺腑，不过一瞬间，便汗流浃背。楚曦扯了扯衣襟，只觉得五内俱焚，燥热难耐。

他一回头，便见面红耳赤的灵湫愕然地道："你怎么就这样吃了？"

楚曦擦了擦脸上的汗："不然还要怎么吃？"

"你快去水里打坐。房间里那一桶水是我为你准备的。你体内的真气正在积聚成真元，经脉躁动，自然会感觉到热，熬过一阵就好了。"

楚曦推门进去，一眼望见蜷在桶里睡觉的沧渊，心下一窘，想来小家伙受惊后肯定累坏了，这会儿刚睡着，他哪儿忍心把沧渊闹醒？

可这会儿，沧渊却已经被惊动了，抬起头来。他眼底的血色已经褪去了，一双眸子水雾氤氲，似乎还没睡醒，有点儿茫然地道："师父？"

楚曦感到有点儿歉疚："你，能不能先出来一下？"

"哗啦"一下，沧渊出了水，疑惑地问："去哪儿？"

"桶让给师父一会儿……"

他的身上滚烫，沧渊这一靠近，倒是好受了不少。楚曦迅速浸入水中，一头如墨般的青丝透迤流泻。

背后袭来凉丝丝的呼吸气流，楚曦的神思一滞，他知晓又是沧渊，深吸一口气，沉声道："沧渊，这时候别打扰师父。"

耳边顿时安静下来，显然是沧渊屏住了呼吸，却并未离开。楚曦能听见鱼尾在潮湿的地面蜿蜒的细碎声响，像无数指甲在轻挠，他心头有些烦躁，但想沧渊到底是小孩子心性，好奇心重，便也没开口训斥，兀自重新凝神静气，引导真元游走于奇经八脉。

行至心脉时，那种熟悉的胸闷感果不其然又来了。

跟着，一股血气便翻涌到了喉间，被他咽了回去。

生怕诱发心疾，楚曦不敢强行运气，被金丹积聚出来的真元通过不了心脉，便又阻滞在心口处，热得像颗烧熔的铁球，折腾得他苦不堪言。明明坐在冷水中，每个毛孔仍往外冒着热汗，整个人像要熔化了一般，全身的皮肤都渐渐染上一层绯红。

好热……

攥着桶沿的手用力缩紧，骨节泛白，青筋虬结。

楚曦仰起头，有点儿喘不上气，心跳又快了起来。

"师父？"

一只冰凉的蹼爪搭上他的肩头，楚曦打了一个激灵，下意识地一掌击去，打中了什么，背后"嗖"的一下，似乎是沧渊飞了出去，又撞翻了什么，传来乒乒乓乓的一连串声响。一个声音惊叫起来："啊，你，这，这儿怎么有鲛人——太，太可爱了！"

"嗷！"

"你们在做什么？"

门被突然推开，一个声音冰锥似的刺进来。

楚曦匆匆披上衣衫，把屏风拨到一边，只见灵湫站在门口，一脸震惊的表情。榻边，那名叫丹朱的少女正骑在沧渊的尾巴上，笑嘻嘻地捧着他的头，沧渊则凶相毕露，一副随时要暴起咬人的样子，可丹朱的双手竟形如鹰爪，殷红弯曲的指甲牢牢地卡住了他的双耳。

楚曦的脑海里顿时就浮现出了一幅海鸥捕鱼的画面。

——这丫头……大概不是个寻常人。

灵湫喝道："丹朱，离他远点儿！"

丹朱委屈地噘起嘴，松开双手的瞬间，沧渊一跃而起，鱼尾一甩，使出一招"横扫千军"。楚曦一惊，来不及阻拦，却听"呼啦"一声，丹朱的背后掀开一对长达丈余的赤红色羽翼，一下子闪出了门外。

纵然有心理准备，楚曦还是难免感到有些错愕：还真就……不是个人啊！又不禁感到奇怪："她既然能飞，为何会掉到海里去？"

"这个丫头，贪玩得很，老是惹祸。让她别乱飞，她偏不听。"

楚曦暗自思忖，哦，八成是因为贪玩，去海上逛了一圈，结果着了道。

"丹朱，也是你的弟子？"

灵湫摇摇头，又点点头："她是我的坐……算是吧。"

垂眸瞥见沧渊扭着鱼尾还想追出去，楚曦弯下腰，带着安抚意味地摸了摸沧渊的头，又哄了一会儿，待这个又娇气又暴躁的小家伙差不多消气了，便把他放到了桶里。灵湫扫了这师徒二人一眼，斩钉截铁地避开了，好似多看一会儿眼里就会生疮。

待楚曦从井屏里走出来，他才没好气地道："你如何了？"

楚曦摇了摇头："实不相瞒，我有心疾，金丹虽然聚成了真元，我却无法疏通心脉，刚才很是难耐，不敢强来……"

灵湫打断他："你坐下，我助你一臂之力。"

话音未落，骨碌碌的一串声响由远及近，但见人面螺滚到了门前，螺背上还罩着一个大蛤蜊，满身都是黏糊糊的口水。

"你们……一个个光顾着自己，我差点儿被这些怪东西咬死！"

楚曦仔细地把那还在翕动的蛤蜊和人面螺比对了一番，一本正经地道："我还以为，它们应该是你的亲戚。"

"亲戚个屁！"人面螺气得七窍生烟，"还不快帮我把它掰开！"

灵湫嘴角抽搐着，抽出拂尘把蛤蜊一下子扫飞，蹲下来，毕恭毕敬地把人面螺放到了桌子上，只见它转头看了一眼楚曦，脸色凝重。一个声音在他的脑子里响起来："灵湫，你啊你，你可真是胡闹。"

灵湫一愣。

"你怎么能给他吃洗髓丹？他怎么受得住？"

"你说他魂魄残缺，如何能正常修炼？不给他吃洗髓丹提升修为，他要熬几百年才能修到碎丹结元婴那一步？恐怕他的七魂六魄还没化成元神，就又要散了，别提还要撑到渡劫的时候。"

"灵湫……我知晓，你是心急，想要北溟回归天界，可此事急不得……我怀疑当年那次天刑另有隐情，并非是因触怒了上穹。"

"你是说，是有人害北溟？"

"不好说……但我不曾告诉你，北溟虽然魂魄残缺，元神却是在的，可他的元神上也有一道裂痕，正位于心口处，是当年遭受天刑留下的印记，难以修复。如若强行提升修为，恐怕会有走火入魔的危险！"

"他的元神怎么可能还在？"

"你感应不出来，我还感应不出来吗？"

"……那他吃都吃了，我当如何？让他吐出来？"

"……你把化了真元的金丹吐出来试试？你还不如把他的骨头拆了容易点儿！真不知道怎么说你好，你尽快带他去尧光山，闭关修炼！"

"可是那个小魔头怎么办？"

"自然是为他寻个修炼的去处，难道由着他又误入歧途吗？"

"哎，你们……在说什么悄悄话？"楚曦听不见他们的对话，只见他们默默地对视，表情变幻莫测，一时有点儿好奇。

人面螺干咳了一下："没什么，我在给他算命。"

算命用得着这么苦大仇深吗？

楚曦看了一眼灵湫憋得面红耳赤的样子，心下觉得好笑。

"真人！"此时，外头忽然传来丹朱的叫声。"呼啦"一声，她落在门前，收拢了羽翼，指了指海面，"我刚才看见了一座岛，船似乎在往那个方向开，船头前方有个人影，他在用分水术！"

楚曦朝窗外看去。莫非是那个面具男在引航？

外头依然雾蒙蒙的，什么也看不清。

"我出去看看。"

灵湫站起来，出门前瞥了楚曦一眼，指了指掌心。

楚曦心领神会地点点头，看向了沧渊。沧渊也正看着他，可与他一对视，双耳便是一颤，垂下眼眸缩进了水里。这个反应倒是让他有点儿奇怪，心道莫非他听到了这个刺符咒的方法，害怕了不成？

待走到桶边，楚曦才想起来，片刻前在自己神志不清时似乎打到了小鲛，这才恍然大悟——怕是把他吓着了。

要刺符咒，沧渊定然是不愿意的，可不刺，沧渊毕竟被汐吹袭击过，诚然不太保险。

在这中阴界里，不知道还藏着多少魑魅魍魉，刺个符咒，辟一辟邪总归是好些。想着，他弯下腰，伸手戳破了一个浮上来的小泡泡，轻声唤道："渊儿，方才师父是不是把你吓到了？"

沧渊抬起眼皮，瞧见那双星辰似的眸子，几缕漆黑的发丝垂到水里，好似渔人放下的饵，有种致命的诱惑。小鲛自以为是自己缠上了他，能让他为自己所惑，其实一开始就成了咬饵的鱼。

自己不是把他当猎物的。

自己一点儿也不想吃他，只想跟着他，做他的徒弟。

鲛人可以相信人类吗？

这是那天夜里他救出奄奄一息的姐姐时，问她的最后一个问题。

可姐姐只是用仅存的一丝力气抓住了他的手，告诉他，别相信人类。

人类总说鲛族是嗜血狡诈的生灵，但其实论作恶鲛族远远不及人类。

人是最会骗人的，最残忍的。

他们说爱你时，会甜言蜜语，要你的命时，便会千刀万剐。

可他还是回了头，义无反顾地去救了楚曦。

他明明想跟着楚曦，黏着楚曦，却不知为何有点儿畏首畏尾了起来，像幼时第一次看见鱼饵的时候，想咬，却本能地感觉到危险。

沧渊的脑子里一片混乱，鱼尾末端隐约泛起一丝热意。

楚曦自然看不透他在胡思乱想些什么，只见他缩在水里不动，便有点儿担心了，索性伸手抓住沧渊的胳膊，想把他捞出来。

沧渊猝不及防，吓了一跳，慌里慌张地往下缩，他的皮肤滑溜溜的，楚曦一下子没抓住，给他缩了回去，水花溅了个满头满脸。

楚曦扶了扶额头，这是怎么了？突然不黏他了，真是有点儿不习惯。

这可怎么刺符呢？

楚曦伸出双臂，试探着道："来，师父瞧瞧你。"

还没眨眼睛，水里"哗啦"一声，一双湿漉漉的蹼爪攀住了他的胳膊。

……看来是他想多了。

楚曦忍不住嗤笑一声，揉了揉沧渊的头："刚才师父把你打疼了，嗯？"

沧渊的爪子一抖，他蜷缩起来，像朵惹人怜爱的小花。

楚曦叹了口气，这个小可怜，怎么这么惹人疼呢？

"师父伤着你哪儿了？给师父瞧瞧？"

沧渊咕噜一声吐了个泡泡，侧过脸。楚曦这才注意到他的脸上红了一片，摸了一下，顿时觉得他的体温高得有些不正常。鲛人的身上不是凉的吗？

"沧渊，你……有没有觉得有什么不舒服？"

沧渊眨了眨眼睛，摇了摇头，没说话。楚曦不禁想起汐吹的邪恶笑容，心里觉得实在不妙，莫不是汐吹对沧渊动了什么手脚，提起剑便在沧渊的身上寻找适合的刺符之处。

上下看了看，又觉得不成，若是用剑刺，下手太重了怎么办？

要有个针什么的就……

这个念头一出，他的手里当下一轻……那柄剑真的变成了一根针。

都说铁杵磨成针，他却只用想就实现了，这可太方便了点儿。

无暇惊讶，楚曦犹豫须臾，捉住了沧渊的一只手腕。小鲛生得这么漂亮，刺哪儿都不好看，就刺手心吧。见沧渊缩着爪子，有些害怕似的，他轻轻抚了一把他的鱼尾，安慰道："别怕啊，就一下。"

沧渊一语不发，瞅了楚曦一眼，眸光闪烁着。

楚曦顿时觉得有点儿罪恶感："好吧，可能有两三下，不会太疼的。"

沧渊摇摇头，声音低低地道："师父，怕。"

说完，又扭了扭身子，意思很明显，要他哄。

楚曦心里一软，覆住沧渊的双眼："别怕，很快就好了。"

楚曦脊背挺得笔直，一只手掰开沧渊的爪子，一手执着针，小心翼翼地在他潮湿的掌心刺起符咒来。

刚一下针，才觉得这刺符绝非易事，鲛人手掌的皮肤又滑又韧，像一层软甲，那针尖溜来溜去，压根不听他使唤。沧渊倒没被弄疼，反倒觉得很痒，忍不住胡乱扭动起来。

第四卷 蜕变

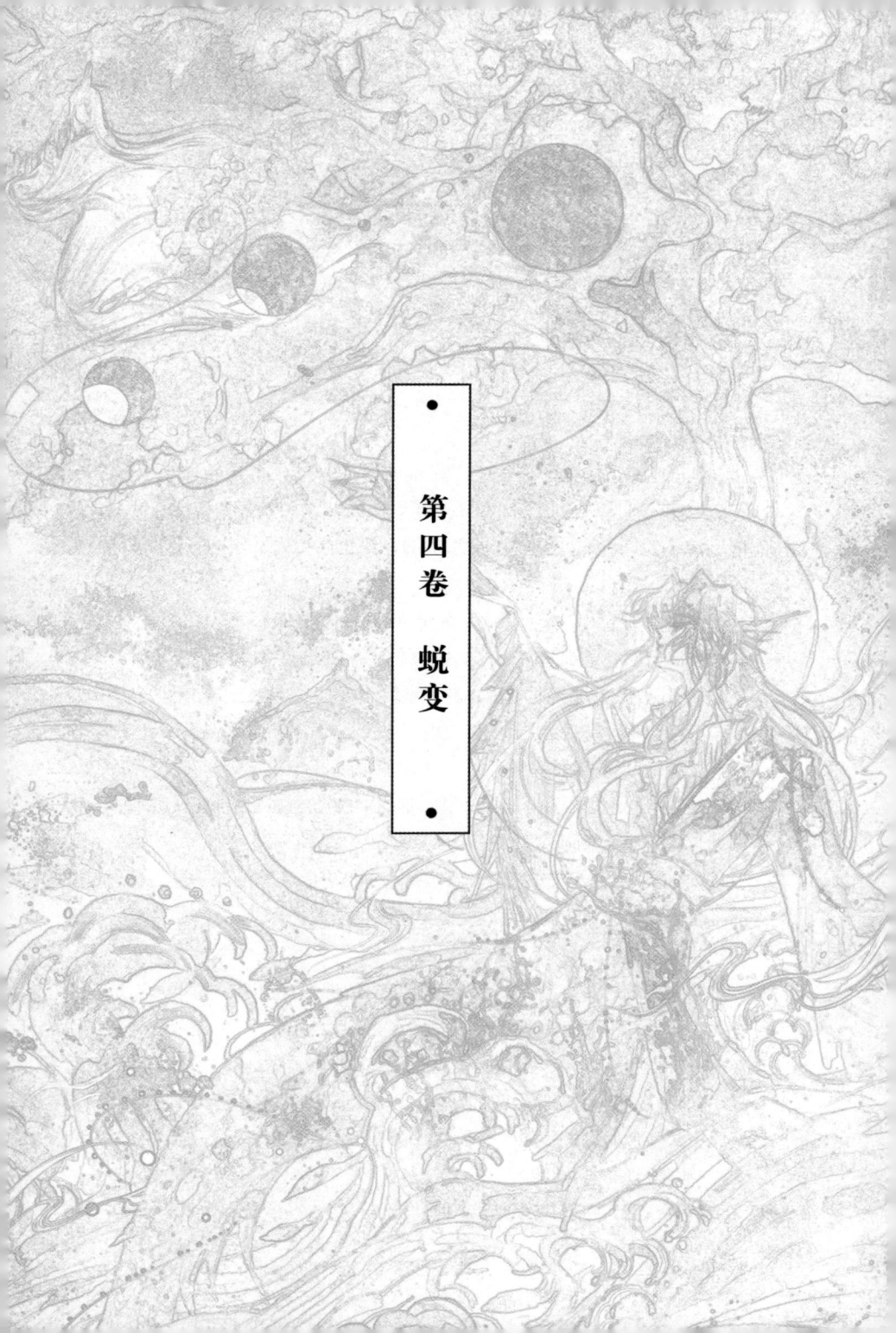

第十六章 蜕变之始

楚曦生怕下重了手,喝道:"别乱动!"

沧渊的呼吸一凝,身子是不动了,嘴巴却没闲着,噗噗地吹泡泡。楚曦忍俊不禁,可只要这个小祖宗不动,他也懒得去管别的,只凝神静气,缓缓下针。

这次他用了近八成力气,总算是刺破了沧渊的皮。

一滴蓝紫色的血珠沁出来,沧渊倒既没吭气也没喊疼,任楚曦将一个"溟"字完完整整地刻在了掌心。楚曦给他擦血时,他还一动不动,不由得有些奇怪,垂眸瞧去,见他还盯着手心发愣。

难道是符咒起效果了?

楚曦担心地捏了一下他的耳朵,他才如梦初醒,目光仍然停留在手心,像是有些怔忡:"师父,这是什么?"

"这是一个字,"楚曦解释道,"是海神的名字,和沧渊一样,也是大海的意思。我把它刻在你的手心,是希望海神能保护你。"

"溟。"

沧渊蜷缩起手,感到脉搏突突乱窜。仿佛刻在他手心的字,不是一个符咒,而是亘古不变的指引。

"哎,手心有伤口,别这么用力。"

楚曦轻轻地拨开他带蹼的手指,不禁一愣,掌心的伤口已经愈合了,变成了深紫色的线,犹如一个刺青,清晰,分明。

"师父,你的名字呢?"

楚曦一哂,心道我的名字笔画太多了,你多半是学不会的,便道:"师父的名字太难学了,我先教你写自己的名字。"

沧渊点了点头,楚曦便重新托起他的蹼爪,把针变回笔,就在他掌心那个"溟"字之上一笔一画地写了个"渊":"看清楚了吗?"

沉默了半晌,沧渊才很轻地"嗯"了一声。

"乖。"楚曦摸了一把他的尾巴。

"师父……"

"嗯?"

沧渊感到尾鳍末端愈发热了,有种隐约的撕裂之感袭来,又痛又痒,他难耐地把鱼尾缩了一缩,破天荒地躲开了楚曦的手。

楚曦挠了个空,手悬在那儿有点尴尬,心里觉得大抵是把他挠得不舒服了,唉!怪自己,习惯性地把他当成猫摸了,鱼尾又不是猫背!

楚曦缩回手,转而整理了一下衣衫,沧渊又"嗖"的一下缩进了桶里。船身又不正常地震荡起来,竟然像是触了礁。

楚曦忙推门出去,正撞见昆鹏跑来:"公子,船靠岸了!"

靠岸?楚曦举目看去,果然见船已经驶近了一座小岛。这座岛就像凭空从雾茫茫的海面上冒出来的一样,正好拦在船头的前方。船速分毫不减,眼看就要撞进小岛周围嶙峋如小山的礁石群里!

这哪里是要靠岸,分明是要撞岸了!

"你抓紧点儿!"楚曦把昆鹏拉进房间内,关上门,冲到桶边,把沧渊一把拽了出来,顾不上他扭着鱼尾使劲儿挣扎,又抓住了房中的一根梁柱。

船顷刻间便猛烈地晃荡起来,房间里的东西像赌盅里的骰子上下左右地乱飞,昆鹏也被撞得飞了过来。

"抓住!"楚曦一伸腿,堪堪被昆鹏抱了个结实。

眼看船身整个倾向一边,靴子也快被昆鹏抓掉了,楚曦心下大惊,将玉笔一甩,化作飞剑,双手一左一右将两只活宝着力一提,一脚蹬上剑身,刹那间从敞开的窗户间凌空飞出。他悬在空中,垂眸一看,但见夜色之中,这艘庞然巨物如重伤的大龟在礁石群里蹒跚受困,慢慢倒向了小岛一侧的峭壁,船帆像铺天之云缓缓落进海里。

足下的剑承受了三个人的重量,亦是摇摇欲坠。楚曦不敢逞能,朝悬崖上飞去，还未接近悬崖，就已经体力不支，身子直往下坠去，眼看就要撞上峭壁。千钧一发之际，只觉得背后劲风袭来，一片阴影自头顶笼罩下来，双肩一紧，竟被一对砂锅大的鸟爪擒住了！

转眼间，就飞上了悬崖。

双脚刚刚站稳，"呼啦"一声，一个人头鸟身的怪物落在眼前，脸是俏丽的少女模样，正是丹朱。再看她的背上驮着灵湫这么一个长手长脚的大男人，楚曦不禁生出了一点儿同情。灵湫倒是面无愧色，翩然落地，走到悬崖边上，往下察看。楚曦俯瞰一眼，立时骇然。

巨舟并未翻倒，斜靠在峭壁上，可船内上下，无数人掉进了水中，那些人却一动不动，密密麻麻地在水面上漂着，不知道死了没有。

楚曦放下沧渊，一把抓住灵湫的袖子："你陪我下去救人。"

谁料灵湫一甩拂尘，就把他的手扫掉了，冷冷地道："没用的，都死了。他们一上蜃气船，就成了蜃灵的养分，进到中阴界里，蜃灵们全出来了，自然没命可活。你们这几天没事，全靠我镇在这儿，造出这艘蜃气船的那个魔修才不敢轻举妄动。现在，他把我们引到这儿来，谁知道想做什么？你寸步不许离开我，听见没有？"

他话音刚落，便听底下有人叫了起来："上面的几位大侠，搭把手，这儿还有活的！"

楚曦循声瞧去，有一个青衣人挂在一根斜插在峭壁上的桅杆上，一只手还抓着个红衣女子，两个人都是他在戏台上见过的，他记得人面螺说青衣人是个灵巫，红衣女子则是个妖修。

想来因为并不是普通人，这才幸免于难。

虽然皆非善类，可到底不能见死不救，他刚想御剑，灵湫按住楚曦的胳膊，扫了丹朱一眼，丹朱飞扑而下，将二人抓了回来。此时，楚曦看见下方那些大小不一的礁石，竟然一个个都动了起来。

月光之下，它们都白森森的，棱角分明，看起来像是颗颗新生的牙齿，又像一朵朵形状奇特的花苞，正从水面下缓缓地钻出来。

第十七章 蓬莱幻境

楚曦蹙起眉毛，盯着那些礁石细看，只觉得那些礁石不像礁石，反倒像生长在礁石和鲸鱼背上的……藤壶。

只不过这些藤壶比寻常的藤壶大了不止十倍，而且它们的尖端正逐渐裂开，露出一张张……人的面孔。

"哇啊……"

藤壶们张开嘴，开始争先恐后地吞噬起海面上的人来。

不知为何，面对此等惊悚的景象，楚曦的心底却涌起一股难以忍耐的痛楚，竟不亚于十二年前家破人亡之时。他觉得眼前发黑，险些支撑不住一头栽下悬崖去，幸而被沧渊往回拖了一把。

沧渊抱紧楚曦的胳膊："师父，你，怎么了？"

"我就知道，这艘船不简单……"

楚曦扭过头，见灵湫还在望着底下，脸色极为难看。他的呼吸分明在颤抖，仿佛在经历一场残忍的噩梦。

这景象固然恐怖，但楚曦却清楚，底下这些藤壶吞噬尸体断不会使灵湫如此激动，否则方才灵湫也不会如此冷静地阻拦他去救人。

"那些是什么东西？"

"厴魖……"灵湫别过脸，眼底蔓延出血丝，"这里有鬼爪螺，证明厴魖也要复活了，这里是一个噩梦……一个噩梦。"

楚曦听灵湫喃喃着，不明所以地抓住他的胳膊："什么噩梦？"

"滚开，别碰我！"

灵湫狠狠地挥开楚曦的手，横了他和沧渊一眼，眼神竟满含怨怒。

"都是你们俩……"

沧渊往楚曦的背后一缩,楚曦摸了摸他的头,莫名其妙的,怎么了这是?

"喂,小公子,你连鬼爪螺都不知道是什么?真是孤陋寡闻!"一个柔媚的女子声音飘了过来。那个红衣女站起来,拍了拍身上的灰尘,笑盈盈的,"鬼爪螺是餍魅吞吃了一群小仙后拉出来的屎!"

旁边的青衣人刚爬起来,笑得打了个趔趄:"放屁!你乱说什么?"

"餍魅?"

楚曦只觉这个词听起来有些耳熟,正想问灵湫,只觉得身旁一道疾风袭过,那拂尘当空扫去,将那个红衣女打得飞出了几十丈外。

灵湫满脸寒霜:"再敢乱放厥词,我要你的命!"

"你!"红衣女满脸怒容,身后炸出了一大团赤红色的狐狸尾巴,却又害怕灵湫,一溜烟地跑了。青衣灵巫见状幸灾乐祸,捧腹大笑:"叫你多嘴多舌,原形都给打出来了吧!哈哈哈……"

楚曦问:"灵湫,你刚才说什么,什么噩梦,什么魅?"

灵湫没说话,他抓在手里的人面螺却长叹了一口气。

"餍魅,是上古魔物,比遗墟魔尊出现得更早,是上古时代最恐怖的存在之一……它一诞生便在世间散播恐怖的瘟疫,这种瘟疫可以侵袭世人的夜晚,让他们在最深的恐惧里醒来,成为嗜血的野兽,互相残杀,吞食彼此。等这些人的怨恶之气成为它的养料,它就让他们最恐惧的想象或者最痛苦的回忆变成以假乱真的幻境,就像噩梦一样腐蚀它所占据的每一寸土地……因为它的恐怖,远甚于旱魃,故名,餍魅。"

"的确够恐怖。"楚曦觉得后背发凉,"可上古魔物为何会出现在此?"

话音刚落,只听"嘭"的一声,不远处的天际一亮,爆开五颜六色的光彩,竟然是一簇烟花。楚曦望去,眺见岛中流光溢彩,云蒸雾绕,竟是一片繁华美景,根本不似会有魔物出现的样子。

"这里,看起来,倒是……不太像幻境。"

"因为这里是蓬莱岛。"灵湫的声音从齿缝里挤出来,仿佛字字凝冰,"这里原本各路修士云集,是集日月精华的修炼圣地,所以餍魅诞生时,最先摧毁了这里,然后复现了当年的蓬莱盛景。若我猜得不错,那个魔修应该是把我们引到了餍魅织造的幻境里——那不完全是幻境，而是蓬莱岛曾经的样子。若不破除这个幻境，尽快离开这座岛，我们恐怕都会成为餍魅复活所需的养分。"

楚曦的心头猛地一跳。所以，那边的繁华盛景就是这座岛以前的样子吗？他盯着那七彩光华浮动之处，心里仍在隐隐作痛。

……竟然觉得有些眼熟。

难道他前世也来过此地？

楚曦问："要如何才能破除幻境？"

灵湫摇了摇头，看向手里的人面螺。人面螺沉默了半晌，道："餍魅要复活，必然要汲取足够的怨气，重现当年发生的事。你们看见了，这里既然是过去的蓬莱岛，那么餍魅此时必定还没有来。当年在蓬莱岛，餍魅是先从附身了某一个怨气深重之人开始，通过此人的话语传播瘟疫，一夕之间就传遍了整座岛。"

灵湫道："我们走，先进城再说，丹朱。"

丹朱应声伏下，羽翼伸展开来，竟然又变长了几丈，显得中间一个少女的小脑袋极不协调。楚曦目测了一下，虽然觉得丹朱的身上挤下他们几个绰绰有余，但心里还是有点儿别扭，感觉在虐待小孩子似的。

似乎感应到楚曦的想法，丹朱扭过头来，眨了眨眼睛，露出一副很乖的样子。

楚曦顿时心生怜爱，坐上去时，忍不住想摸她的脑袋，手刚伸出去，就被一只蹼爪半路截下，沧渊一脸不满地瞅着他，挑起眉梢："不，嗷。"

楚曦心里觉得好笑，转而摸了摸沧渊的脑袋。

一旁的灵湫忍无可忍，脱下披风甩到师徒俩身上："你把他藏好！这座岛中不知道有多少牛鬼蛇神，鲛珠对修道之人是无价之宝，万一被盯上了，麻烦要多少有多少。"

"哎，不如卖给我，卖给我就没有麻烦了！"

那个青衣灵巫从一旁凑上来，盯着沧渊，双眼放光："小公子，你从哪儿弄来这么漂亮的小鲛人啊，能不能卖给我？我出三十万金……"

没等沧渊发飙，楚曦一把将他掀了下去，将沧渊又裹了裹。沧渊的心里甜滋滋的，尽管鱼尾又躁又痒，还是乖乖地不乱动。

昆鹏的眼珠子都快翻得飞出去了，他不自觉地狂揪鸟毛泄愤。

丹朱吃痛地抖抖双翅，飞了起来。那个青衣灵巫边追边喊："哎，等等，捎我一程！我会招魂驭鬼，会缚妖驱魔，还会按摩搓背！等等……你们要对付魇魅是不是？我能织梦，美梦，发财梦！"

"……"楚曦默默地捂住了沧渊的耳朵。

灵湫轻声喝道："丹朱。"

丹朱在半空中打了个转，又飞了下去。青衣灵巫气喘吁吁地跳上来，被沧渊的鱼尾甩了一耳光，险些一个跟头又栽下去，揪住丹朱的尾翎才勉强坐稳，抹了一把鼻血："哎，我说你这个……怎么脾气这么坏？我说要买你，又没说要把你怎么样……"

感觉沧渊一动，又要暴起伤人，楚曦忙把他按住了："乖。"

那个人抹干净鼻血，取下斗笠，竟然露出一张深邃鲜明的脸，皮肤是久经日晒后的小麦色，那双眼睛一看便是时常招惹桃花的，蕴着一股风流气，细长的颈间挂着一枚银环，随着他的呼吸微微扭动，细看原来是一条小蛇。

不知怎么，楚曦总觉得他眉眼有点儿像一个人。

"在下苏离，巫咸国来的，勉强算个巫医吧，见过诸位。"

昆鹏对他一抱拳："在下昆鹏。"

"在下楚曦。"楚曦腾不开手，也就只能点点头了。

灵湫倒很直截了当，转身过来就掐住了他的脖子，那条银蛇张嘴想咬，被拂上来的拂尘活活缠成了一团。

"说，你和那个妖修怎么会在那艘船上？又怎么会安然无恙？"

"船上又不止我们俩活下来了，剩下的这会儿都在跟那群鬼爪螺打架呢！只不过我爬出来的时候正好撞见了你们……"

"少啰唆，回答我的问题。"

人面螺心里犯嘀咕，灵湫这个口气跟他的师父还真像。

感到颈间手指猛地收紧，苏离叫苦不迭："我说，我说还不行嘛！我就是知道那是一艘蜃气船，才上来的，我有个哥哥上了蜃气船，人就不见了，我是来寻他的，至于那个狐妖，嘿嘿，就是我在船上勾搭上的，她可火辣了……"

人面螺道："他说的是实话，别为难他了。"

楚曦问："你那个哥哥，是不是叫……苏涅？"

"公子？"昆鹏一惊，这不是公子养的那两个门客中的一个吗？

苏离点点头："可真巧，他确实叫这个名字，你认识他？"

楚曦一哂，摇摇头："不只认识。我收留了他三年。你觉得巧，我觉得更巧。"

"收留？"苏离的表情变得奇怪了起来，他笑着瞥了一眼楚曦，"便如收留这个小鲛人一般吗？"

似乎是因为认生，沧渊暴躁地伸出蹼爪，用披风把自己的头也蒙住了："请师父，不要和他说话。"

苏离暗暗咂舌，这个小鲛人，还知道护主呢，像个猎犬似的。

第十八章 呼风唤雨

须臾，丹朱就载着他们飞到了岛中心的城池上空。往下俯瞰，可见城中灯火辉煌，烟气缭绕，楼阁街道之间，诸多修士们飘来飞去，手持各类法宝武器，一派令人眼花缭乱的盛景。

明知道这是幻境，楚曦也不免觉得新奇，心中惊叹不已。

丹朱盘旋落于一座高塔的顶上，立刻掀起一片惊叹的声音。

"哇，还带了坐骑过来！好大的派头！"

"不知道是哪一门哪一派的高人！"

"穿白衣的，莫不是玄虚门的？"

"该不会也是来参加明日的试炼大会的吧？"

"哈，那可就不懂规矩了，参加试炼哪里能带灵兽来？"

见许多人仰头张望，楚曦奇怪地问道："幻境中的人也能看见我们？"

灵湫面无表情地道："这些都是被餍魅吞噬掉的魂魄，他们被永远困在它的梦里，自己却浑然不觉，还以为这里就是现实，会对我们这些外来者有所反应，并不奇怪。你们莫要与他们过多接触。"

苏离笑着道："哎，要是在这儿找个人……寻欢作乐会如何？"

楚曦再次捂住了沧渊的双耳，生怕这个人教坏小孩子。灵湫冷冷地扫了他一眼："不怕被困在这里，你大可以试试。"

苏离被灵湫的眼神冻得打了个寒噤："那我还是算了！"

大抵是他们不算特别打眼的，从天而降在这满天乱飞的诸多修士之中也不足为奇，从高阁下去后，便没多少人再盯着他们议论了。

他们的所在之处，似乎是城中最大的广场，广场中心有十个圆形高台，中心有一座石塔高耸入云，四周围绕着数十根粗大的石柱，石柱顶端皆燃有焰火，环绕广场而建的楼阁足有数十座，显得颇为热闹。

楚曦轻叹："这光景，怎么像是要比武打擂台之类的？"

"是人界百年一次的试炼大会。"灵湫看着周遭的景象，似乎有些感慨，深吸了口气，"每到试炼大会之时，各门各派的修士聚集在此比试，胜出者可登蓬莱仙台。那座仙台是日月精华最盛之地，在那儿修炼一日，修为就可大进，不少胜出者修炼个几年就飞升成仙了。餍魅制造的噩梦瘟疫，就是试炼大会结束的当天夜里暴发的。"

"不会就是今夜吧？"

灵湫摇摇头："没那么快，你看，那座石塔上的祭神坛还未点燃，要等蓬莱岛主亲自点燃，试炼大会才算正式开始。"

蓬莱岛主？

楚曦心中一动："你们方才说，餍魅是附在某个人的身上，通过他的话语传播瘟疫，一夕之间就传遍了整座岛。那么，能与多人同时说话者，身份必然高贵，如此说来，岛主岂不是很有嫌疑？"

灵湫冷哼一声："无知至极！此人的身份必然不一般，但绝对不是岛主。当年岛主的修为已臻至化境，若非出手援助北溟神君与餍魅一战，他必然早已飞升成仙，断不会落得个尸骨无存的下场。"

楚曦像被他当头泼了盆冰水，噎得说不出话。

怎么感觉灵湫打上岛起就怨气滔天呢，餍魅直接找他得了。楚曦环顾四周，擂台周围各路人马各显神通，看得隐约有些心潮澎湃，可一想到这些能人异士皆是困在幻境中的孤魂野鬼，又不禁感到惋惜："这些人，可还有救？"

灵湫皱眉不语。人面螺道："若能破除幻境，兴许能帮助他们往生。"

楚曦点了点头："那我们一定要尽力试试帮他们解脱。"

灵湫一拂袖，轻哼一声，转过身去："百年前他们都没能得救，还指望今日你来救？"

"你！"楚曦哑口无言，这个人到底会不会说人话？

一行人进了一栋楼，挑了间视野好的雅间坐下来。

楚曦把沧渊放到一把椅子上，用披风把他的尖耳朵盖好，又掩住了他的半张脸，如此不至于让鲛人逆天的美貌太惹眼。尽管，只凭一双勾魂摄魄的眼睛，沧渊也足以倾倒众生了——

四周频频投过来的目光就是证明。

楚曦不得不多啰唆一句："沧渊，在人多的地方，一定要低着头乖乖的，尾巴不能缠着师父，知不知道？"

沧渊眯起眼睛，有些不满："为什么？嗷？"

楚曦摸了摸鱼尾："……师父以后再跟你解释，啊！"

鱼尾颤抖了一下，鳞片纷纷立了起来。

楚曦当沧渊是怯生，抬起了手："乖。"

话音刚落，沧渊便把头拱了过来："师父，痒……"

"好了，坐好，这里人多……"

灵湫看得只皱眉头："你就惯着他吧。"

昆鹏黑着脸疯狂地点头，表示同样忍无可忍。

楚曦也觉得无奈，努力将不断摆动尾巴的沧渊按在旁边的椅子上，盯着他的眼睛道："沧渊，不许乱动！"

披风下的一双眼睛眨了眨，瞳孔便缩成了针尖大小。

楚曦知道，沧渊这副模样，就是生气了。他十分头大地坐回自己的椅子上，沧渊也实在太孩子气了，一天十二个时辰，除了待在水里的时候，就恨不得变成他的尾巴。

唉！也许长大一些就会好了吧。

正在此时，四周此起彼伏地响起了一片惊叹声。

一个人叫道："你们看，岛主来了！"

"岛主！还有……岛主夫人也来了！"

楚曦转头望去，但见上方一只生有双翼的巨大白虎拉着一架车辇降落在擂台之上。那辇上无盖，可见一男子坐在当中，虽然还看不清面目，但定然就是岛主了。岛主的身旁站着一个持伞的纤瘦女子，自然是其夫人了。待车辇落稳，岛主夫人便侧身去扶岛主。岛主却没站起来，连人带车座被她缓缓地推着下辇来。待看清楚那车座的样子，楚曦不禁吃了一惊，那分明是一把轮椅——

这位蓬莱岛主，竟然不能行走吗？是双腿有疾？

擂台周围人声鼎沸，岛主却一言不发，也没什么动作，倒是岛主夫人将手里的那把纸伞转了一转，上空便有一片云雾聚拢过来，遮住了月亮，瞬息之间，便下起了雨。蒙蒙雨雾中，擂台上的一对佳侣，一坐一站，一静一动，有股说不出的风雅脱尘之感。

顷刻，周遭赞叹之声一浪高过一浪。

"想不到岛主夫人竟然已经到了能呼风唤雨的境界！"

"厉害！真厉害啊！岛主与夫人怕是已要羽化登仙了吧？"

在这热闹的声潮中，岛主扬手一拂，雨又停了，"呼"的一声，石塔上燃起一簇耀眼的金色火焰，照得擂台周围有如白昼。

"诸位远道而来，参加此次试炼大会，我二人不胜荣幸。"此时，只听一个清亮的女人的声音当空响起，"百年之间，必定英豪辈出，不知蓬莱仙台要迎来的下一个贵客会出自哪门哪派？"

周围的人群突然安静了一瞬间，便又变得更加喧哗起来，众人议论纷纷，摩拳擦掌。

那位岛主夫人朝台下行了个礼，这才将伞收起，缓缓放下。她收伞的动作极为优美，身形极是曼妙，带纱的伞沿之下若隐若现地露出一张素净的脸。

"苏涅？"

楚曦盯着她失声道，旁边的苏离也"唰"的一下站了起来。

那位岛主夫人，跟他的那个门客长得也太像了点儿。

苏离的声音颤抖着道："那、那、那……不是我哥吗？"

苏涅怎么会出现在这儿？还成了岛主夫人？

楚曦盯着苏涅看了又看，然后目光落在岛主的脸上，又是一惊。

那个男子生得容貌冷峻，竟然像极了他的另一个与苏涅一同失踪的门客，罗生。

苏离推开窗子："不行，我要去找我哥！"

"等等！"

灵湫一伸手抓了个空，苏离已经纵身跳到了擂台上。

"哥！你怎么在这儿？害得我一通好找！"

灵湫一惊，一伸手将拂尘甩了出去，在苏离冲到苏涅身前之际把他绊了个大跟头，缠着他的脖子将其拖了回来。苏离"唔唔"地叫唤着，被灵湫捏住后颈，死死地按在椅子上，好半天才扯掉拂尘："你做什么？"

灵湫压低声音："那不是你哥，这个幻境里的人都不是真的！"

苏离勃然大怒："呸，你知道个屁！我哥上了蜃气船就不见了，现在又出现在这儿，怎么可能不是真的？你个死人脸放开我！"他还要骂，却见脖子上的银蛇被灵湫扯了下来，当即变了脸色，"你、你、你别乱来，那可是我的'命根子'，哎哟……"

隔壁桌纷纷投来了异样的目光。

灵湫怒气更甚，捏着那条小银蛇，手劲也愈发大了，掐得苏离胡乱扭动，连连告饶。

楚曦拍了一下灵湫，小声道："喂，我……认识他们。"

灵湫吃了一惊，盯着楚曦半晌才道："你自己想起来了？"

"这还用想？"楚曦蹙眉，难道在灵湫看来，他应该不记得自己曾经的门客吗？不对，灵湫说的，跟他答的，根本不是一回事。

这不是巧合。难道又是前世？

如此倒也能解释，苏涅和罗生为什么会来做他这样一个无权无势的公子的谋士了。这十年，也是多亏了他们的斡旋，他才没有被楚玉及其背后之人整得太惨。

楚曦问："灵湫，关于苏涅和罗生，你都知道什么？"

"苏涅？罗生？不是。"灵湫停顿了一下，旋即眼神又黯淡下来，"岛主名叫云陌，夫人叫云橞，是蓬莱岛主的义子和女儿，不是你说的那两个人。不过……苏涅是不是你之前提到的那个门客？"

楚曦点点头："我认得他们，是因为他们都曾在我的身边出现过，并且帮过我不少忙。灵湫，他们是不是前世都与我有什么牵扯，才会出现在这儿？"说着，他的脑中灵光一闪，"等等……你刚才说什么，岛主援助谁对付鬾魅来着，北溟神君？那个上古海神？"

灵湫的脸僵住了。

一阵强烈的心悸袭来，沧渊不禁呼吸一紧。

楚曦嗤笑一声，哂道："我前世总该不会是个神吧……"

灵湫将楚曦的嘴一把捂住了，与人面螺面如死灰地对视了一眼，心照不宣地默念：自己推测出来，这应该不算泄露天机吧？

　　耳闻上方传来隐隐的雷鸣，四目俱是一沉。人面螺叹了口气："灵湫，你可别再说漏嘴了，现在北溟没有神体仙骨，万一招来天劫，死都不知道是怎么死的，再加上那个小魔头万一在北溟化神飞升前就想起来前世的事，那可更是雪上加霜……"

　　灵湫和人面螺几乎是异口同声地道："你不是！别胡说八道，亵渎神明！"

　　楚曦拿开灵湫的手，笑道："行了，用不着你们说，我也觉得荒谬至极，哪有一个神会像我活得这么窝囊的。再说那北溟神君不是魂飞魄散了吗，哪能转世成一个落魄公……"

　　灵湫慌忙厉喝道："你给我闭嘴！"

　　沧渊满耳俱是"魂飞魄散"这个词，只觉头痛欲裂，似万箭穿心，五脏六腑无一处不疼，喉头里发出了"嚄嚄"的痛苦嘶鸣。楚曦听见这声音，忙凑过去察看他："沧渊，怎么了？不舒服？"

　　刚一揭开披风，楚曦就被吓了一跳，沧渊双眼紧闭，眉头紧锁，嘴唇都快被自己的獠牙咬穿了，鲜血从下巴一路滴到身上。

　　怎么训了一句，就生气成这样了？

　　楚曦快心疼死了，慌忙去掰他的嘴："沧渊，沧渊！"

　　沧渊颤抖了一下，一口咬在楚曦的手背上，睫毛剧烈颤抖着。疼是疼得要命，楚曦却也不敢抽回手，就任他这么咬着，灵湫和昆鹏要来帮忙，也被楚曦挡住了："别动，他没下重口！会弄断牙的！"

　　旁边的二人俱是一阵语塞——不是应该先担心手被咬断吗？

　　昆鹏急得直吼："这鬼东西的牙比剔骨刀还锋利，你瞎操个什么心？"

　　楚曦也吼道："刚换的新牙呢！"

第十九章 初露锋芒

似乎被吼声惊醒,刺入手背的獠牙突然一松。

沧渊睁开眼睛,眼神还有些迷茫,楚曦抽回手,他才全然清醒过来,一把捉住了楚曦的手腕,盯着那两个冒血的小洞,双眼眨了一下,眼看就要哭了。楚曦生怕他泣出珍珠来落得满地都是,太引人注目,便把他揽过去,摸摸脑袋哄了哄,半天才哄好。

"敢问诸位是哪一派的?"

此时,隔壁传来一个声音,打破了沉默。

灵湫伸手拨开木珠结成的帘子,一个身着赭黄色道袍的道士站在那里,笑眯眯地冲他们拱手一揖,他背后坐着的一桌子人也全都是道士。

"呃……"楚曦心道,灵湫说过他是什么山来的?

"尧光山。"

"啊,原来是尧光山的道友!在下乃是地爻派的,有幸结识诸位……"那个人环顾一圈,目光掠过沧渊时一凝。楚曦心头一跳,忙用披风盖住他的脑袋,心叫糟糕。

黄衫道士怪异地笑了笑,倒也没说什么,坐下与边上一个年长的虬须道士交头接耳,眼睛不住地往沧渊这边瞟。楚曦感到不安起来,鲛人到底是妖族,带到这种场合若是被发现了必然会有麻烦。

此时,外头又传来一阵喧哗,原来是试炼大会开始了。

楚曦扭头,见岛主夫人推着岛主上了车辇,看样子是要打道回府了,白虎拉着车辇起飞时,岛主正抬头与他的夫人说话,后者兀自打着伞,没弯下腰去听,这实在是个不太体贴的举动。

他不由得心想，这对"夫妇"似乎有点儿……貌合神离啊。

那位岛主夫人到底是不是苏涅扮的呢？还是苏涅的先辈、亲人？苏离说苏涅上了蜃气船就失踪了，苏涅和这位岛主夫人之间必定有什么关联。

楚曦越想越觉得可疑，虽然在他的印象里苏涅是个行事乖张却重情重义之人，可以信赖，但他从不知晓苏涅有可能是个女人，而且是巫咸国人，更不知道苏涅有个灵巫弟弟。

现在看来，他过去的生活里，几乎身边的每一个人都不那么简单。

这么想着，楚曦问灵湫："岛主是因为身体不好，所以平常不怎么说话，都让夫人代劳的吗？"

灵湫与楚曦的目光交汇，淡淡地道："你怀疑岛主夫人？不会是她。要一夕之间将瘟疫传遍蓬莱岛，就得让岛上的大部分人都没有防备地入睡，餍魅方能毫无阻碍地入侵梦境。可试炼大会的观战人群中，不乏修为高深至七八重境界的前辈，能催眠他们的人，不管是修什么的，除非修到了第九重的最高境界，否则不可能办到。"

楚曦问："可夫人能呼风唤雨，难道不是很厉害？"

"那只是看起来。我接触过岛主夫人，她根骨非常差，体质极阴，根本不是适合修炼之人，应该是靠丹药强行炼化出真元的，岛主都没有达到第九重境界，她更加不可能，只会些花架子罢了。"

听他这么说，楚曦却愈发觉得奇怪。

"你之前说，他们是师兄妹？"

"嗯，云槿是老蓬莱岛主的女儿，云陌是养子。"

"那为何老岛主将岛主之位传给养子，不传给亲生女儿？"

"我不是说了吗？她的根骨非常差。"

"夫人就没有怨言？"

"自然，她深爱岛主。"

楚曦闭了闭眼睛，想起方才的那一幕，他自幼习画，画过的人成百上千，故而对人的动作、神态十分留意，即使是微小的细节也不放过。

不对。

"师父……"见楚曦一直偏着头跟灵湫交谈，沧渊又变得烦躁起来，伸出蹼爪拽他的衣摆，"跟我，说话。"

"乖。"楚曦拍了拍他的脑袋,"灵湫,你相信我,岛主夫人有问题,她不像你所说的那么深爱岛主。"

灵湫盯着楚曦,目光闪动,站起身来:"那好,我们去蓬莱宫里探探究竟。丹朱,你留在这儿,万一有什么异动,立刻通知我。"

早已化为少女模样的丹朱点了点头。

"她一个孩子,行不行啊?"

灵湫满脸鄙视的表情:"她一个人顶一百个现在的你。"

楚曦道:"……万一又遇上汐吹……"

丹朱怒道:"他不是我的对手,我是因为飞到海上捕鱼才着了道儿的!要不然,"她的眼睛一转,落到昆鹏身上,"你陪我一起吧?"

昆鹏一愣:"不成,我要跟着公子!"

"你留在这儿也好,你们俩在一块儿有个照应。只是,"楚曦略一思忖,看向灵湫,"我这个小随从只会武功,没有法力,在这种地方恐怕不太安全,灵真人,你有没有什么东西,像你给我的那种……"

灵湫的手一动,从袖子里取出一枚碧绿色的丹药,捏住昆鹏的下巴,屈指一弹,就送进了他的嘴里,这个简单粗暴的动作着实震惊了楚曦。

昆鹏咂咂嘴,眉头紧皱:"好苦,这是什么?"

"鸟食。平常喂丹朱的。"

楚曦:"……鸟食可以给人吃吗?"

人面螺犯嘀咕:灵湫,你这一趟倒是带了不少好东西嘛,连专门喂灵兽的碧髓丹都带着了,也不怕昆鹏突然变出原身吓着自己,莫不是天宝阁都被你翻了个遍吧,经过我儿子的同意了吗?

灵湫没搭理人面螺,径直走了出去。

一行人刚到楼下,那擂台边已经有一排年轻的蓬莱弟子在击鼓鸣钟,一百来个修士手持着五花八门的武器、法宝,站在台下,脸上露出一副跃跃欲试的表情。

楚曦心里觉得奇怪,这么小的擂台,容得下这么多人龙争虎斗吗?

这个念头一出,但听足下传来"轰隆"几声巨响,擂台四周的地面忽然开裂,连着楼阁向四面八方扩开,露出巨大的齿轮来,齿轮缓缓滚动,立刻,擂台便扩大了数十倍,台周的石柱亦拔地而起,直冲云霄。

灵湫道:"楚曦,御剑,试炼大会开始了,我们的时间不多。"

楚曦点头,刚抽出笔来,便听背后传来一阵动静。

"等等!"

他眼角的余光瞥见一道金光,原来是一根飘带凌空飞来,正好缠住了他挟着的沧渊,但听沧渊嘶鸣一声,从他的臂弯间被拖了出来,落到了那群道士身前,其中着黄衫的瘦高个子一抬手指,就将沧渊吊到了半空中。

披风刚一落下,四下顿时一片哗然。

"这里怎么会有鲛人这等妖物!"

"谁带来的?这么大胆子?"

"莫不是为了吃鲛珠作弊,为了保持新鲜才带活的来?"

"啧啧,这是哪门哪派的?"

沧渊在空中拼命挣扎,奈何那条飘带将他紧紧地缚住了,不仅如此,飘带还异常灼热,鲛人的皮肤根本受不得这样高的温度,转瞬间就被烫得皮开肉绽。深紫色的血液顺着飘带滴落下来,一股狂躁的力量在他的体内渐渐涌动起来,使他有种越来越强烈的嗜血的欲望。

黄衫道士道:"这位道友,这个鲛人……"

楚曦冷着脸,一手擎剑就逼将上去,简直是一副遇神杀神遇佛杀佛的架势,黄袍道士显然没料到这个看起来弱不禁风的年轻修士二话不说上来就要揍他,猝不及防被楚曦一剑削飞了头顶的道冠,剑刃抵在颈间才反应过来:"这位道友,你、你别乱来!我是怕你中了惑……"

话没说话,咽喉处便感到一阵刺痛,近处一对黑眸亮若寒星,比刃口还要冰冷锋利:"立刻放开他。否则我数到三……就让你人头落地!"

沧渊睁大双眼,看着眼前有如玉面修罗的男子。这素来温和的人在刹那间变得威严又遥不可及了起来。

他心中十分感动,却又感到惊慌不安,身子不由得阵阵发抖。

"哎,这位道友,有话好说!"眼见那剑刃锋芒毕露,剑气磅礴霸道,根本不是等闲之辈,一旁的虬须道士放软了态度,向他身后的几个人和气地一笑,"你们说说,为了一只妖,这是何必呢?"

灵湫抱着手臂不语,面无表情地看着天,作壁上观。

人面螺叹了口气,灵湫对于北溟这个师父可真是太了解了,这时候还是不拦的好，拦也拦不住，谁敢跟他硬来就是找死。

"一。"

"二。"

"我、我放，我放就是了！"

黄衫道士一掐诀，飘带顿时一松。楚曦一伸手，稳稳地把沧渊接住。刚一跌入楚曦的手里，沧渊便觉身上的那股狂躁感觉消减了许多。楚曦摸了摸他的背，表情之温和，跟方才那尊杀神判若两人，一群道士看得瞠目结舌。

见此情景，周围人群情激愤，许多年轻修士都围了上来。

"这里是试炼大会，怎么能带妖物来？还在台下动手！"

"地爻派的道长们也是德高望重的，这个人怎么如此狂妄？"

"有本事上台来啊！"

"这已经违反会规了！快把他们擒住，交给岛主裁决！"

"裁什么裁？把那只鲛妖就地斩杀，扔进海里去！"

此起彼伏的喊声混成一片，沧渊耳内嗡嗡作响。

那一声声呐喊，一声声呵斥，一声声厉呼，竟然万般耳熟。

察觉到沧渊颤抖得厉害，楚曦摸了摸他的头："别怕。"

虬须道士见众人帮忙声讨，突然发作，手中两枚金属环朝楚曦飞旋而去。灵湫想挡，却未挡住，但见楚曦的反应奇快，足尖一点，纵身一跃，堪堪避开铜环，竟然落到了擂台上。待金属环回旋过来之时，手持宝剑头也不回地往后一扫，剑身发出一声锐鸣，金属环竟被劈得支离寸断，碎裂的环身飞溅到虬须道士身上，将他撞得一下子飞了出去！

四周传来一片惊呼。

"他是什么人？一招就打败地爻派的双环道长？"

"他上了擂台，是不是有意接受挑战？"

"我去会会他！"

"楚曦！"

灵湫握了握手中的拂尘，脸色微沉，但见楚曦神色冷冷地把怀中"妖物"身上的披风小心地裹好了，一言不发，盯着朝擂台围过来的人群，手里的剑竟然燃起了一层炽热的血红色焰光。

人面螺惊讶地发出了一声低呼。

楚曦此时才发现自己竟然跳到了擂台上，心中却是异常镇定，也不知道是哪儿来的底气，他从未上过这样的擂台，却无所畏惧。这样护着这个小东西，无惧众生，无惧天地。

第二十章 初化人形

楚曦一字一句地道："谁要动这个鲛人，便先过问我手里的剑。"
"公子！"
昆鹏惊呼一声，便想跳窗赶去，一只铁爪似的小手却牢牢地扣住了他的肩膀，他回眸看去，丹朱笑盈盈地眨了眨眼睛："别急嘛，你家公子厉害得很，那些人为难不了他的。"
"师……"灵湫回过神来，喝道，"楚曦！你下来！"
"在下长乐门掌门，来替地爻派的道长们教训一下你这大胆狂徒。"一个男子率先跳上台来，是个颇有道行的器修，一把古琴已化了人形，翩若惊鸿，宛若游龙，他这一亮相，台下便是一片喝彩声。
自然，也有人喝的是倒彩，为楚曦而喝，语气中不掩鄙夷的意味："嗬，这大胆狂徒遇上长乐门的掌门，还不得被打得落花流水吗？"
"最好打跑了，莫让这个人搅乱了试炼大会！"
楚曦无心应战，却也知道避无可避，一只手扶紧沧渊，一只手握紧手中的宝剑，盯着那个器修道："还望前辈赐教。"
器修冷哼一声，像是根本没将他放在眼里，待战鼓一响，便抬手朝琴弦上轻轻抚去，数道光丝从指尖泄出，化作漫天罗网，朝楚曦迎面袭去！
人面螺低声道："灵湫，你还不上去帮他解围？"
见楚曦足尖点地，轻盈地一跃，身影与手中宝剑似乎合二为一，如紫电轻霜在网中穿梭来去，灵湫停住脚步，目不转睛地看着，眼神却黯然："他不需要我帮忙……从来都是。"
这一场比试可谓精彩至极，台下的众人看得是目不转睛，惊叫连连。

那个白衣狂徒虽然一只手夹着妖物，一只手持剑出招，却潇洒至极，缠斗中，剑尖与琴弦交错分离，足以令人眼花缭乱。在一根琴弦缠住妖物的尾巴之时，那个狂徒一剑斩下，力破万钧，将如龙似蛟的古琴连弦带骨斩成了两截，剑气震得几根石柱都断裂开来！

先前那扬言要教训人的一方下了台后，脚步虚浮，晕倒在地。那群年轻的修士有所忌惮，围着擂台，一时却没有人敢上去，一些年长的倒是按兵不动，没有动手，但表情也不大好看了起来。

师父……

沧渊心潮澎湃，只觉天地间一片混沌，十分险恶，唯有这么一个人，身上的温度、说话的声音都是温和的，是真实的，是他想紧紧抓住的。

如果可以，就算要毁天灭地，吞噬日月，也要一直一直……

追随他。

"你们是哪门哪派的，怎么敢带着妖物踏足蓬莱岛？"

一个清朗洪亮的男人的声音传来，台下聚集的人让开了一条路，走出来一个三十岁左右的年轻僧人，手持一把金光闪闪的伏魔杵，一看便是极厉害的法器。

楚曦心中一凛，知道这佛修是个招惹不起的角色。

"别轻举妄动。"灵湫飞身而上，落到楚曦身旁，拂尘抵住他的剑。

瞥见灵湫一脸如临大敌的表情，楚曦也有些紧张起来："怎么，这个人你也对付不了？不是说这里都是困在幻境中的魂魄吗？"

灵湫声音冷冷地道："我们不是也困在幻境中？这个佛修身上的灵力甚重，想来生前就法力高深，若是硬碰硬，我也没有把握。"

见那个僧人步步逼近，楚曦灵机一动，收起剑，跳下台去："这位大师，失敬，在下乃尧光派弟子，那位是在下的师父。"

灵湫："……"他心道，你自己承认的，可怪不得我。

将沧渊的耳朵捂严实了，楚曦尽量压低声音："不瞒大师，我与师父二人带这个妖物来此，本意实非搅局捣乱，而是欲将其献给岛主。方才我恐怕这位地爻派的道长弄伤了它，使鲛珠效力大打折扣，才有过激之举，实在抱歉。"

"哦？"那个僧人不置可否，"你要把这个妖物献给岛主，所求为何？"

听见这句话，沧渊猛然绷紧脊背。师父要把他交给别人吗？

突然，有个鬼魅似的声音从脑海深处响起来，似真似幻，好似在许久之前，他便听见过有人这样说。

感到腰间传来一阵刺痛，是沧渊的蹼爪穿透了衣袍，楚曦蹙起眉头，一只手隔着披风，抚摸沧渊快要绷成弓弦的背。

楚曦掩好盖住沧渊脑袋的披风，面不改色，只有眉头在微微抽搐。

这个小家伙能明白他的苦心吗？

人群骚动起来："献给岛主？莫非是求岛主另眼相待吗？"

"鲛珠又不太稀罕，岛主自己炼的仙丹不知比鲛珠厉害多少倍，哪能看得上，劝你们还是别白费功夫了，好好修炼才是正道！"

"不是，他抱着的好像是条鲛王啊？"

"鲛王？"

灵湫也反应过来，配合着道："诸位误会了，我们献宝不是想求岛主另眼相待，不过是我这个徒儿有心疾，久治难愈，所以前来求助。"

那个僧人似乎不信，盯着楚曦上下打量，目光落在他的心口处片刻："嗯，这位小修士确有心疾。"

他此言一出，周遭的气氛顿时缓和了不少，一些人散了开来。

楚曦松了口气。

"不过，小修士的心疾不同寻常，是魔气侵入心窍所致。兴许，老衲能帮得上忙，尝试一下帮你祛除魔气。此疾，不可多耽搁，否则，恐怕会有被魔物乘虚而入蛊惑身心的危险啊。"

楚曦只想赶快离开这个是非之地，没有心思听他多讲："多谢，晚辈不好意思劳烦大师，不必了。"

倒是灵湫面露疑色，开口想问，却见楚曦已经快步走开，只好跟上去。

有几个少年修士却蹦蹦跳跳地拦住了他们的去路："前辈，让我们看一眼鲛王吧，听说鲛中王族都容颜绝世，不知道是真是假。"

"就看一眼，就一眼，也不会看坏鲛王嘛！"

楚曦烦躁不堪，生怕他们惹恼或吓坏了沧渊，可是这群半大孩子却一直纠缠不休，左拉右扯，甚至有几个嚷嚷着要跟着他们一起去找岛主。

担心他们真的跟来，楚曦只得将披风掀起了一角。

只是露了一下沧渊的半边脸，可谓惊鸿一瞥，把这群少年修士震惊得目瞪口呆。有一个十五六岁的小子丢了魂似的跟上来："真的要献给岛主吗？她还是个小姑娘呢……"

"……"楚曦懒得跟他解释，御剑而起，一下子飞到了半空中。

感觉沧渊的蹼爪抓着他的腰带愈发紧了，他一哂："师父是骗他们的，不会真的把你献给岛主的。"

沧渊的喉头呼噜作响，他就像只发怒的猫咪。楚曦被他逗乐了，笑道："好了，你要相信师父。"

沧渊的瞳孔一缩，本能地，他不相信楚曦。

不知道为什么，他就是不信。

这时，楚曦的一只手摸了摸他的头，他的头一扭，目光落到了楚曦的胸口处。

经过刚才的对战，楚曦的衣襟敞开了一条缝，那颗殷红的心尖痣突然跃入他的眼里，像一滴血。他着魔似的盯着那颗痣看，只觉得心头灼热，浑身都好像渐渐灼烧起来，鱼尾忍不住蜷缩了起来。

"往东边去。"灵湫踩着拂尘跟了上来，虽然被苏离抱着一条腿，身姿并不十分飘逸，但仍是一副傲雪凌霜、遗世独立的神态，见楚曦晃来晃去，便抓住了他的一边胳膊，回眸看了一眼擂台的方向。

台上已经开始了新一轮的比试，没有人跟上来，只有那个僧人还在仰头望着他们。

他心想，魔气侵入心窍……是真的吗？怎么会这样？

不出一会儿，四人一螺就抵达了蓬莱宫前。

蓬莱宫位于蓬莱岛上最高的山峰的山腰，山巅便是蓬莱仙台的所在之处，终年积雪，云雾缭绕。

此时宫门敞开着，门前左右铸有两座九色鹿雕像，栩栩如生。

楚曦问："我们就这样进去？"

灵湫一甩拂尘，白了他一眼："还能怎么进？偷偷潜入？"

"哥，哥！"苏离已经迫不及待地朝门内走去，被灵湫一把抓住后颈，只见此时门前两头石鹿突然便化成了活鹿，甩了甩头，发出呦呦鹿鸣，两股青烟从地上腾起，一左一右冒出两个人影，一个是俊秀的少年，一个是俏丽的少女，都身着浅绿色衣衫，头戴花环，犹若小仙。

两个人打量着他们，注意到楚曦身边的沧渊，俱是一惊。

楚曦连忙解释："他是我的……坐骑，我骑着他渡海而来的。"

灵湫："……"

人面螺心道："这个解释倒是不错，就是不知道鲲鹏会怎么想。"

似乎是搪塞过去了，两个人也没多问，那个少女问道："你们是何人？"

"在下灵湫，乃尧光山之主，听闻岛主近日来身体不适，在下前日炼了一种丹药，药效奇佳，想赠予岛主一颗，烦请二位通报一声。"

少年的双眼发亮："原来是灵湫前辈，久闻大名！"

楚曦一惊，灵湫与这位蓬莱岛主认识？

这位蓬莱岛主不是几百年前就死了吗，那灵湫该有多老啊？

灵湫跟着那二位门童走进门内，他正要跟上，却突然觉得沧渊的鳞片越来越热，不知道是怎么回事。楚曦揭开披风一瞧，只见沧渊双眼紧闭，周身的皮肤泛出血丝一般的蓝纹，不由得大吃一惊："怎么回事？是不是方才……"

人面螺道："他需要水，鲛人最多能离水六个时辰！"

楚曦忙问那两个门童："你们这里，可有水池能安置他？"

"跟我来。"少女点点头，快步将他们引入门内。

这座蓬莱宫内极为宽敞，地形错综复杂，环环相扣，犹如迷宫一般。楚曦算是知晓这儿为何大门敞开了，就算能进得来，想不在里面迷路也难，更别提走出去了。不知道绕过多少条走廊，穿过多少扇门，他们被带到了一座庭院里。院子中，有一个不大的莲花池。

楚曦忙走过去，将沧渊放入池中，刚一入水，沧渊身上便嘶嘶冒出烟来。

他的心中感到十分震惊，这光景，简直像是下锅了。

少年道："前辈，你们若要见岛主，需得等几个时辰，岛主与夫人正在沐浴，你们可以在这座庭院中稍事歇息，这里的房间很多，都能入住，但庭院之外的地方，未经岛主允许不可出入，还望前辈见谅。"

灵湫点点头："这个我自然明白，多谢二位小修士。"

门童前脚刚走出庭院，苏离就想溜之大吉，灵湫便抓着他的"命根子"小蛇走进一个房间打坐去了，气得他直跳脚，却又无可奈何，只得也寻个地方倒头睡觉。他们俩倒是休息了，只有楚曦还在池边守着。

这一池水都快变成温泉了，也不知道沧渊的身体怎么会热成这样，他简直要怀疑再多泡一会儿，这座莲花池就该熬出一锅清汤鱼了。

楚曦蹲在池边，脑中思索有什么降温之法，一个没留神，沧渊靠近他，照着他的脖子就咬了下去。没等他反应过来，楚曦整个人就被沧渊猛地掀翻，摔进了水里。

楚曦蹙起眉头，摸了摸脖子，还残留着一缕热意。

——这小鱼仔不会是饿得发狂，想吃了他吧？

"窸窸窣窣"，楚曦循着声音看去，沧渊缩在一片莲叶下，只露出一双眼睛，颇有种猛兽虎视眈眈之感，楚曦不禁感到有点儿后怕，庆幸自己的反应还算快。不过他倒也不相信沧渊真的会把他怎么样，否则那一口下来必然见血了。

"你忍忍，师父这就去给你去弄点儿吃的，啊？"

还没挪步，"哗啦"一下，他的一只脚踝就被一只蹼爪攥住了，楚曦险些栽进池子里，还好眼疾手快地扶住了池边一块凸起的岩石，水花溅了满头满脸。

楚曦抹干净眼皮上的水，只觉得小腿一紧，睁开眼睛就看见沧渊的双爪抓着他的脚踝，想把他往水中拽。

楚曦弯下腰，摸了摸沧渊的头，试图把脚抽出来："别这样，乖。"

沧渊处于狂躁阶段，哪里肯听话，把他伸过来的手也一并抓住了。

这总是持剑保护他的手细长有力，骨骼里蕴藏着凌厉霸道的力劲，就像绸缎下包裹着一柄绝世利器，他明明应该畏惧的，却不可自拔地依赖上了。

想仰望，想亲近，想追随。

心底汹涌、暴躁的情绪似乎是从暗无天日的深渊里爬上来的饿兽，他浑身上下无一处不在发抖，连舌尖都在战栗。

楚曦这才察觉到沧渊很不对劲，一下子挣脱了他，跳上岸去，不待他靠近，便退后了几步，见沧渊趴在池边，脊背起伏不停，一副委屈得要哭出来的模样，不禁有点儿于心不忍。

这时，他眼角的余光瞥见一个东西滚了过来，忙问道："老螺，他怎么了？"

人面螺看了看,说:"应该是到化形期了。"

楚曦错愕:"啊?"

人面螺正色道:"鲛族成年后是有化形期的。安然度过这个关口,鲛尾才能化成腿脚。"

楚曦惊奇地问道:"成年,他这也太早了吧?"

"……人都有早熟的,鲛人自然也有早熟的,若是受了惊吓或刺激,出于自我保护的本能,便会提早成年,可以变得强大。当然了,提早成年,也会提早经历化形期。"

受了惊吓?肯定是因为在擂台处被那些人惊吓到了,才会如此。

"早不发作晚不发作,偏偏在这里。"楚曦感觉有点儿头大,"该怎么办?"

人面螺表示无能为力:"只能等他自己熬过去了。"

楚曦担忧地看了一眼池中:"难熬吗?"

人面螺没说话。

……难熬也没办法啊!我的神君大人,孩子总要长大。

"师父……"

听见莲花池中沧渊低低的呜咽声,楚曦想过去瞧瞧,人面螺低喝一声:"你别过去,鲛人此时妖性大发,听不进人话的!"

"……"楚曦想起方才那个小祖宗的样子,还真是。

"师父……"

来了,小祖宗!

这一声声似乎在催命,楚曦的魂都要被他喊飞了,离这池子一米开外他就停住了脚步,以免又被拽下水。

楚曦看着伏在池边扭动的身影,头大得要命。他蹲下来,压低声音:"沧渊,你觉得哪里不舒服吗?"

"难受……"沧渊喘息了一阵,点了点头。

"肚子饿吗?吃饱了可能会好受点儿……"楚曦没话找话,见沧渊低头伏到了莲花中,便站起身走开了。

人面螺满脸无奈的表情:"你这个师父还挺尽责的……"

楚曦正心中焦急,一听这话就将它捞起来,作势要往池子里扔:"我煮一锅老螺炖鱼，你信不信？"

听见人面螺连声告饶，楚曦才作罢，又瞥了一眼池中，见沧渊没什么动静了，他便走进一个房间内，打坐起来。

调息运气，运行了一个小周天，楚曦仍然觉得心脉受滞，但体内的真气却明显与之前有了些许不同，仔细分辨，能感觉到真气已经不再是"气"，而是像流水一般，在经脉内更容易凝聚起来，也更容易控制，爆发出来的力量也比习武所获得的内力要强得多。

楚曦想起那本秘籍上写到，若有这种感觉，真气便已经化为了真元，想来与灵湫赠予他的金丹有密切的关系——真得感谢灵湫了。

若不是服用了金丹，他的修为不会精进得如此之快，今日也……

此刻想起在试炼大会上自己的表现，楚曦才觉得有点儿不可思议。

那些使剑的招式，他其实根本没有学过，明明是第一次用，却如行云流水一般，那感觉就仿佛一个盲人走上了自己熟悉得不能再熟悉的路，完全凭本能出招，可以不假思索。

是因为，他前世也是用剑之人吗？

楚曦伸出双手，看着掌心的纹路，一时有些出神。

试炼大会上出现的千夫所指的情形，竟然也有些似曾相识。

他前世到底是什么人呢？难道会是那个……

不对，这不太可能。

"感觉如何？可有什么突破？"

一个清冷的声音忽然自身后传来，是灵湫。

楚曦点了点头，按住有些发闷的心口，说道："有是有，不过碍于老毛病，难以有什么大的进展，还请真人多多赐教。"

不知道是不是因为在擂台上他认了灵湫做师父，灵湫对他的态度缓和了不少，也不横眉冷对了，竟然在他的身前盘腿坐了下来。

"闭眼，凝神，我来助你释放真元，将金丹化成元婴。"

楚曦愕然，化成元婴？

"这是不是太快了点儿？"

他这短短十几日，已经超越普通凡修上百年的进度了啊！

"快？"灵湫不冷不热地一笑，"可我却感觉太过漫长。"

灵湫的神色一瞬间竟有些说不出来的沧桑、悲凉之感。楚曦一怔："灵真人？"

眨眼之间，灵湫又恢复成了冷若冰霜的样子："没什么。"

"灵真人，你与老螺都不肯告诉我前世之事，到底是因为天机不可泄露，还是有其他的缘由？自从踏上这座岛，我便有一种感觉，这座岛上发生的一切，我都曾亲身经历过。"

灵湫垂下眼睛，不愿与他对视："我若能告诉你，早便说了。天道轮回，因果循环，一切冥冥中自有定数，若强行违背……受伤的人只会是你自己。"

楚曦反问："如此说来，你们是为了保护我？"

灵湫蹙了蹙眉，有点儿气愤："谁想保护你？"

楚曦挑起眉毛，心里觉得有些好笑，愈发觉得这个人虽然脾气像冰坨子一样，却是个重情重义之人，典型的刀子嘴豆腐心。

"也罢，我想，我如今与你们经历的这一切，恐怕也是天意。"他扯起嘴角，是个有些轻蔑的笑，"我想得起来也好，想不起来也罢，不论是前世还是此世，该背负的，该面对的，我不会逃避。所谓命运，我向来是不相信的。忍辱十年，也是为了有一日能将命运握在自己的手里，撕破头顶这遮天蔽日的黑暗。无论这黑暗有几重，我都会一并撕破。"

灵湫闻言，心中一动，目光凝聚在他的脸上，依稀看出了当年那傲视天地、睥睨众生的上神的影子，一时有些怔忡。

他本是极其洒脱的，日月星辰，飞鸟走兽，世间万物，于他眼中俱是过眼云烟，哪怕是自己，也不曾在他的眼里驻留过一瞬。

唯有……

同为弟子，他这个开山弟子却远不及那个顽劣不堪的小魔头让他的这位师父挂心。

灵湫在心中自嘲了一番，收回视线，攥住楚曦的双手，与他的掌心相贴："开始吧。"

楚曦点了点头，便闭上了双眼。

……

"哈……"

沧渊咬住一朵莲花，鱼尾翻腾扭动，搅得水花四溅，周身的躁意却一丝未减，反倒越烧越旺，烧得眼前一片模糊。

恍惚间，身体似乎飘了起来，落在地面上。

低头看去，他的鱼尾竟然已经化成了双腿，墨蓝色的袍裾之下，小腿笔直修长，一双黑靴尖端赤红，宛如他尾端的色泽。

"嗯……"

不知道何处隐约传来一个人的声音。

这个声音极为耳熟，他一听，便是一愣，举目四望，但见周围竟然是繁星点点，云雾缭绕，是一片星海。

不远处伏着巨大的鲲鹏，它一动不动，似乎在沉睡，它背上卧着一个白色人影，手里拎着的酒壶摇摇欲坠。

"师尊！"

他听见自己唤道，迈开双腿，奔到那个人跟前，待看清了对方的模样时，脚步却猛地一滞。

眼前的男子似乎是酩酊大醉了，墨发披散，脸上泛着一层绯红的色泽。

看见他的一瞬间，男子眨了眨眼睛，似乎想坐起来，又没有力气，只是嘴唇颤抖了几下，发出低不可闻的声音："重……渊……"

"师尊？"他的头脑炽热，身子似乎脱离了自己的控制，着魔似的走了过去，"我来救你了，师尊。"

"你……快走，这里……不能待。"

"不行，我要带你一起走。"

男子的身体僵了一下："你……先走，快走！别管我！"

下一个瞬间，周围便变了模样。

天空呈现血红色，乌云翻涌着，尸骸遍地。

一个身影背对着他，跪在数百尸骸之前，三千青丝尽化白发，一身白衣却被染得血红，手中紧握着一把利剑，剑尖深深地嵌入地表。

"师尊，师尊……"

他听见自己嘶声呼唤，一步步朝那个身影走去，双腿却比灌了铅还沉，无论他如何加快脚步，亦无法接近男子的背影一丝一毫。

相距咫尺，已成天涯。

"我错了，师尊。你原谅我……"

他跪下来,将头颅磕到满是血污的地面上,泪水决堤而下。

被鲜血染红的白色袍裾缓缓地接近他的身前,剑尖寒光闪动。

他双目灼痛地抬起头来,看见一张冰雕似的脸。

男子垂眸看着他,漆黑的眸子里一片死寂空茫。

"都死了,只剩下你了。为什么你还活着?"

一只手落在头顶,突然收紧!

"师尊!"

沧渊猛地惊醒过来。

他还在莲花池中,没有星海,没有遍地的尸骸。

他低头望去,瞳孔猛地一缩。

水中漂浮着片片墨蓝色的细麟,他的尾巴不见了,取而代之的是一双修长的腿脚,脚趾间有半透明的蹼膜,趾甲尖锐,呈勾曲状。

第五卷　魔化

第二十一章 蛊惑缠身

因为蜕变得不够完全,他的脚背上还残留着些许鳞片,如尾鳍处一样是暗红色的,似乎沾染着斑斑血迹。

他的眼前浮现出那个噩梦里尸骸遍野的大地。

那么多的血,像把所有的一切都染红了,让他仍然心有余悸。最令他心有余悸的是那个像极了楚曦的男子,他清晰地记得自己喊对方"师尊",也记得……对方要动手杀了自己的情形。

"师尊……"他以一种低不可闻的声音喃喃地念出这个称谓。

与初次叫楚曦"师父"时一样,肺腑都震颤起来。

他们是同一个人。

尽管梦里的片段残缺不全,无头无尾,他也本能地笃定。

"我的魔尊大人,您是不是梦见您的师尊了?"

一缕痒意从腿上袭来,他伸爪一探,便将一条比小虾大不了多少的活物攥在了掌中,这个活物竟然生有四爪,像一条小型的石龙子,一双绿豆大小的眼睛阴险地闪烁着,嘴里吐着细细的红芯子,那极轻的人声正是它发出来的。

"告诉我,您想起什么了?"

"你是什么东西?"他眯起双眼,掐紧这条小石龙子的脑袋,用鲛人语问道。

"哎呀呀,您轻点儿,我可曾经是您最忠心的奴仆……"这个声音十分耳熟,与他被卷入海里时听见的一样。

他很不喜欢。噩梦遗留下来的痛楚的感觉使他格外暴躁,蹼爪狠狠收紧,那条小石龙子浑身滑溜溜的,一下子从他的掌心溜了出去,爬上了他的肩头:"恼羞成怒了吗,我的魔尊大人?啧啧,想来你做的不是一个美梦,不会是梦见你的师尊要杀了你吧?"

沧渊的心口猛地缩紧。

"你一定奇怪我怎么会知道?是不是?我呀,可是亲眼见证了您前世是如何死在您的师尊手里的。您的师尊可真是太狠心了!"

不会的,他的师父明明待他极好,为什么上一世会杀了他?

魔尊大人,这个东西为何这样称呼自己?

他前世是什么?

沧渊抬眼看向楚曦之前走进的那个房间,房门半掩着,有些许低语声泄了出来,是两个人在交谈。他听觉极为灵敏,竖起耳朵仔细倾听,便辨出了除楚曦外另一个人的声音。

"现在感觉如何?"灵湫撤回真元,徐徐收手。

楚曦抚了抚心脉,只觉那个常年阻滞之处舒畅了不少,运转过一次小周天,心口处也没有之前那种难以忍受的刺痛之感了,不禁感到有些惊喜:"真人可是将我的心疾治好了吗?"

灵湫垂下手臂,袖子滑下来,掩去了脉搏处一道暗红色的血线,他的脸上仍然没什么表情,只是摇了摇头:"只是暂时压制住罢了。在此期间,我每日都会助你修炼,直至你元婴化成。"

楚曦点了点头,还想说些感激之辞,却见他的眼神云深雾罩,欲言又止似的,遂问道:"怎么了?真人是有什么话要说吗?"

"你当真要一直带着他吗?"

听灵湫没头没尾地突然冒出这么一句,楚曦一愣:"嗯?"

"你是说沧渊吗?真人怎么突然这样问我?"

灵湫蹙眉重复道:"你打算就这么一直把他带在身边?"

楚曦微微一笑:"自然不会。他终归是要长大的。现在他还小,外界危险重重,身边又没有同族可以信赖,才这样黏我,等到他长大了,成为可以独当一面的鲛王,必然会离我,寻找适合鲛族生存的地方。人妖终归殊途,我又怎会不知?"

沧渊的眼眸骤然沉下去。

耳畔有窃窃私语："听见了吧？他等不及要摆脱你了。"

蹼爪握成拳，一池水冷却下来，转瞬便凝结成冰。

人面螺心道不妙，朝房间滚去。

听见门口的动静，灵湫的手指一屈，聚成一股气流关上了门。他的嘴唇翕着，声音便在楚曦的耳内响了起来。

"你心中有数便好。我不管那……老螺是如何对你说的，那个小鲛人越早离开你越好，他留在你的身边，只有坏处，没有好处。你若真的为他好，就别待他太好了，省得他以后离不了你。"

楚曦与灵湫四目相对，也用传音术与他对话。

"这个我自然知晓，连日来遇见的祸事还少吗？一桩接着一桩，都是奔着沧渊来的，正因如此，我若不护着他，他当如何？他逃到天涯海角，汐吹和面具男不也一样会追过去？灵真人，你既然知晓那个面具男是个魔修，难道不知道他为何追袭沧渊吗？老螺说，沧渊前世就是我的弟子，是与这个有关，对不对？"

见灵湫沉吟未语，楚曦也便权当灵湫默认了。楚曦轻叹一声："我原以为，像老螺说的，我养育他成人，教他识辨善恶，使他长大之后不至于为非作歹，我这为人师者的使命便算完成了，现在看来，远不止于此。沧渊身上的玄机，也不仅仅因为他是鲛中之王，否则也不会引得那两路人马连番争夺。我既然两世都成为他的师父，责任自然不遑多让，送佛送到西，我护他也会护到底。除非，灵真人有更好的法子保护他，安置他。"

"若我说我有，你是不是就肯放手？"

楚曦一哂，眸光却沉静坚定："若真有比我身边更好的去处，莫说我放手了，纵是他死赖着，我也会想法子赶他走的。"

灵湫沉默了一会儿，道："如此，甚好。"

楚曦看着他："好在何处？"

灵湫避开视线："我以为你会舍不下。"

楚曦笑了："舍不下又如何？就算他真的是我儿子，我也养不了他一辈子。鲛族的性命，远比人族要长，我哪里会不知。"

"那倒是我误会了，"灵湫的唇角微微牵动，露出一个略显讥诮的笑意，"诚然，我确实知晓有个适合他的好去处。"

"哦？"

"古往今来，修成正果，飞升为仙的妖，也并不在少数，不过妖性本恶，所以要比人族修仙困难得多了。他身为鲛中王族，天资自然远胜一般妖物，若能让他进紫微垣潜心修炼，定能磨一磨他暴虐凶狠的本性，亦能防止他堕入魔道。"

紫微垣？

这个名字十分耳熟，好似刻在了他的脑海中，被灵湫一提起，他便生出一种"所言不虚"的感觉，想来并非随口敷衍。

楚曦"嗯"了一声："你说得有理，确实不失为一个两全其美的法子。灵真人，这个地方你知晓怎么去？我亲自送他。"

灵湫扫了楚曦一眼，眸底藏着些复杂莫辨的意味："等从这个幻境里脱身，我自会领你们去。只希望你到时候，不要犹豫心软。"

楚曦摇了摇头："我向来并非优柔寡断之人。"

灵湫的嘴角一抖，不知道算不算是个笑："那倒是。"

这撼天动地的上神，决断起来……天道亦难匹敌。

灵湫的目光在楚曦腰间别着的那支"笔"上逗留了片刻，楚曦发觉后，取下那支笔，笑着问："对了，一直没想起问一问，这支能千变万化的笔到底是何方宝物？真人可知道？"

"它叫灵犀，可随主人的心中所想而变化。法器都有灵性，它只要认准了主人，无论落在何处，你只需要默念它的名字，它便会自动回到你的手中。"

"哦，如此神奇？"

楚曦兴起，随手将笔一甩，心中默念"灵犀"二字，果然见它立刻回到了手中，不禁大喜。

灵湫站起身来："你今夜安心修炼，我便不打扰了。"

楚曦目送灵湫远去，抬眼朝外面的莲花池看去，只见沧渊的脑袋在水面一闪，就消失不见了，像是有意躲着他一样，不禁心里一乐，是不是清醒过来了，所以害羞了？

罢了，小孩子嘛，都这样。

楚曦动动手指，关上房门，便径自安心打坐起来。

"瞧瞧，魔尊大人，您的师父只顾着向那位灵真人讨教修仙之术，根本就懒得理您。我悄悄告诉您，那个人啊，也曾经是您的师父的弟子，您的师父以前可疼他了，他能保护您的师父，可是您呢？只是个烦人的小娃娃……"

这个声音如咒语、毒虫一般直往脑子里钻，沧渊觉得头痛欲裂，狂怒不已，在结冰的水底抓捕那个神出鬼没的小活物。

"难怪您的师父比较偏爱他。魔尊大人，您听我说，您的师父前世曾经是守护天界的四位上神之一，今后在那个人的帮助下，他会变得越来越强，直到有一天重新回归神位，让您望尘莫及，只能在黑暗之处仰头看他，被他弃如敝屣，视为蝼蚁，像上一世一样打入泥土里，不得翻身。"

不要说了，不要说了！

沧渊捂住双耳，一池莲花尽数枯萎下来，化为灰烬。

"除非，您变强。可要等多少年您才能超越您的师父？别担心，我知晓一个最快最好的法子。"

沧渊松了松双爪，屏住呼吸。

"您前世把自己的魔丹留在了您师父的体内，被他吐出来了。现在，那魔丹就戴在他的手上，想必您也看见了。您把它拿到手，吞进肚子里，就能恢复前世的记忆，获得前世的元神。然后，您再把那个灵湫杀了，便能为所欲为。岂不妙哉？"

楚曦闭上双眼，感觉到体内的金丹在丹田处凝聚成一团灼热的气流，朝中宫涌来，此为心诀里的"寻本性而练化元神，谓之明心"。他调息运气，又觉这股热流涌上头颅，即是"阳神炼化纯圆，飞腾而上于脑，谓之见性"，他徐徐吐出一口热气，便觉得那股热流游走于四肢百骸，又缓缓归于丹田，渐渐膨胀，宛如有个婴孩在他腹内生长，正如灵湫所说的"结元婴"之感。

他的双手呈莲花形置于胸口，屏息凝神，不敢大意，身上大汗淋漓，皮肤上透出淡淡的光晕，犹如月透美玉。

滴答，滴答，滴答。

几滴水落到地上，一双白得泛蓝的脚在他的身前停了下来，足背上点点鳞片好似斑斑血迹，闪烁着危险的光泽。

楚曦全神贯注，竟然毫无察觉。

沧渊把目光凝聚到他的脸上，屏住了呼吸，他此刻没什么表情，不像在梦中那般冷酷，眉眼柔和、沉静。

"别忘了你是来做什么的，魔尊大人！"

听到这个声音的提醒，他忙回过神，垂眸看去。楚曦的一只手上，那颗血红色的珠子幽光流转，像在召唤他去攫取。他伸出蹼爪，小心翼翼地捏住了戒指，尖锐的指甲却仍然不小心刺破了楚曦的手指。

楚曦浑身一颤，沧渊急忙缩回了手，心虚之下便想逃跑，却一脚踩到了楚曦的袖摆，往前栽去。

楚曦刚一睁开眼睛，便看见一个人扑倒在地，吓了一大跳。

那人潮湿的发丝泄下来遮住了脸，发丝间的一对碧眸倒是很亮，看得楚曦有点儿心里发毛："沧渊？"

沧渊一动不动，抬头望着楚曦。

这小鱼仔好像……有点儿不太对啊。

"沧渊？"他的目光往下一滑，便是一惊。

只见沧渊的腰腹以下赫然成了一双长腿。

"师父……"

这一开口，楚曦便觉得他的声音比之前沙哑了几分，听上去是男孩儿处于变声期时的声音。他的外形明显又长大了一些，目测一下，沧渊竟然与他差不多高了，那双鱼尾化出的腿实在显得修长，虽然生着一张美艳的脸，却已撑开了宽肩窄腰的男性骨架，身体流线型的肌肉线条也清晰了不少，先前像是十三四岁，此刻已有了十五六岁的模样，眉眼不消说，自然是愈发好看了。

楚曦不禁想起那个同为鲛族的魔修来。

虽然只是匆匆一次接触，他亦记得那个鲛族魔修的身形分外颀长，远胜一般人族男子，不知道算不算是鲛族的共同特征。

难道小鲛以后会长得比他还要高？

楚曦拾起披风为沧渊披上："……怎么样？好受了些吗？"

沧渊点点头，仍然目不转睛地盯着楚曦，楚曦被他看得头皮发紧，借摸额头的动作把他的视线挡住了。

掌心触到一片灼热的皮肤——沧渊的体温竟然还没有退下来，他不由得有点担心了，鲛人应该是冷血生物吧，平时身上冰冰凉凉的，一直这么发烧会不会出什么问题啊？

楚曦摸了摸沧渊的脉搏，乱得一塌糊涂，再探了一下心跳，也不怎么规律。他攥住沧渊的胳膊往外边走："乖，还是去水里待着吧，啊！"

"不要。嗷。"

沧渊往后躲，他的脚下不稳，刚巧踩上从房间里滚出来的人面螺，踩得对方惨叫一声："你们一个个都没长眼睛吗？"

"……"楚曦抱歉地把人面螺捡起来，擦了擦螺壳上的鞋印，人面螺看着楚曦背后的沧渊："啊哟，化人了啊。"

楚曦问："对了，他现在身上还是很热，会不会有什么问题？"

"……情热还没散，最好还是让他多待在水里。他虽然化出了双腿，可鲛人一天最多只有六个时辰能维持这种形态，而且极耗精力，他是第一次蜕鳞，而且比正常年龄提前了不少，身体所承受的负担很大。"

"听见了吧？乖，过来。"

楚曦把沧渊牵到荷花池边，这才发现一池水都结了冰，莲花、莲叶也全都枯萎了，不禁一愣。这是谁的杰作毋庸置疑了。一会儿烧水，一会儿结冰，也是够可以的！

楚曦无奈地看向沧渊："怎么办？你自己把水解冻吧。"

"不要，嗷。"沧渊摇了摇头，很不愿意下水的样子，肚子发出咕噜噜的一串响声——这是又饿了。也是，沧渊已经整整一天没进食了。

可是这个幻境里能有什么食物？

楚曦四下看了看，正好看见苏离从房间里走出来，一手拿着个果子在啃，惊讶地问道："果子是从哪儿来的？"

苏离指了指房子后面："后面的树上长的。"

"这里的东西你也敢吃？"没待苏离啃上一口，一把拂尘凌空飞来，把苏离手里的果子打到了地上。

那个果子顿时支离破碎，红色的汁液四溅，几颗白色的种子迸落出来，楚曦定睛看去，立刻出了一身冷汗。

那哪里是什么种子？分明是人的牙齿！

苏离捂住嘴，干呕了几声："呃，好恶心！"

灵湫瞥了他一眼："白痴。这里所有的生灵，皆是由死者的骸骨所化，你不怕成为餍魅的养料就尽管吃。"

说完,灵湫便注意到了沧渊,吃惊地睁大了眼睛:"他……"

楚曦笑了笑,却见沧渊半蹲下来,蘸了一下汁液嗅了嗅,好像很想吃的样子,吓得楚曦一把捂住他的嘴,将他拽了起来:"不许乱捡东西吃,知道吗?"

"嗯!"

沧渊咽了口唾沫,那股甘甜的血腥味馋得他直流口水,他能分辨出什么是能吃的,那些邪秽的东西对于人类而言是剧毒,对他们这种妖物却是美味佳肴,还很滋补。只是他不知道怎么跟楚曦解释,只好乖乖地点了点头。

"我去给您弄一个来,魔尊大人。"那个妖媚的声音在他耳内响了起来,说完就从他的发丝间溜了下去。

灵湫拾起那颗果子,徒手捏成了齑粉,道:"你们都休息好了没有?我的灵识方才感应到有一股魔气在附近游窜,忽隐忽现,魔源应当就在这座蓬莱宫中。"

楚曦点头:"找到了便好,我们现在应该怎么办?"

灵湫还未开口,苏离先打了个大大的哈欠:"哎!我可不想管你们想干什么,我只想找到我的哥哥。哎,我说,大冰山,你别老抓着我的宝贝蛇不放行不行?"

"不行。"灵湫横了苏离一眼,"你若在此随便捣乱,万一破坏了这个幻境,我们都会陷在这个幻境里面出不去。"

"好,好,"苏离朝灵湫点头哈腰,"我听您的,不捣乱就是了,您把宝贝蛇先还给我可以不?"

灵湫不搭理苏离,看着楚曦道:"我需要再次元神出窍,确认那个魔源的位置,尝试破坏它,你来为我守神。"

"守神?"

"便是守在我所画出来的阵法中,守住我的元神,一旦有魔气侵袭,你来替我驱散,其他的便交给我。"

灵湫的口气十分镇定,似乎是一点儿也不担心他,仿佛全然信赖他似的,楚曦不免有些感动:"好,你教我如何做,我定当竭尽所能。"

楚曦话音刚落，便觉得眼前一黑，被一只蹼爪遮住了视线。

沧渊大声说："不许给他守，嗷。"

楚曦哭笑不得，把脸上的蹼爪扒下来，顺手揉了一把他的头。沧渊眯着眼睛朝对面的人睨过去，一脸小人得志的表情。灵湫看得脸都黑了，忍着怒火转头对苏离道："你之前说，你会招魂，会织梦，可是当真？"

这种"不是真的我立刻把你扔下海"的表情把苏离吓得打了个寒噤，忙不迭地点了点头："是，是。"

"你替我织一个梦，我要在梦里会会这个餍魅。"

"可是我……"苏离嘿嘿一笑，挠了挠头，"实在惭愧，我织的梦不稳，可能随时坍塌……"

众人一起沉默下来。

灵湫倒是面不改色，用两根手指将那条焉了吧唧的小蛇从袖子里拎了出来。苏离立刻一脸讨好的表情凑了过去："好，好，你说什么就是什么。"

此时，忽然传来呼啦呼啦的振动翅膀的声音。

但见丹朱从窗外飞了进来，昆鹏从她的背上跳下来，气喘吁吁地道："那边，不知道怎么回事——"

楚曦道："你慢点儿说，怎么了？"

丹朱抖抖双翅，恢复了人形，眨眨眼睛道："有个秃驴上了擂台，施了个法，那座广场便化成了一片墓冢，所有人也都消失了！那个秃驴显然不是幻境里的鬼魂，却把我和昆鹏都当成了妖物，二话不说，就对我们动手！他实在厉害得很，我差点儿被他一杵子打死！"

灵湫蹙眉："这里居然还有其他人。"

楚曦心想，应该就是那个拿着伏魔杵的僧人了："修佛道的人应该不是邪徒，依我看，此人是友非敌。"

灵湫道："不一定。"

不是邪徒就是友非敌？

真是天真。

果真如此，他也不必瞒着太微垣所有管理天界秩序的神司们私自下来寻找北溟了。不希望北溟重归天界的，恐怕大有人在，而且也不知道那位年轻的新天尊到底是何态度，北溟虽然曾经有捍卫天界的功劳，可到底违背过上穹之意，受了天刑之罚，身上还有罪痕，他是不敢奏请新天尊的，只能这么先斩后奏了。

灵湫看了一眼脚底的人面螺，心下哀叹，若这位老天尊如今还在位，他也不必这么大费周章了。

丹朱轻轻哼了一声："管他是友是敌？反正那个秃驴已经破坏了一部分幻境，真人，我们难道不是可以回到擂台的所在之地，设法弄个突破口出来，逃出去？"

灵湫摇摇头："若有那么简单就好了。只要餍魅的魔源还在，幻境就能不断地自行修补，纵然毁坏一百次也是枉然。"

楚曦抬眼看去，果然见他们来的方向仍然灯火辉煌。

远远看去，像燃烧的烈焰，灼得他的心口都无端地疼痛起来，仿佛什么珍视的东西在被焚毁。

楚曦道："我们还是快些将那魔源毁掉吧。"

他的话音刚落，一个声音从窗外传来："既然诸位是为了摧毁魔源，怎么能不算我一个？"

说完，金光一闪，一个人影便跃了进来，原来便是他们在试炼大会上遇见的那位僧人。楚曦紧张地挡在了沧渊的身前，握住了手里的灵犀。

灵湫盯着他，过了良久才道："大师，我们是不是在哪里见过？"

那位僧人站定："阁下为何这么说？"

"方才我在那座广场上没感应出来，可此时在这里设了结界，此结界什么都能防，唯独防不了一种人。"

僧人的脸色微变："什么人？"

灵湫的眼神十分镇定："和我同一种……人。阁下进入此结界畅通无阻，因为阁下身上带着常人没有的'气'，就算用佛修之物也难以掩盖。来就来了，何必遮遮掩掩的，不以真容示人？"

楚曦不知道他们说的是什么，可见二人对峙的神态，似乎这个地方很不得了，而那个僧人说话的语气也不像个僧人，正在疑惑之时，便见那个僧人笑了一下："罢了，灵真人好眼力。"

说着他伸手在脸上一抹，光秃秃的脑壳上便生出了一头长发，额头上现出一枚银色的印记，身上穿的袈裟也转眼间变成了一身浅青色的长袍。

灵湫有些吃惊:"天璇,竟然是你?"

天璇随手把金刚伏魔杵扔到了一边:"好久不见。"

先前这个人作僧人打扮时没什么感觉,现下有了头发,楚曦心里觉得此人的容貌似曾相识,这个人生得可谓俊秀非凡,眉似刀削,双目如电,有种咄咄逼人之感。

"……久违。"灵湫一见此人,心里便涌起一股复杂的滋味,这个叫天璇的人数百年前不是别人,正是北溟座下北斗七星君之一。北斗七星君皆司护法之职,十年一轮,轮到天璇之时正是北溟"不大走运"的时候,说天璇深明大义也好,见风使舵也罢,总之他在北溟最需要他的时候选择袖手旁观,置身事外,甚至转投到了另外三位上神之一的东泽神君的门下,如今已经混得风生水起,挤进了太微垣,指不定再过个几百年就要成为小神君了。

只是灵湫实在想不通,北溟待座下之人向来不薄,对七位星君也是礼遇有加,天璇为何会在北溟水深火热时弃他于不顾。

"你来这里是奉了谁的指令?总不会是东泽君吧?他有那么好心?"

天璇摇摇头,笑道:"并非东泽君,但在下不敢直呼他的名讳。"

灵湫挑起眉梢,颇感意外:"……那位竟然对此事如此上心?可为何会选派你来?"

"是我毛遂自荐。"

"为何?"

"心存歉疚。"说着,天璇意味深长地瞟了楚曦一眼。

灵湫却冷哼一声,没给他好脸色看。楚曦正想问上一句,此时,一连串脚步声传来,原来是那两个门童。

其中那个少女道:"诸位前辈,岛主邀你们共进晚膳。"

苏离迫不及待地便要跟着出去,谁知被灵湫猛地攥住了衣领。灵湫冷冷地道:"你若敢随便认亲,小心你的'命根子'。"

苏离噤若寒蝉地点了点头。

一行人跟着门童沿山腰间的石梯盘旋而上,来到一座悬挂在峭壁间的阁殿前,此殿外壁覆着一层白雪,如冰雕玉砌,与峭壁融为一体,可谓美轮美奂。

众人步入殿中，但见二人相对而坐，正在对弈，殿中摆着一张八仙桌，桌子上已经摆满了美酒佳肴。

见他们到来，岛主夫人推着岛主朝他们走来，如此近看，楚曦愈发觉得这位岛主身患重疾，眼睑下甚至有一圈青灰，虽然容颜俊美，可过分阴郁了些。岛主夫人的气色倒很好，肤白如雪，唇色殷红，只是落座时，楚曦才发现她的小腹微凸，竟然怀了身孕。

如此看来，岛主夫人定然不是苏离的哥哥苏涅了。

楚曦瞥了苏离一眼，果然看到他也是一脸诧异的表情。

"久违了，灵兄。"此时岛主忽然说话了，"恕小弟身子不便，失礼了。灵兄，请上坐。"

灵湫朝他一揖："哪里，是我打扰云弟了。"

"他们是……"他的声音极为沙哑，眸色又极淡，以至于目光投过来时，让楚曦有种看到一尊冰雕在活动的错觉。

"他们是我的弟子，跟着我出来四处游历的。"

"哦？诸位请坐。"

"岛主客气。"楚曦牵着沧渊坐下来，便听云陌轻叹一声，看了他们一眼，似乎有些感慨："弹指数百年，灵兄都已经出师了，想来如今已经是上仙了吧？"

灵湫摇摇头："哪里，还早得很。"

云陌又道："灵兄自从飞升后，就许久没再光临过敝舍了，怎么今日突然想起探望小弟了？"

楚曦吃了一惊，飞升？灵湫难道是神仙吗？

如果他是，这个天璇应该也是。

那么，他前世真的也是个神仙吗？

第二十二章 暗中欺师

灵湫又道:"实不相瞒,我也是凑巧途经此地,偶然注意到天降异兆,不知云弟近来有没有感到有什么异常?我见你似乎脸色不太好,可是患了什么病吗?"

云陌云淡风轻地一笑:"承蒙灵兄挂心,异常倒没感觉到,不过修炼时确实有些阻滞,所以脸色欠佳,并没有什么大碍,多谢灵兄的关照。槿儿,劳烦你为他们斟酒。"

云槿应声起来为他们斟了一圈酒,便不言不语地走到了一边去,从墙上取下一把玉琵琶,过来坐下:"与灵兄久别重逢,也不知道下一次何时能再见,就让小妹弹一曲灵兄以前最喜欢的《逍遥赋》,如何?"

"不胜荣幸。"

灵湫斜目瞟去,目光落在琵琶上,竟然见它隐隐冒着仙气,不由得心下一惊,看了一眼袖中的人面螺:"那不是……仙家之物?云槿又没有飞升,哪来的仙家乐器?"

人面螺密语道:"应该是祖辈传下来的吧,云家世代修仙,祖上不乏飞升之人,没什么奇怪的。"

灵湫蹙了蹙眉:"这样吗?"

云陌拿起竹筷,在桌子上敲了敲,竟然打起了节拍,灵湫一怔,笑着低吟起来:"尘世间,纷纷缘,君求富贵吾寻仙。有人笑,有人劝,皆说我道尽虚传……"

云陌接道:"无去无来逍遥乐,无生无死亦无年。"

楚曦抬眼,忽然觉得这皑皑白雪之中,三个人的身影如诗如画,宛如逍遥的神仙，实在是赏心悦目，又似乎带着无边惆怅。

唯有在这幻境中，方能与故友一聚，实在……

一曲故梦，可谓应景。

此时，一串如泣如诉的琵琶音响了起来，他却觉得手指微微一热，顿时有种不祥的预感。抬眼朝云槿看去，但见她低头抱着琵琶的姿势有种说不出来的古怪，不像抱着琵琶，倒像是抱着小孩，起初听着还算正常，待音调越来越高，便似乎隐约冒出了一丝细微的婴儿哭声。

灵湫与云陌相谈甚欢，昆鹏在观察四周，丹朱则撑着脑袋在听曲，天璇盯着自己的酒杯，他们虽然共处一室，却似乎对琵琶音里的异样都毫无察觉。

楚曦心想，这个人莫非是针对自己来的吗？

"师父。"

身旁突然传来沧渊的声音，让楚曦心中一凛，眼角的余光瞥见身前的酒杯，便觉得悚然。

只见那杯中的酒竟然是血红色的，一团发丝般的东西从里面钻了出来，蜿蜒爬过桌面朝他的手袭来，琵琶音似乎蕴藏着巨大的魔力，令他动弹不得。就在此时，沧渊一动，一只蹼爪落在酒杯上，指尖一点，刹那间，整个酒杯连着那团"发丝"都凝成了冰！再一收爪，冰尽数碎成了齑粉。

婴儿的哭声突然消失，而眼前的一切十分正常。

楚曦惊讶地瞥去，沧渊的半张脸隐在披风的阴影下，眼底幽光浮动，锋芒隐隐。沧渊站了起来，盯着那个角落里的女子："你，想害我的师父，我，不许。"

"……"这一句说得特别流畅，楚曦仍扶了扶额头，"沧渊，你坐下。"

灵湫道："我的徒儿不懂事，夫人莫见怪。"

"无事。"云槿抬头微微一笑，手指也悬在琴弦上，像是僵住了。楚曦不免多看了她一眼，想起那秘籍中的一页，心中一动，掐了个决在眼睛上一抹，便看到云槿的十指上都缠绕着红线，线往上吊着，在半空中隐没不见，看不见线的另一端系在何处。

傀儡。

楚曦的脑子里冒出这么个词来。

这个情形可不是像极了戏台上的傀儡吗？

可提线之人是谁？岛主吗？

又听云陌道："夫人若是累了，便先回屋休息吧。"

"嗯。"云槿站起身来，将玉琵琶挂回墙上。

那是……

云槿挂好琵琶，朝他们礼貌地一笑，便翩然走了出去。楚曦坐在最外边，在她经过时，窥见烛光在她的眼角一闪，像眼泪的反光，有种说不出来的哀怨之感。

"我出去透口气！"苏离按捺不住，想跟出去，刚起身，又"哎哟"一声弯下了腰，气愤地瞪了灵湫一眼，坐了下来。

云陌扫了一眼桌子周围，大抵见他们都一筷子未动，叹道："罢了，看来灵兄还是未变，只对炼丹热情不改，无心与小弟对酌赏月啊，小弟这就引你去炼丹室吧。"

"多谢云弟。"

"何须客气。"云陌在椅子的扶手上一拧，那阁殿就轰然往上升去，转眼便来到峭壁上的一个山洞之前。

周围被冰雪覆盖，山洞内却云雾蒸腾，温暖如春。刚一进去，楚曦便觉得身上沁出汗来，不禁担忧地看了沧渊一眼，发觉他有点儿烦躁不安，便替他将披风解开了些。

这时，忽然一只手伸了过来，替楚曦擦了擦额头，原来是昆鹏："公子，你出汗了。"

沧渊有样学样，抬起胳膊，用披风在楚曦的额头上也拂了拂，楚曦忍俊不禁，揉了揉二人的脑袋，心道，得，养了俩儿子，一个比一个熨帖，他这辈子算值了。

沧渊还不满足，见楚曦的头发有些乱了，生怕被昆鹏抢了先，急忙伸爪把他那一缕头发拨到了耳后，尖尖的指甲掠过那处皮肤，竟然划出了一道口子。

楚曦打了个激灵，其实是有点儿痒的，浑然未觉伤口已经渗出了血。他只顾着观察这个炼丹室，也没在意，沧渊却一下子急了，凑上去便想吐鲛绡，被昆鹏推了开来："你做什么？"

四目相对，眼看沧渊和昆鹏又要打起来，一把羽扇挡住二人火光四溅的视线，丹朱嗔怒："你们俩烦不烦，有完没完？"

"灵兄，便是这儿了。"

云陌停下轮椅，面前一道石门缓缓开启，门后涌出滚滚水雾，几个巨大的纯金炉鼎现出来，炉鼎的周围有数人在忙活着，或往炉鼎中添加仙草灵药，或在一旁熬煮汁液，宛如一群蜜蜂围绕着蜂房嗡嗡飞动。

这些人多是稚气未脱的少年模样，想到这些半大的孩子都早已在数百年前葬身于魇魅腹中，楚曦不免感到有些不忍。

"师父！"一个少女跑过来，她的袖子挽到胳膊上，满头都是汗，表情生动，叫人眼前一亮，"您是来……"

"呀，灵湫哥哥！"她一蹦三尺高，跳到灵湫面前，把他抱住了。

云陌轻轻呵斥："薇儿，别失礼！"

"别闹了，薇儿，多大的人了？"灵湫笑着摸了摸她的头，眼底却是一片黯然。楚曦暗叹一声，这座蓬莱岛想来是他心中的疮疤，再过千百年，恐怕也不会愈合。

云陌道："你的灵湫哥哥今日是来炼丹的，莫要缠着他。"

薇儿噘着嘴巴，拽着灵湫的衣摆不放。云陌自己推着轮椅，领他们来到一个炉鼎前："灵兄，你便用这个炉子吧。"

灵湫点了点头，看了看周围："云弟，我炼丹时的动静颇大，你的这些弟子恐怕不太受得了，可否……"

云陌微微一笑："无妨，若你不希望这些小娃娃碍手碍脚，我将他们遣散了便是。"

灵湫朝他一揖："多谢。"

一旁的薇儿不甘心地抱住灵湫的胳膊，眨眨眼睛："灵湫哥哥，我留在这儿跟你学炼丹，好不好？"

灵湫摸了摸她的脑袋，眼中泛起一丝不忍："以后，还有许多机会。"

"那你答应我，这次带我一起走，我也想四处游历，增长见识，我不想整天待在蓬莱岛，好闷啊！"

云陌轻声喝道："薇儿。"

楚曦以为灵湫会不耐烦，却见他竟然嘴角微牵："好。"

说着，他看了一眼云陌："要你哥哥同意才行。"

云陌摇了摇头，叹道："难为你了。"

灵湫似乎想起什么往事，目光落到他的双膝上，欲言又止。

待云陌领着众位弟子离开炼丹室，楚曦才低声提醒："灵真人，不知道你有没有发现，岛主夫人弹的那把琵琶不太对劲。"

灵湫一惊："你也见过那把琵琶？"

楚曦摇摇头："见倒没见过，我是听见琴音中有古怪，似乎有婴儿的哭声，而且她的手指上系着许多红线，像是……傀儡一般，你没看见吗？"

灵湫的脸色一变："我倒真没发现。傀儡……"

楚曦道："我想，是不是除了岛主和岛主夫人以外，帮助魑魅毁灭蓬莱岛的幕后黑手另有其人？"

一旁的天璇忽然插嘴："我也这么怀疑。"

说罢，他转了转手里的伏魔杵，头也不回地朝洞外走去："我先去会会那个中了傀儡咒的女人，你们自便。"

"等等。"

灵湫从拂尘上拔下一根毛，捻了捻，只见一股青烟腾起，转瞬他的面前出现了一个一模一样的灵湫。

"我随你一起去。"

楚曦惊讶地看着灵湫的分神与天璇走出洞外，问："灵真人，我问你，他与你可都是一样，为我而来吗？"见灵湫沉吟不语，他停顿了一下，半开玩笑道，"我莫非真的是北溟神君？"

灵湫依然未答，楚曦却已经笃定了七八分，或许是因为没有前世记忆的缘故，心下是一片镇定。昆鹏震惊得说不出来话，沧渊更是觉得心绪不宁。

灵湫扭过头道："苏离，你来织梦。丹朱，昆鹏，你们去守着洞口。楚曦，照刚才说的。"

楚曦点头："我为你守神。"

说罢，灵湫便盘腿坐在了炼丹炉前，刺破手心，用血在身周画了个阵出来，楚曦依照他的指示，背靠他坐下。沧渊想挤在楚曦的身边，被楚曦的眼神阻止，便也只好假装听话地坐在了一边。

"凝神入定，若听见我唤你，便念'回神诀'。"说完，灵湫便将回神诀

142

念了一遍，问，"记住了吗？"

楚曦一字一句地重复了一遍，灵湫"嗯"了一声，大言不惭地道："孺子可教也。"

人面螺："……"

他心里正犯嘀咕，便觉脑中一紧，脑中响起人声："这回麻烦您老人家与我一起入梦了。"

"……"人面螺叫苦不迭，饶了我这把老骨头吧！

苏离不情不愿地挪到灵湫身前，盯着他手里的小蛇，慢吞吞地从衣兜里翻出一只手指大小的小蜘蛛。

灵湫的脸色一白，浑身的汗毛都竖了起来："这是什么？"

"织梦蛛啊，喏。你应该听说过它的传说吧？"

苏离将小蜘蛛搁在手心，但见它转瞬间便在他的指间结出了一圈网，蛛丝颜色瑰丽，流动着七色虹彩，十分迷幻。

"织梦蛛会根据使用者的回忆造梦，所以你可别想到什么不堪回首的过去，否则容易陷在噩梦里。万一无法脱身，你就在梦里自杀。虽然醒来后会比较难受，但这是最快的法子。"

见苏离抓着那只蜘蛛要放到他的脑袋上，灵湫的脸扭曲了一下，他将那条小银蛇抛给了丹朱："你若敢搞什么鬼，这条小蛇就别想要了。"说罢，视死如归般地闭上了眼睛。

楚曦也怕极了虫子，头皮感到一阵发麻，深吸一口气，屏息凝神，与灵湫一同入定。

沧渊紧张地盯着织梦蛛在二人的头上结网，却未发现，一个细小的黑影从他的身上爬下来，钻进了楚曦的袖口里。

楚曦刚一闭眼，尚未凝神入定，便觉得一股无形的吸力从脚底袭来，他的身子猛地往下一沉，沉入了一片黑暗里。

"魔尊大人，这是个好机会呀，机不可失，时不再来……"

这个声音不知道是从哪里响起来的，沧渊瞧了一眼四周，没发现那条石龙子在哪儿，却发现苏离也闭上了眼睛，嘴巴半张着，已经在流口水了，似乎睡得很沉。

他心中一动，目光挪到楚曦身上，试探性地唤了一声："师父？"

连唤几声，只听得见楚曦均匀的呼吸，却没有任何回应。

他的胆子便大了起来，他瞥了一眼守在门外的两个身影，嘴里溢出一串极为魅惑的低吟，便令昆鹏和丹朱头晕目眩地栽倒在地。

他颇为得意地扬起唇角，爬到楚曦身前，抬起蹼爪轻轻地攥住了楚曦的手腕。

楚曦的双手呈莲花状，那枚戒指被他扣在食指与大拇指形成的环内，沧渊试着让他的两根手指的指尖分开一点，谁料沧渊掰了几下，楚曦的手指纹丝不动。

沧渊自然是不忍心下狠手的，只得用指甲去抠那颗嵌在戒指上的红色圆石，却徒劳无功。

"魔尊大人，弄碎它，弄碎它，您的元神就回来了！"

沧渊盯着那枚奇石，但见它幽光一闪一闪的，也像在声嘶力竭地呼唤着他。他低头凑近楚曦的手，有些犹豫地张开嘴，叼住那枚戒指上的石头。

这样做，真的是正确的选择吗？

若不变强，便要一世像个孩子般跟在楚曦的身边，他的师父可愿意？

总有一天会厌烦他的吧？

如此想着，他的牙齿轻轻碾着口中的石头，不知道到底该不该咬下去。就在这时，楚曦忽然呼吸一重，双手也跟着一颤，食指与拇指打开了一点儿。

沧渊的心提了起来："师父？"

楚曦还是没有回应。

"好机会啊！魔尊大人，您可别再拖了！"

沧渊捏住那枚戒指，慢慢捋动，却觉得楚曦的呼吸凌乱起来，身体颤抖的幅度也越来越大，他惊讶地停了手，抬眼便看见楚曦眉心紧蹙，仰起脖子，张开嘴，大口地喘息着。

"师父？"他攥住楚曦的手臂，"你，怎么了？"

楚曦的反应愈发强烈，他不禁感到紧张起来，一眼瞧见楚曦头顶的那只织梦蛛，只觉得一定是这个东西在搞鬼，伸爪一把攥住织梦蛛。

霎时间，四周陷入一片漆黑。

他整个人极速下坠，一下子坠进了冰冷的水中。

刚一入水，他便冷静下来，身下袭来一阵痛楚，双腿自行合拢，皮肤上长出片片细鳞，转瞬间就化出了鱼尾，所谓如鱼得水，他的周身也生出无限勇气，足以抵御任何恐惧。

似乎因为恐惧消退，周围也稍微明亮了几分。

有微光自上方洒下来，他抬头望去，瞳孔一缩。

一个白色身影在上方静静地漂浮着，衣袍散开，犹如一片云翳。他一甩鱼尾，一瞬间便来到那个身影旁边，发现果然是楚曦，便带着楚曦闪电一般跃出了水面。

不远处有一艘小船，孤零零的，不知道是谁遗弃在那里的，沧渊管不了太多，将楚曦放了上去。人一躺平，他便注意到楚曦的上腹鼓胀，嘴唇发紫，一点儿呼吸也没有，他见过，那些被他的同族拖下水来溺毙的人类就是这样。

他红了双眼，浑身发抖，俯身贴近楚曦的胸口，听见一点儿微弱的心跳，便急忙压了几下他的腹部。

压了好几下，楚曦才身子一抖，嘴里溢出大股的水来，有了一丝呼吸，却仍然喘不上气来。情急之下，沧渊托起他的后颈，吐出一个气泡，缓缓为他渡气。

兴许是他歪打正着，楚曦的呼吸真的顺畅了起来，只是双眼还闭着，没有醒过来，沧渊再次伏到楚曦的胸前，听见他的心跳声渐渐稳定，才松了口气。

楚曦渐渐醒转，睁开双眼，只见周围是一片茫茫水色，他躺在一艘船上，在大海上漂着，不禁感到一阵迷惑。

他为何会在这儿？

看见手里紧紧地抓着"灵犀"，他才想起自己是在入定时被吸入了一个幻境里，那个幻境是在水中，汐吹突然出现，他们缠斗了一番，他败下阵来，溺水昏迷了。

他是被谁救了吗？

"有人吗？"

楚曦唤了一声，"哗啦"一下，一颗脑袋就从船沿处探了出来，露出一双琉璃般的眸子，闪烁着："师父……"

楚曦一惊："沧渊，你怎么也进来了？"

沧渊摇摇头："不知道，嗷。"

楚曦揉了揉他的脑袋，举目四望，远远眺见西边正在日落，霞光之中隐约透出一片岛屿的轮廓，岛上烟气缭绕，就像蓬莱岛，便抬手一指："沧渊，我们去那儿。"

沧渊一甩鱼尾，推动小舟，转瞬就游近了那座岛。

离得近了，楚曦才发现这座岛上枝繁叶茂，百花盛开，水鸟成群，岛的周围也不见一个鬼爪螺，一派生机勃勃的美景，虽然明知道是置身于幻境，也不由得感到心旷神怡。

楚曦只顾着观察岛上的情形，却未察觉到船下暗流涌动，一缕水流悄然缠上了沧渊的尾端，讨好似的摩挲起来。

"魔尊大人，把您的师父困在这个幻境里吧，您取走魔丹，既不会伤害您的师父，也不会像上一世那样被他杀了，岂不是两全其美！怎么样？要不要我来帮您一把？"

沧渊的呼吸一滞，鱼尾猛甩，搅起一个漩涡，卷得小舟猛地晃了一下，楚曦险些摔下水去，好在楚曦及时俯下身，喝道："沧渊，别游得太快了，小心点儿，这里有暗礁。"

沧渊点了点头，小心翼翼地绕过大大小小的暗礁，游上浅滩。楚曦跳下船来，爬上附近一棵大树，朝岛中观望。此时天色已暗，岛中心的城池逐渐亮起了零星的灯火，远不似先前他们登岛时那般辉煌，并不像在举行试炼大会。

想来，他是来到了更早之前的蓬莱岛。

灵湫应该也在岛上，得找到他才是。

楚曦跳下树来，走到沧渊的身边，祭出"灵犀"，打算带着他御剑飞行，可不知道他的真元是在方才与汐吹缠斗时耗得所剩无几了，还是在这个幻境中受到限制，"灵犀"在他的手里打了个哆嗦，化成了一把簪子大小的"剑"。

"……"

真是雪上加霜啊。

楚曦看向沧渊："沧渊，你这会儿方不方便化出腿脚来？"

沧渊犹豫着，抖了抖鱼尾，又摇了摇头。随时化回鱼尾倒是可以，但要随时化出人腿，就力不从心了。

"啧。"

楚曦困扰地扶了扶额头，把"簪子"插到发间，弯腰把他背了起来，可是沧渊最近的个头又长大了一截，楚曦背着他已经很吃力了，走了没两步，便脚步不稳地跪在了沙滩上。

楚曦深吸一口气，挽起了袖子，一眼瞥见自己的一边手臂上从腕部蔓延到肩头以上的斑斑点点的红痕，他知道了，难怪使不上劲气，莫非是和汐吹交手时留下的吗？现在并非纠结这个的时机，他重新背上沧渊，试图站起身。

——结果双腿颤抖着，膝盖都直不起来。

楚曦惆怅地叹了口气，感到很没面子。儿子这么快就长大了，背不动了，上个月还是个奶娃娃呢。他低头看着沧渊："沧渊，师父背不动你了。"

沧渊眯起眼睛："那我背师父。"

"……"

有志向，真孝顺。

楚曦坐下来缓了口气，心想，人面螺说鲛人每日化腿可维持六个时辰，沧渊是晚上化出腿的，兴许要等一夜才行，可灵湫想必等不得，若没有他守神，万一灵湫出事了，他们岂不是要困在这个幻境里出不去了？

斟酌了一下，楚曦的心中已经有了决定，他用"灵犀"在沧渊的周围画了个阵，道："你待在这儿，乖乖地等师父回来，好吗？"

"不，嗷。"

还没起身，衣服便被攥住了，楚曦摸了摸他的头："你待在这个阵里，只要不乱动，就还算安全，如果有事，师父立刻赶过来，好不好？"

沧渊的眸光一凛，他摇摇头："不许离开我，嗷！"

楚曦感到有些儿头大，他虽然宠沧渊，可也要分时候，这等紧要关头，实在顾不得沧渊闹不闹脾气了。他掰开沧渊的双臂，掐了个决，将这个"画地为牢"的阵法又加固了一层——

不只能防御外敌，还可以暂时防止沧渊乱跑。

见楚曦转身离去，沧渊急忙爬着要跟上去，却被一道无形的屏障弹回了阵内，任他如何挣扎也不能脱困。看着楚曦的背影渐行渐远，一种似曾相识的恐惧感涨满了他的胸腔。

似乎许久许久之前,楚曦也曾这样抛弃过自己。

那么决绝,那么心狠,不带一丝犹豫。

恍惚间,似乎有一只手自头顶上落下来,脊背袭来筋骨折裂的剧痛,他跪在楚曦的脚下不停地磕头,身子却不断缩小,最终变成一只渺小如蝼蚁的小鱼,仰视着楚曦飞向天际。

"师父!"

听见背后传来的嘶吼,楚曦感到头皮一麻,硬生生地忍住回头的冲动,加快了脚步。为今之计,只有速战速决,他必须赶快找到灵湫。可没走出几步,他便听见一串幽幽的低吟传来,与他在冥市听过的一样,却比那时更加美妙低沉,只是一瞬间,他便觉得头晕目眩,眼前一黑,失去了意识。

"沙沙,沙沙。"一双苍白的脚来到他的身前,满腿未褪尽的鳞片混合着淋漓的鲜血。

沧渊半蹲下去,注视着昏迷过去的男子。

一条细小的黑影爬上他的肩头,嘻嘻轻笑:"我就说了,魔尊大人早该听我的,何必受这一回伤?"

沧渊垂眸扫了黑影一眼,眸底有些幽暗,竟然已经有了几分前世的影子,黑影噤若寒蝉地退了下去。

周遭逐渐暗了下来,再亮起来时,变成了另一番景象。

第二十三章 魔化初兆

"师父?"

耳畔传来声声轻唤,楚曦迷迷糊糊地醒了过来,头还有些晕,刚一睁开双眼,便遇上一双碧蓝色的眸子。

"沧渊?"

楚曦看了看四周,入眼皆是潮湿的岩壁,脚边燃着一堆篝火,目光落到洞中一片泛着水光的凹陷处,他不禁一阵愕然,这里是……他和沧渊曾经待过的那个临海洞窟。

怎么会回到这儿来的?

"沧渊,你带我回到这里的?"

沧渊摇了摇头,似乎也不知道是怎么回事。

楚曦仔细回想了一下,只记得自己将沧渊留在沙滩上,打算去找灵湫,可之后发生了什么,却想不起来了。

正百思不得其解,身旁的沧渊站起身来,走到篝火旁,楚曦随之嗅到了一股诱人的香味,见沧渊用树枝叉着一条烤鱼走了过来。这条烤鱼外焦里嫩,鱼肉雪白,丝毫不像幻境里会有的食物。楚曦愈发感到疑惑,可疑惑归疑惑,他却真的饿了。沧渊体贴地递给他两根树枝:"请,师父。"

楚曦接过树枝,不禁感到欣慰,虽然他知道沧渊还没学会讲礼貌,可这句话听起来颇有点儿彬彬有礼的意味。

"这时候,要把词句颠倒过来,应该是'师父,请'。"

楚曦夹起一块鱼肉,顺口教道。

沧渊目不转睛地看着他,唇角似乎若有若无地扬起了一点儿笑意:"师父，请。"

楚曦的眼前一亮，他还没见过沧渊笑，眼下一见，只觉沧渊这一笑犹若冰雪初融，寒冰乍破，实在是好看极了，不禁暗叹，若有纸帛在身边，他定会忍不住替沧渊作一幅画。若这幅画流传到市井上，不知道会引来多少姑娘的青睐……

不过，这会儿不是想这些的时候，楚曦收回视线，咬下一口鱼肉，却觉得喉咙处传来一丝刺痛，似乎有些肿胀，不知道是不是上火了。他颇为艰难地吃下半条鱼，便觉得唇畔一凉，一只蹼爪轻轻地替他擦去了嘴边的残渣。

这个动作实在熨帖极了，楚曦心里一暖，摸了摸他的脑袋："师父吃不下这么多，你把这半条吃了吧！"

沧渊点了点头，接过树枝和半条鱼，一口一口地吃起来。

楚曦笑了一下，朝洞外走去。

"师父，你，要去哪儿？"

刚走到门口，他就觉得腰间一紧，沧渊从后面把他的衣摆又拽住了。

楚曦拍了拍沧渊的手背，向四周张望，与那时被困在这座岛上一样，海上大雾弥漫，看不清小岛周围的景象，他不禁有种回到了几十天前的错觉，但显然是不可能的。

这里是幻境吗？

如若是，他吃的那条鱼未免也太真实了点儿吧。

如若不是，他们又是怎么回到这座岛上的？其他人呢？

正当他思索时，头顶轰隆一声，忽然下起了雨。感觉雨势不太大，他还想出去看看，雨水转瞬间便变成了冰雹，哗啦啦地往下砸，一颗一颗的冰雹越来越大，冒着雨倒无所谓，冒着冰雹他可不敢，只好由着沧渊把他拖回了洞里。

这可怎么办？

楚曦摸了摸腰间，发觉"灵犀"不在，默默地召唤了一声，手中仍空空如也。他不由得心里一沉：糟了！他问沧渊："你有没有看见师父随身携带的那支笔？"

沧渊摇摇头，在洞中帮他四下翻找，却一无所获。

楚曦看了一眼那千军万马似的冰雹，手中聚起真元，往外面拍出一掌，一片冰雹碎成了齑粉，可也形同杯水车薪，他耗尽了真元也不见得能顶着冰雹走多远。

唉！看来是被困在这儿了。

楚曦揉揉眉心，坐了下来，思考该怎么办。沧渊挨着楚曦坐下，披风自他的膝上滑落，楚曦这才注意到他满腿是血，腿上粘着不少鳞片，像是强行拿剃刀刮过一样，惨不忍睹。

"嘶，怎么弄成这样的？"

楚曦心疼死了，沧渊却毫不在意，低头吐了些鲛绡到腿上，楚曦半跪下来，替他缠上鲛绡。

沧渊盯着楚曦的脸，只见男子眼睛低垂，神色极为温柔，丝毫看不出与他噩梦里狠心决绝的"师尊"是同一个人。

但就在方才，这两个人的身影重叠在了一起。

纵然他口口声声地说着会回来，可沧渊不相信。

一点儿也不信。

"沧渊，若是化腿很困难，便不要勉强自己。"

沧渊没答话。

不化腿，他怎么追上楚曦呢？

楚曦把他的腿裹在披风里："你着急了，所以强行蜕鳞弄成这样的，是不是？是师父一时心急，师父错了。"

沧渊一怔。一股热流涌上喉咙，强行压抑的情绪被他这句道歉四两拨千斤地一抚，便轰轰烈烈开了闸，通通化成眼泪泄了出来，粒粒珍珠四散进落，洒了一地。

汐吹缩了缩头，实在不忍看魔尊大人哭鼻子的惨状。

楚曦瞧他这副模样，心道，果然是了，叹了口气："不哭……不哭了啊！都怪师父，啊！"

沧渊蹭了蹭鼻子，像个吃够了糖的小孩子。楚曦心里一软，想也没想地捏了一下他的腮帮子。

沧渊双耳一颤，整个人僵住了。

反应过来，楚曦才觉得尴尬，唉！又把沧渊当成奶娃娃了，忘了他已经是个半大少年——至少外形是了。

沧渊抬起头来，摸了摸脸颊。见他的神态可爱，楚曦又忍不住捏了一下他颤抖个不停的耳朵："没生师父的气吧？"

沧渊眨巴了两下眼睛，摇了摇头。

楚曦暗自感慨，果然小孩子就是好哄啊，比昆鹏那个臭小子好哄多了。看了一眼洞外，冰雹下得很密。可惜他的修为还不够高，没有呼风唤雨之能，也只能等了。

等了一会儿，见冰雹没有停下来的势头，他这才忽然意识到，他上船时乃是七月，正值夏季，哪里来的冰雹？

这里的确是个幻境。

或者，应该说是一个梦。

餍魅不会制造这样的幻境，因为它不知道这个地方的存在，既然苏离说织梦蛛是根据使用者的回忆造梦，那么，知道这个洞穴的，除了他自己，也就只有……

楚曦的心里还有点儿感动的，这里，大概对沧渊而言是个美梦吧。兴许，他觉得这里是最安全最舒服的庇护所吧。

这时，沧渊挨着他躺了下来，眼睛眯起来了，像只撒娇的小猫："师父，睡了，嗷。"

楚曦摸了摸他的头发，放轻了语气："沧渊，该醒来了。"

沧渊突然睁开眼睛，瞳孔缩成一条竖线。

那种表情，让楚曦有种自己在说什么很残忍的话的感觉。再继续说下去，他都有点儿提心吊胆的："师父知道，你想待在这儿，可梦只是梦，不是真实的，总有一天会醒。沧渊，乖，听师父的话，你快点儿醒来，好不好？"

沧渊的眼圈泛红："不要。"

这次连"嗷"也没有了，拒绝得可谓斩钉截铁。

话音未落，洞外又燃起了熊熊烈火，隐约还有撕心裂肺的惨叫声传来，楚曦心里大惊，这又变成噩梦了吗？

"沧渊，算师父求你了。"

沧渊突然抓住了他的手臂，盯着他道："不要！"

楚曦想起苏离的话来。沧渊不肯醒，他总不能在梦里把沧渊杀了吧，就算是个梦，他也办不到。

那就只有自杀了。

这样想着，楚曦试图挣开沧渊的蹼爪，可沧渊发起脾气来便力气奇大，一双蹼爪铁钳似的扣着他的手臂不放。他将其猛地一推，站起身时，袖子都被扯成了碎布条。

楚曦退后了几步，沧渊却一愣，楚曦衣袖破烂，一头如墨般的青丝散落下来，整个人虽然狼狈不堪，可脸色因怒意而泛红。

一股火往头上蹿，没等楚曦站稳，沧渊便失魂落魄地扑过去，抱住了他的小腿，楚曦当下却忍无可忍——撒娇耍赖也要有个限度，他厉喝一声："沧渊！再这样胡闹，师父真的不要你了！"

沧渊一听这句话就觉得肝胆欲裂，抓着他的腿死也不放，楚曦只好运气一震，将沧渊震得倒退几步。

趁沧渊没回过神，楚曦一把将他推开，纵身扑向洞外的熊熊烈焰！

沧渊的头"嗡"的一声炸了，他目眦欲裂地伸爪去抓……却只捞住了一截烧得焦黑残缺的腰带。

他盯着那截腰带，双眼漫上根根血丝。

"瞧瞧，魔尊大人，您的师父宁可死也要丢下你。他不会懂你，一辈子都不会。前世如此，此世亦如此。生生世世，皆会负你。"

楚曦刚睁开双眼，便听见耳畔传来急促的喘息。他被吓了一跳，垂眸一看，但见沧渊躺在身边，双目圆睁。他慌忙拍了拍沧渊的脸："怎么了，沧渊？"

沧渊动也不动，瞳孔扩散得极大，瞳色比平日要暗上许多，近乎变成了靛紫色，他的一只爪攥成了拳头搁在胸前，丝丝鲜血从指缝里溢了出来。楚曦立刻去掰他的手指，掰了半天却纹丝不动，像是紧紧抓着什么不肯放开。

"沧渊，沧渊，看着师父！"

楚曦俯下身子，看着他的双眼，一连唤了数声，沧渊也毫无反应，而且瞳底隐约有奇异的黑色纹路在流动。

第二十四章 神血效用

即使不知道这是如何造成的，楚曦也凭直觉知道这绝不是什么好事，心下感到一阵不安，想起灵湫的话来，抓起沧渊的手翻过来一瞧，见他的掌心里除了伤口还是伤口，深可见骨，将那个"溟"字划拉得七零八碎，想来符咒已经失去了效用。

楚曦立刻执起灵犀，在沧渊的另一只手上也刺了个符，却见沧渊还是没有反应，只是睁着双眼，麻木地看着他。

不知为何，楚曦顿时有种似曾相识的感觉。

脑海中突然便浮现出一张脸来，沧渊的脸，但比他现在要年长几岁，沾满鲜血的嘴唇勾着，笑意带着无限讥嘲，也带着无限绝望，双眸宛如在燃烧，却没有丝毫生机，像是坟场上即将熄灭的一点儿余烬，随时都会彻底熄灭。

那是前世的沧渊吗？

为何沧渊会这样看着他？

那种眼神，就好像……

被自己全心全意仰赖的神打进了无底的深渊一般。

楚曦的心猛地一跳，他盯着沧渊手心里的那个"溟"字，隐约意识到了什么。既然他前世就是北溟神君，能抑制邪力侵犯沧渊的正是自己曾经的名字，可见他这个师父的存在对于沧渊有多么重要的意义，绝不只是"师父"而已。

楚曦有种感觉，他必须做些什么，现在，立刻，马上做些什么，否则沧渊的身上会发生什么不堪设想的坏事。

如果名字就有这么大的效用,那么其他的呢?

想起他们初遇之时沧渊的表现,楚曦脑中灵光一闪,在手指上划了道口子,挤出几滴血来,抹到沧渊的唇畔,果然便见沧渊眨了眨眼睛,一张嘴,把他指尖叼住了,如饥似渴地吮吸起鲜血来,活像个缺乏奶水的婴孩儿。

楚曦见状,在心里苦笑——果然,"神血"真的有用。

不料,还没来得及感到庆幸,他便觉得手腕一紧,被血淋淋的蹼爪攥住了,不知道是否由于鲛人的唾液里也有鲛绡的成分,有疗伤之效,指尖伤口的血液似乎很快便凝固了。沧渊吸了几下,便再吸不出血来,不满足地顺着他的脉搏往上嗅,像在寻找他全身血源最丰富的一处。

见沧渊这副理智全无的模样,楚曦叹了口气,将手腕凑近沧渊的唇边。沧渊呼吸一滞,猛地张嘴,照他的脉搏便咬了下去。楚曦闷哼一声,身子也颤抖了一下。尖锐的犬齿刺透肌肤,不算特别疼痛,但仍有些难耐,他却咬紧牙关,一动不动,任沧渊埋头在手腕处放肆地吸食。

脉搏乃是人性命攸关之处,此刻只要沧渊稍不留神,便足以让他一命呜呼,可他此刻想的却只是想法子保这个小崽子的周全。为师如此,他也算天下罕见了,想来是因为前世未尽师责,亏欠了这个弟子的缘故,才有这样仿佛发自骨血深处的本能。

楚曦一边胡思乱想着,一边向四周看去,这里还是梦中的蓬莱岛,他没有醒来,只不过是从沧渊的梦里脱了身。

得快点儿找到灵湫才行。

感觉到沧渊还在吸个不停,楚曦忙拍了拍他的背,岂料沧渊变本加厉,咬得愈发用力,还把楚曦的另一只手腕也攥住了。

"沧渊……"楚曦蹙了蹙眉,呻吟了一声。

疼痛尚可忍,可他已经有了失血过多的虚弱感,感到有些头晕目眩起来,双手不能动弹,只得屈膝往上一顶。

这一下不偏不倚,正巧顶到了沧渊的腹部。楚曦心里一惊,耳畔响起一声闷哼,沧渊一下子弓起了背,也松开了嘴。袭来的疼痛使沧渊清醒过来,一眼瞧见楚曦的手腕上鲜血淋漓的惨状,便吓了一跳,而且细看之下,赫然有两个小血洞,意识到是自己弄的,他后悔得要命,眼泪止不住地流了出来。

"师父没事啊，乖……乖。"珍珠又哗啦啦地洒了一地，楚曦抚了抚他颤抖着起伏的脊背，心里哀叹，明明是自己被吸了血，反倒还要他来安慰人，还有没有天理了？

罢了罢了，谁让他摊上了个祖宗呢？

沧渊把鲛绡细细地缠满了楚曦的手腕，发现楚曦并没有嫌弃或责怪他的意思，依旧抚着背给他顺毛。

沧渊心里咯噔一下，发现了什么。

——只要他哭着跟楚曦撒娇，楚曦似乎就拿他没辙，不仅不会责怪他，而且什么都依着他，还会比平常显得更加温柔。他为此感到有点儿小小的得意，将脸埋在楚曦的手心里，发出呜咽声："师父，呜，师父，不许不要我，嗷……"

沙哑的少年的声音配上奶味十足的撒娇，实在效果绝佳，楚曦觉得骨头都被他哭软了，这哪里是个半大小子，分明是个娇娃娃。唉！也是，方才在梦中自杀，想必是把这个小崽子吓坏了。他边抚边哄："乖，都是师父不好，师父也是迫不得已，不是故意丢下你的，啊！"

沧渊点了点头，楚曦见终于哄好沧渊了，便扶着他站了起来，看了看四周。

"楚曦。"就在此时，一个声音在耳畔响起，是灵湫的声音。

楚曦的精神一振："灵真人，你在何处？"

"蓬莱宫，你快过来。"

"好。"

调运了一下内息，感到真元恢复了些许，楚曦从头上拔下化成簪子的"灵犀"，在手中迅速化出一把宝剑。

胳膊一紧，被沧渊拉住了："不去，嗷。"

楚曦笑道："不去，你想一辈子待在幻境里面呀？"

沧渊忙不迭地点头："和师父，一起，就行，嗷。"

真会说话。楚曦一哂，御剑而起，朝东边飞去。

第二十五章 朝生暮落

片刻之后,二人落在蓬莱宫前的半山腰上。

楚曦脚刚落地,便瞧见两个人影正从山间的石梯上下来,手牵着手,此时烟雨蒙蒙,其中一个个子高些的人帮个子矮些的打着伞,脚步小心翼翼的,因为距离很近,他一下子便看清了他们俩的相貌,可不就是罗生和苏涅?

不对,应该是云陌和云槿,只不过他们看上去比幻境里都要年轻许多。云陌像是约莫十六七岁,清俊的脸稚气未脱,却已经有了一种超越年龄的老成,云槿显得要更小一些,脸蛋冰雕玉琢似的,眉眼精致,像只娇贵的小猫,只是眉眼之间有种淡淡的忧郁之感。

"岛……"他正不知道如何开口打招呼,那二人却已行至身前,像没有看见他一样,他这才意识到,这是灵漱的梦境,梦中之人又怎么会看见他?

"槿儿,小心点,这里滑。"

楚曦转过身子,见云陌弯腰替云槿拉起被雨水濡湿的衣摆,又蹲下身去,为她拧了拧。这一幕实在温情极了,伞下一双人,衬着背后的山间景致,宛若一幅画卷,似乎便连雨水滴落的速度也变得缓慢下来,时间仿佛停驻在了这一刻。

云槿低着头,将衣摆从他的手里拽出来,小声道:"哥哥,我不想回去,就在山上多待几天,好不好?"

云陌还是蹲着,擦了擦额头上的雨水,抬头笑了一下:"都下雨了,再不回去,父亲会着急的。来,哥哥背你。"

云槿有点儿不情愿，还是乖乖地趴到了少年单薄的背上。云陌站起身来，一手抓着云槿的腿，一手持着伞，身形极稳，然后脚尖一点地面，便腾空而起，朝下面跃去。

楚曦刚要跟上，便见沧渊绕到他的身前，半跪下来，他一愣，就见沧渊竟然学着云陌，也把他的衣摆撩起来，拧了拧，仰起头来，唇角微勾："师父，小心点儿，这里滑。"

这次倒没有"嗷"，学的是云陌那种少年老成的口吻。

楚曦忍俊不禁，心道真是有样学样，又见沧渊也背过身去，下了一级台阶："师父，我背你。"

楚曦盯着沧渊的背影，一时觉得这个情形似曾相识，仿佛许久之前，他也是这么站在身前，说要背自己，失神间差点儿就俯身下去，又立刻觉得滑稽，这里需要人背吗？

"好了，别胡闹。"楚曦拍了沧渊的头一下，越过他朝下面走去，没看见他一脸失落的表情。跟着云陌二人，楚曦一路来到蓬莱宫内，一进门，便见一须发皆白的中年男子站在庭院中，似乎在等待他们。

看他的五官，与云槿有些相似之处，一双眼睛极为幽深，似乎能洞穿古今，负手而立的姿态显得颇为仙风道骨，又自有一番威仪，想必就是前一任蓬莱岛主了。

"陌儿，槿儿，你们到哪里去了？又跑去山上玩耍了？"

在楚曦打量老岛主时，云陌已经背着云槿走到他的面前，一副毕恭毕敬的样子："父亲，我这就带槿儿去疗养。"

老岛主微微颔首："嗯，别耽搁了。"

楚曦跟着那二人朝庭院内走去，听见云槿在云陌的背上轻轻叹了一声："哥哥，木槿花开了，好香啊！"

此时，楚曦才注意到庭院内有一棵木槿树，这个梦中是盛夏时节，花开得正盛，娇艳夺目，可惜他闻不到当年的花香。

云陌停住脚步："你想要吗？"

云槿点了点头："嗯。"

"好。"

云陌背着她纵身一跃，几步便登上了墙头，摘下一朵最大的木槿花，旋身落到地上,动作极为轻盈矫健。楚曦不由得盯着他的双腿看,心想,他不是天生残疾,后来是遭遇了什么事才不得不坐上轮椅的呢?

放下背上的云槿,云陌将手中的木槿花递到她的眼前:"你瞧这朵如何?"

云槿垂眸打量,凑近嗅了一下:"嗯,好像比去年开得更艳更香了。就是不知道,明年还能不能看见。"

"当然能,年年都能。"

云槿抬眼瞧着他,眼圈微微泛红:"哥哥待我真好。"

云陌整理了一下她的鬓发:"该吃药了,我们进去吧。"

看着树下二人相依相偎的身影,不知为何,楚曦却想起木槿花的另一个别称来。木槿花开在盛夏时节,花期极为短暂,上了年纪的老人都喜欢称它为"朝生暮落"。

这一场雨过去,怕是就要凋零了。

"楚曦!"

楚曦正要跟上云陌和云槿,便听到身后传来灵湫的呼唤。

一扭头,只见一个束发少年走了过来,不禁感到一阵讶异。

灵湫看起来不过十六七岁,表情柔和了不少。

"你原来是蓬莱弟子?"

灵湫道:"我曾经在此修行过一段时间,云寒岛主,也就是云槿的父亲,于我有半师之恩。"他扫了一眼沧渊,蹙起眉头,"你误闯进来也就算了,他怎么也进到我的梦里来了?"

楚曦道:"我们……应该都是被汐吹拽进来的。"

灵湫的眼神一凛:"难怪我方才感觉梦境边界有异动。汐吹……看来也是为了复活魘魅而来的。不过,我很奇怪,"他突然一伸手,掐住了沧渊的脖子,"丹朱守着门,我又画了阵法,汐吹是怎么进到我的梦里来的?"

楚曦心里一惊,抓住他的手腕:"灵湫!"

沧渊睁大双眼,摇了摇头:"我,不知道!"

灵湫的手指收紧,指间透出淡淡的白光:"只有一个解释,汐吹就在我们身边,你说它附在谁的身上?我只有在梦里杀了他,才能将汐吹赶出去,以免它影响梦境。"

想起方才沧渊双眼的异状,楚曦呼吸一滞,不得不承认灵湫说得的确有理,却见沧渊盯着自己,既不挣扎,也不吼叫,双瞳中映照出楚曦的脸,似乎只想在受死前看一看,这个说上天入地也要护着他的人是否会遵守诺言。

"你住手!"楚曦一把扯开灵湫的手。

沧渊一怔。

见沧渊的脖颈上留下了几个殷红的指印,楚曦的心都揪了起来,他扭头怒视着灵湫:"方才我在梦中遭遇汐吹的袭击,便是沧渊救了我。若汐吹附身控制了他,他何必多此一举?"说着,楚曦抓起沧渊的双手,将两手的掌心都给灵湫看,"这个符咒,我给他的双手都刻了,难道还镇不住汐吹吗?"

灵湫垂眸扫了一眼,没再为难沧渊,转而朝那位老岛主作了个揖——即便对方根本看不见,他的姿态仍然恭恭敬敬的,然后才转身走进了院内。

楚曦指了指沧渊的脖子问:"疼不疼?"

沧渊点了点头,耳朵颤抖了一下。见他的模样可爱,楚曦忍不住揉了揉他的脑袋。

"你们俩还不跟上?"灵湫回过头来,不耐烦地催促道。

楚曦拉着沧渊跟了上去,呵呵一笑:"哄小孩,没办法。"

"……"

灵湫面无表情地转过身,走进长廊,此时,他的袖子里传来一个苍老的声音:"往右转,那里有魔气。"

灵湫加快步伐,转过一道弯,一行三人来到长廊尽头一扇弥漫着白雾的门前。

因为是在梦中,穿墙而过,连法术都不需要。

"……"

一瞧见里面的情形,三个人不由得一起僵住。

楚曦睁大双眼,莫非这就是传说中的……双修?

"……"

楚曦捂住了沧渊的眼睛。

面对眼前的情景，他本来也应该非礼勿视，可他们既然是来寻找答案的，自然不能回避，灵湫也露出一脸尴尬之色，却没有退开，反倒走近了几步。楚曦心想，若依苏离所言，这个梦境是回忆的产物，莫非灵湫当初看见过这一幕？可，总不能是光明正大的吧？啧啧，人长得一本正经，却喜欢做这种偷窥的事，真是看不出来。

见楚曦的眼神异样，灵湫似乎意识到了什么，蹙了蹙眉："这不是我回忆里的所见。"

楚曦奇怪地问道："你没看见过，为何也会出现在你的梦里？"

灵湫道："那是由于云陌在我们附近，这就是我一定要来蓬莱宫里入梦的原因。我一见苏离就能感知到，他是一个很厉害的灵巫，织出来的梦的范围也非同一般。"

楚曦点头："原来如此。"

——否则按灵湫的脾气，他早就把苏离扔下海了。

若是如此，岂不是这个梦中会发生什么，灵湫也不知道？

仔细看去，这两个人虽然姿势亲密地搂着对方，却也没有什么少儿不宜的举动，云陌仰着头，云槿埋在他的颈窝间，脊背微微起伏，喉头滚动，滴滴血珠顺着下巴滑落下来。

——竟然是在吸血。

楚曦瞠目结舌，蓬莱岛是修仙门派，怎么身为岛主的义子，竟然做这种邪门之事，而且……好像还是岛主授意的？

因为这是在灵湫梦中，而非真实世界，楚曦也就不顾什么礼义廉耻了，走近了几步，才赫然发现灵湫在看什么。云瑾只穿着肚兜，在她的小腹上，竟然生有一个拳头大小的瘤子。

楚曦的背上起了一片鸡皮疙瘩，那瘤子看着怪恶心的。

若只是普通的瘤子，也没有什么好奇怪的，可是那个瘤子……长得分明像一张皱巴巴的初生婴儿的丑脸。它的双眼闭着，一张小嘴咬着云陌的皮肉，也在拼命吮吸他的鲜血，每吸一口，它的表情就愈发欢快，也显得愈发狰狞，与云槿那张粉雕玉琢的脸对比起来，让人觉得不寒而栗。

这一大一小两张嘴都在吸着云陌的血，他却面无表情，一双眼睛望向窗外，仿佛早就已经习惯了。

"师父……"沧渊试图拿开他的手,楚曦的手却捂得更严实了几分,虽然不是双修,可这么邪门的场面,还是少看为妙。

"嗯,哈……"

此时,一丝细微的呻吟响起,云槿似乎吸足了血,自云陌的颈间抬起头,她腹间的婴脸怪瘤却还不肯松口,被她狠狠地掐了一把,才缩回腹中。云陌擦了擦颈间的血,系好腰带,从袖子里取出一块丝帕,替云槿擦拭嘴角,云槿满脸厌恶地扭开了头,眼睛泛红,扑簌簌地落下一串眼泪来。

云陌的手明显僵了一下,还是替她仔细擦净了脸,又替她整理衣衫。云槿却把自己整个缩成一团,捂住了脸,发出了一丝几不可闻的啜泣声,像只无助的小兽。

"哥哥……你走吧,以后别管我了。"

"槿儿。"云陌摸了摸她的头。

"哥哥难道不觉得我恶心吗?我自己都觉得恶心极了。"

云陌蹲下来,把她搂入怀里:"傻槿儿,我怎么会觉得你恶心呢?我要是这么觉得,早就走了,父亲又没强迫我留下来为你治病,都是我心甘情愿的。"

云槿在他的怀里闷闷地道:"就算你现在不觉得,这样日复一日,你总有一天会讨厌我,可等到那个时候,就来不及了。"

"什么来不及?"

沉默了一会儿,云槿道:"你会死的。我这怪疾永远也治不好。趁现在这个鬼东西还没有长大,哥哥,你走吧!"

云陌捏了捏她的小脸,温和地道:"我不会死的。再说,若是我走了,你怎么办?"

云槿从他的怀里挣扎出来,似乎急了:"不论你走了,或者死了,父亲都会为我找一个新的哥哥来替代你!你以为我离开你就活不成了吗?你太傻了,云陌!"

第六卷　信任

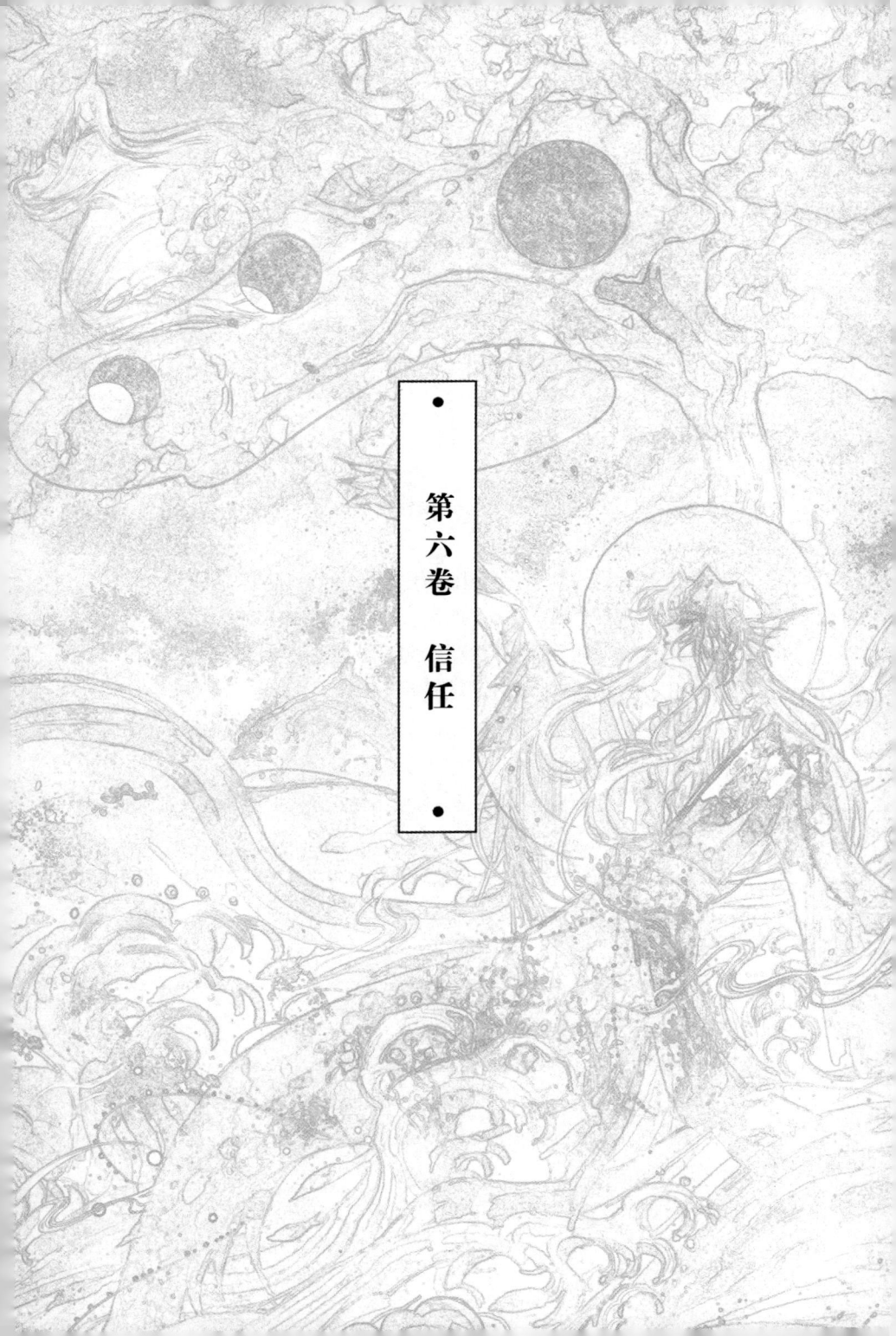

第二十六章 魔气陷阱

云陌的脸色变了一下。

楚曦心里也觉得有些奇怪,这是何意?他看了一眼灵湫,却见灵湫也是一脸疑惑的表情。

"槿儿,你在乱说什么?"云陌笑了一下,还想去抱她,云槿却一直后退,直至被他逼得贴住了墙壁。云陌的身上散发着一种无形的压迫感。

云槿低着头,眼泪流得更凶了,像在被他欺负一样。云陌只是抬手把她的眼泪抹去了,一只手托住了她的下巴:"你只有我这么一个哥哥,现在、以后,都是。我说了要照顾你一辈子,就自然会做到,哪怕父亲不在了也一样……"

云槿身侧的手握成拳:"哥哥,你就不怪父亲吗?他虽然没有逼你,可是却用恩情来压你,你难道感觉不出来吗?"

云陌淡淡地道:"怪什么?父亲对我有救命之恩、养育之情,我理当知恩图报。"

"知恩图报?"

云槿像是听见了什么极好笑的笑话,笑得前仰后合,双肩颤抖着,腹间的婴瘤也跟着由哭转笑。

云陌回过头来,眉心微蹙:"槿儿,你笑什么?"

"我笑你傻,知恩图报……在这里当我的药人,等着被我吸血吸到死,还浑然不知……"云槿边笑边咳嗽,都快喘不上气来,"你又不是第一个对爹爹知恩图报的人。"

楚曦与灵湫对视一眼,心底隐约生出一个可怕的猜想来,便见旁边云陌的表情也出现了一些微妙的变化。

"槿儿，你说的是什么意思？"

云槿看着他，不知道是笑是哭，一脸悲哀而复杂的表情。

云陌站在那儿，一动不动，眼底流动着什么无法辨别的情绪，脸色却很镇定："槿儿，你想告诉我什么？"

"你这么聪明，难道想不到吗？"云槿摸了摸腹间的瘤子，轻声道，"我从出生起，身上就长着这个怪物，它日复一日地吞噬着我，哥哥，你说我是怎么活到现在的？知恩图报……你就没有想过，你为什么会家破人亡吗？"

云陌看着她，没有说话。

"要我说得再明白点儿吗……"云槿咬了咬牙，腹间的瘤子剧烈颤抖起来，她一阵猛咳，嘴里咳出一大口血。

"槿儿！"云陌低呼一声，走过去将她扶起来，却被云槿推搡了一把。她太过虚弱，手软绵绵的没什么力气，只好转而揪住了云陌的衣襟，嘴唇翕动着，还想说些什么，腹间的婴瘤却发出一声嘶叫，她浑身颤抖着，晕了过去。

云陌立即将她抱了起来，从房间里走了出去。

见灵湫跟在二人身后，楚曦也牵着沧渊连忙跟上去，不禁暗暗咂舌，这婴瘤不知是何怪物，不单能附在人体上，逼宿主吸血供给自己营养，显然还可以控制宿主。

而听云槿所言，这婴瘤的背后，还藏着一些隐情。

楚曦加快脚步，走到灵湫身旁，见他一脸不可置信的表情，额角的青筋外露，小心翼翼地问："是老岛主……"

"别说了！"灵湫吼了一声，脸色变得更加难看。

楚曦想起他对老岛主的那一揖，心里知道灵湫大抵是十分敬重这位老岛主的，才会反应如此强烈。若云槿那三言两语中的暗示是真，那么这位岛主可以说是道貌岸然了，即便是为了亲生女儿，将人弄得家破人亡，再以恩人的身份将其收养，作为亲生女儿的药人，手段也未免太过阴狠残忍了些。

"父亲。"

前方传来一声低唤，楚曦抬眼看去，看见一个瘦长的身影自楼梯下来，正好与云陌和云槿遇上，正是蓬莱岛主。

他垂眸盯着云陌怀中的女儿，用手中的扇子拨了拨云槿的刘海，眉头皱起来："槿儿怎么了？你不是带她去疗养了吗？"

"我……"

"罢了，是槿儿的身子弱，也不能怪你。待她醒了，你就再喂她一次。阿陌，槿儿能否活下去，就全靠你了。"

云陌点了点头："我知晓。"

"嗯，送她回卧房吧。"

"是。"

楚曦道："老岛主说话如此和善，又仙风道骨的，倒真不像云槿嘴里会做那些事的人，真是知人知面不知心。"

灵湫苦笑了一声。

"云岛主于我有半师之恩，我宁可相信是云槿在说谎。只是……云槿腹部的那个东西我曾在记载魔物的古籍上见过，叫作并蒂灵，是双生子于母胎中互相残杀而形成的。双生子中，死了的那一个若怨气深重，便会化作并蒂灵寄生在活下来的那个身上，缠缚其一生。极少有并蒂灵是自然形成的，通常都是在母胎里被邪术诱导而生。"

楚曦震惊地道："老岛主竟然如此狠毒，对自己怀孕的妻子下手？他为什么要这样做？会不会另有他人？"

"我倒也想替他开脱。"灵湫的牙关一紧，"可是施展这个邪术的人，必须是并蒂灵的血亲。不是他，难道是岛主夫人自己吗？我现在止不住地想，若我当年答应留下来做老岛主的养子，是不是会变得和云陌一样，沦为云槿的药人。"

楚曦拍了拍他的肩膀："灵真人，木已成舟。我们改变不了过去发生的事。"

灵湫横了他一眼："你还真是会安慰人。"

楚曦扯了扯唇角，扫了一眼这会儿一声不吭的沧渊，说得也是，他向来不怎么会安慰人，除了会哄哄孩子，好在沧渊还小，等沧渊长大了，他可就词穷了。

见云陌抱着云槿朝上面走去,灵湫道:"你跟上他们。"

楚曦问:"你去哪儿?"

"我去去就来,若有什么事,你就在脑中默念三声我的名字,我便会立刻出现。"说罢,灵湫便朝岛主的方向走去。

楚曦牵着沧渊,跟着云陌来到云槿的卧房之中,但见云陌将云槿放到榻上,端详起她的脸来,一只手还替她梳理乱了的鬓发,那般专注的神色,让楚曦的心中生出一种疑惑来。他正待上前查看,忽见一缕血自云陌的嘴角流下,这才反应过来,云陌竟是在给云槿喂血。

半晌后,云槿悠悠醒转过来,睁开了眼睛。

云陌忙直起身,抹了抹唇角,淡淡地问:"好些了吗?"

云槿点了点头,又咳了几声:"今夜,父亲会出岛一夜。"她的眉头蹙起,显然在强忍痛苦,"藏书阁放置《药草经》的那一层后面,有一条密道。"说着,她从枕下取出一把钥匙,微微一笑,"你去年不是跟我说,你想进藏书阁看看?喏,我从爹爹那儿偷来了,给你。"

云陌盯着云槿,良久未语,接过了那把钥匙揣入怀中。

出门前,云陌最后回眸看了榻上背对着他的人影一眼,脸上的神情极为复杂,眼神有些灼热,又透着森然冷意。

待门重新关上,云槿才翻过身,看着天花板,眼角慢慢滑下了一滴眼泪,双手攥紧了被褥。

楚曦心想,这两个人难道彼此有情?

可看后来他们两个人相处时的情形,又不像情投意合的样子,莫非是因为那些"傀儡线"?

这一夜,云陌想必是没有逃出去的。后来发生了什么?他为什么会变得残废?云槿为何又会变成那样?

楚曦牵着沧渊穿墙而过,跟了出去,一路跟着云陌进了藏书阁里,却见他没有去寻什么密道,反倒在书格间翻找起什么来。翻了一阵,他从一个极为隐秘的书架上找到了一个机关,一拧,背后的墙面上便出现了一个暗格,那里面赫然放着一个漆黑的卷轴。云陌缓缓拉开卷轴,卷内密密麻麻的,全是血红色的不明字符与人形图像,像在灼烧着,要透出纸面,变成一群狰狞的活物一般。

这一瞬间，楚曦感到一阵恶心——

魔气。

他的脑子里突然冒出这个词来。

虽然他过去的二十来年中并没有接触过魔道中人，却可以本能地感知到眼前的这个卷轴上有很重的魔气。

即便是在梦中，也极其危险。

他牵着沧渊后退了一步，却浑然不知沧渊正盯着那个卷轴，眼中绽放出了异样的神采。沧渊的耳畔有个极细的声音道："魔尊大人，您看清楚了，这是当年我为您精心准备的礼物，如今再看一遍，是不是觉得十分亲切？"

沧渊目不转睛，只觉得双眼灼热，胸腔发燥，强烈的嗜血之欲又发作起来，紧握的蹼爪不由得紧了一紧。

此时，那卷轴上的红字突然都扭动起来，竟然化作只只红蝶，席卷着一团黑雾朝楚曦迎面扑来，楚曦刚想祭出"灵犀"，不料沧渊挡在了他的身前，回身一爪抓去，势如闪电，五指绽出数道冰蓝色的寒芒，那黑雾与红蝶当下被抓得七零八碎，散了开来，楚曦不禁一愣——沧渊似乎……比他想的要强一点儿。

可刚一看见沧渊目露凶光，楚曦又觉得骇然，忙将他拉到身后，祭出手中的"灵犀"，在身周画出一道结界，挡住了那股魔气，又脱口而出地念起了什么，但觉肺腑舒畅，手心输出一股清凉气流，使恶心感消失了不少。

沧渊觉得浑身滚烫，似乎有一股火在肺腑游窜，使他焦渴不已，此时突然感到一股凉意拂过周身，宛如一道清泉涌来，他一抬眼，瞧见那近在咫尺的楚曦的脉搏处，便急切地凑了上去。

"唔！"

楚曦感到猝不及防，一脚踩空，带着沧渊栽倒在地板上。他本来想立即抽出手腕，却觉得沧渊浑身异常灼热，意识到他恐怕受了魔气的污染。沧渊似乎干渴至极，已经丧失了神志，尖尖的犬齿咬在他的脉搏处，拼命地吸起鲜血来。

楚曦感觉头皮发麻，可又要给沧渊驱除魔气，又要维持结界，根本无暇他顾，双眼盯着云陌那边，见他冷冷一笑，咬破一只手的拇指，将鲜血滴落在那个卷轴上，跪下来举过头顶，好似在祭拜什么一般，心中泛起一种浓浓的不祥之感。

下一瞬间，那个卷轴突然化作一团黑雾，四下散开，宛如融化在水中的一团墨水，令周围的光线都变得昏暗了起来。

"献祭者，你所求为何？"

黑雾中，一个忽男忽女的古怪声音响了起来。

"求报家仇。"

"你要献上何物？"

"愿以七魂六魄，永生永世为祭，但求仇人家破人亡，生不如死，世世代代沦入畜牲道，不得再世为人。"

"怨气如此深重，甚好甚好，本魔喜欢！你可想好了吗？一旦决定，可就没有回头路了……"

"等等。"

"怎么了？后悔了？"

"不后悔。但有一个人，我不想伤害。"

"何人？"

"云家的独女，云槿。"

"嗯，一个生了并蒂灵的怪物，可是最好的祭品呢！"

云陌的呼吸一紧："我只想献出自己，求魔君放过她。"

"啧，要入魔者，还心存善念可行不得！你到底要不要报仇？若意志不坚，怨念不深，本魔就不浪费时间了。"

楚曦本来要搂着沧渊退出去，听见这句话，又忍不住停住脚步，想听一听云陌如何作答。尽管，他已经猜到了答案。

过了良久，他果然听见云陌回答道："我自然要……报仇。"

话音刚落，一串极为恐怖的大笑当空响起。

"哈哈哈……"

随着笑声消失，黑雾悉数聚拢，钻入云陌的体内，他的脸上蓦地生出无数血丝，可在眨眼之间，又恢复了正常。

云陌拂了拂衣摆上的灰，眼神冷冷地走了出去。

感到四周的魔气散去，楚曦松了口气，才发觉血液都快被沧渊这个小崽子吸干了，连忙一把将他掀了起来，帮他擦了擦嘴，果不其然，一手的血。

楚曦吸了口凉气，恼火地看了一眼沧渊，见他趴在自己的脚边，一双蹼爪抓着自己的衣襟，一对琉璃眸子自下而上地瞅着他，像是已经知道错了，长长的睫毛忽闪忽闪的。

楚曦心里一软，也不忍责怪他，摸了摸沧渊的脑袋，散去结界，停止调运内息，谁料口中清凉的气流刚一吐尽，便觉得一股滚烫的热意从喉间灌入，心口袭来一阵剧痛。沧渊见楚曦一个趔趄，伸手将他一把扶住。

"师父！"

楚曦心道不妙，只觉得应赶快自杀，离开梦境，他一手握紧"灵犀"的剑柄，便欲自刎，却没想到竟然连提剑的力气都聚不起来，热意自心口迅速扩散，转瞬间就侵袭了五脏六腑、血液骨髓，令他头昏脑涨，整个人柔若无骨地往后一栽。

楚曦的身子忽然一坠，沧渊也被带着跪了下去，楚曦浑浑噩噩的，异常难受，不禁闷哼了一声。

沧渊心头一震，撑起身子，只见楚曦的薄唇紧抿，面色苍白，这个情形实在像极了梦中的情景，他本能地伏在地上低下头，闭上双眼，不敢多看。

周遭的气流却扭曲起来，阵阵笑声自四面八方响起，光线突然变得昏暗下来，变成一片秾丽的红色，无数扭曲的人影从四面的墙壁上浮现出来，千姿百态——

"还等什么，魔尊大人？"

"还不快趁机破了你师父手上的那块丹石，夺回你的元神？"

"再不快些，您可就要错失良机了！"

……

这些声音要多邪恶有多邪恶，毒虫一般往耳朵里钻，沧渊觉得头昏脑涨，就在他快要失去控制之际，却忽然瞥见身边一点红光闪烁了一下。

楚曦蹙了蹙眉，眼角溢出一滴泪来，滑落到耳边。

沧渊猛地一怔。

抬眼看去，那张温和的脸上满是痛苦之色。

眼前一刹那便浮现出那个跪在尸山血海里的白发人影，那双空茫死寂的眼睛。他感觉心中剧痛，小心地拭去那滴眼泪，收紧蹼爪，身子动也不动，心中懵懵懂懂的只有一个念头——

要保护眼前之人。

"师父,师父,师父……你醒醒!看我一眼!"

这句话似乎是从脑海深处传来的,楚曦睁开双眼,不由得一惊,周遭的景物竟然已经变了模样,他像是身处于一片巨大的蛛网之中,身体被无数丝线紧紧地缠缚,似乎已经扎进他的皮肉之内,如活蛇一般扭曲蠕动着,从他的身上拼命汲取鲜血。

这是哪儿?

"师尊!"

又是一声呼唤,他扭过头去,但见一个人悬在他的上方,一只手臂也被蛛丝缠住,半身浴血,另一只手挥舞着一把利剑,劈砍着不断往他身上缠落的蛛丝。待看清对方的模样时,他愣了一愣,此人的容貌昳丽至极,头发被一易鹃冠束起,分明就是年长些的沧渊,十八九岁的模样,眉目锋锐逼人。

——这是,前世的记忆吗?

他张了张嘴,想唤沧渊一声,却半点儿声音也发不出来,忽然头顶一暗,抬眼竟然看见一只巨大的蝴蝶从天而降,那对蝶翅上的图案千变万化,色彩斑斓,像是包含了世间一切诱惑之物,让人看上一眼便头晕目眩,而蝶翅的中心,竟然是一个妖娆的人形,那个人形似男非男,似女非女,头上生着数对昆虫的复眼,不停地眨动着,诡异至极。

"重渊,这是餍魅原身,你斗不过他,快离开这儿!"

这时,楚曦听见自己厉喝了一声。

"我不走!我要救你出去!"

重渊一剑劈断了缠住自己胳膊的蛛丝,跳到他的身前。离得近了,便能看清他已经遍体鳞伤,破烂不堪的衣衫内露出无数纵横交错的血口,如被利刃割过,道道深可见骨,明显是这些吸血的丝线留下的伤痕,伤口还在不断地渗血,他却像毫无察觉,紧握着手中的利剑,要拼死一搏。

"重渊!你走,为师自有办法脱身!"

"我说了,我不走。"

"你留在这儿,只会拖累为师!"

重渊闻言,侧头瞥了他一眼,目光斩钉截铁。他双手持剑,嘶吼一声,剑上燃起炽亮的光焰，足尖一点，纵身一跃，带着雷霆万钧之势向餍魅扑去。但见餍魅的双翅一扇，无数只艳红小蝶朝重渊袭来，犹如一团烈焰将他重重包围！

四周陷入一片漆黑，一串狂笑当空响起——

"北溟，这是你所有弟子中最出类拔萃的一个，你很疼惜他是不是？当然，你自然是很疼惜他了，否则你堂堂一个上神，当初也不会为了给他讨个公道，不但告状告到上穹去，还纡尊降贵，亲自替他出气，挫了别人的仙骨……啧啧，真是雷霆手腕，让人不得不佩服！"

"你是谁？你难道是……星桓？"

"我是谁不重要，重要的是，我要考验考验你的这个弟子，看他秉性到底如何，值不值得你如此重视他，如何？"

"你想要做什么？"

话音刚落，他便感到一阵晕眩，有种巨大的不祥的预感自心底升起，好似将会铸下什么不可挽回的大错，双手在身旁胡乱抓挠着，口里喃喃："不……"

"师父？"

沧渊攥住楚曦不停颤抖的双手，心里慌张不已，一眼看见楚曦的胸口在渗血，才意识到楚曦是心疾发作，想起人面螺那次教他画的符咒，他急忙松手，转而去拉开楚曦领口。

楚曦浑身一颤，未等沧渊触碰到他的心口，便一把挥开了沧渊的手，摸索着往一边爬去。

这如避蛇蝎的模样让沧渊感到十分焦急，他便顾不得其他，要为他画符，却见楚曦痛苦不堪地咬着牙关，唇齿间都沁出血来，他不禁一怔。

"魔尊大人，您还等什么呢？"

一个声音忽远忽近，忽大忽小，无数红蝶不知道从哪儿冒了出来，纷纷围着他盘旋，寻找破绽，想要突破结界。

沧渊的瞳孔一缩，眼底突然绽出凌厉的光芒："滚！"

霎时，他的周身爆出一股无形的气场，当下震碎了蝶群，四周的黑暗乍破，人影消失，邪恶的蛊惑之声也戛然而止。

他身上的躁意也消退了不少，感觉浑身一松。

楚曦从梦中突然脱离出来，整个人还有些浑浑噩噩的。

第二十七章 走火入魔

"魔尊大人,别生气啊,都怪属下,替您心急……"

一道细长黑影贴地游来,扭动着身子,似乎在朝他摇尾乞怜。沧渊斜睁看去,将它一爪抓起,捏了个稀烂,随手一扔。那团黑乎乎的肉泥滚到角落,便迅速化作几缕黑烟,转瞬消失不见,不知道又藏到哪里去了。

"师父?"沧渊唤了两声,见楚曦还是不醒,便凑到他耳畔,深吸一口气,低诵起之前人面螺教的几句经文来,因为牢记在心,吐字竟然分外清晰,有条不紊,"心无去来,即入涅槃。是知涅槃,即是空心。言若离相,言亦名解脱;默若着相,默即是系缚……"

楚曦迷迷糊糊中,隐约听见耳畔传来有些沙哑的少年的声音,心里生出一种被守护着的安心之感,心跳渐渐平稳下来。

半晌后,楚曦慢慢清醒了过来。

刚一睁眼,便瞧见那双碧眸紧张地看着自己。

想起梦中他遍体鳞伤却还挺身相护的情形,楚曦心里一热,伸手抚上沧渊的头顶。

沧渊浑身一僵。

才被狠狠地打击了一番,心情坏到了极点,本来担心楚曦醒来以后会像前世那样待他,谁料却是突如其来的慈爱。他有点儿受宠若惊,活像只被主人找回来的流浪犬,不知所措地蹭了蹭楚曦的手,却听见"咔嚓"一声——

楚曦戒指上的那颗红石裂开了一道细缝。

一刹那,沧渊的头便隐隐作痛起来,他本能地凑近那颗石头,想咬上一口,却被楚曦制止住了:"又乱啃什么呢?"

沧渊眨眨眼睛,有点儿不好意思,楚曦不禁失笑:"又饿了,嗯?"

沧渊应景地咽了口唾沫。

楚曦想起方才耳畔诵念经文的声音,眼前又浮现出梦中的情形,只觉感动难言:"沧渊,谢谢你保护师父。"

沧渊一怔,有种想哭的冲动,硬生生地忍住了。

站起身来,楚曦才看清外面的光景。

白日变成了黑夜,地上落了一层白雪,似乎转眼间已经到了寒冬腊月,周围阴冷森然,弥漫着很重的魔气。

他立刻祭出灵犀,一甩手臂,剑刃上散发出灼灼光华。

借着剑光,他环顾四周,发现这座蓬莱宫内已经遍地都是尸首,一个个死状都极其恐怖,简直像是被一群野兽肆虐过的坟场。依稀还可以辨出其中有女子与老人,楚曦不忍细看,此时,却听见脚边传来一阵窸窸窣窣之声。

楚曦低头一瞧,立刻觉得毛骨悚然,因为地下一片狼藉,方才竟然没注意到虫蛇遍布,数不清的蜈蚣、蚰蜒、毒蛇……在尸骸之间穿梭,有一只不知名的虫子还爬到了他的靴子上!

是真的。

"啊啊啊……"

楚曦吓得蹿了起来,也顾不上什么长辈的尊严了,猴子一般蹿上了一脸好奇地盯着脚下的虫子的沧渊的背上。沧渊反应奇快,顺势就把他背了起来:"师父,别怕,嗷。"

楚曦害怕死了这种多脚的虫子,虫子的脚越多越害怕,先前那只织梦蛛也就算了,这种绝对不能忍!此刻身子悬空,他还惊魂未定,大喊:"走,快点儿!"

沧渊背着楚曦,快步走到旁边的走廊里。

"还有没有虫子?"

沧渊愉快地眯起了眼睛:"好多,嗷。"

"什么?"楚曦吓得魂不守舍,却还忍不住斜眼去看,走廊里干干净净的,哪里还有虫子?

这小鱼仔学会使坏了，竟然会逗他玩了？

"沧渊，你！"楚曦抬起头，后知后觉地感到一阵害羞。

虽然此刻灵湫不在，这个梦里的其他人也看不见，他还是觉得被这样背着挺丢脸的，挣扎了一下，岂料沧渊不放手，他叹了口气："沧渊，没虫子了，你，放我下来。"

沧渊盯着他，眼神不容置喙："请师父，让我保护。"

楚曦一怔，纵使他再迟钝，也隐约觉得沧渊有哪里不太一样了。

若说之前沧渊还像一个需要他保护的娇娃儿，可现下却有了几分梦里前世的影子，从他昏迷到醒来，沧渊的容貌不可能有什么变化，却好像一下子成长了许多。当失去了保护，或者意识到该保护他人时，从一个男孩变成一个男人，也许只需要一瞬间。

只是这样的变化，却也令楚曦感到不太愉快。明明是这个孤独无助的小鲛寻求他的庇护，需要他的引导，现下却反了过来，岂非显得他这个师父很无能？

这样想着，楚曦一跃而下，站稳身子，仔细回忆了一下方才发生的事情，想起似乎是沧渊的口中冒出魔气，诱使他心疾发作，不禁心中一沉，按住沧渊的脉搏，调动灵识汇入他的体内，却探察不到一丝魔气入侵的痕迹。

——难道是他的错觉不成？

这时，一阵嘈杂的声音忽然从背后的房间内传来。

"沧渊，去里面看看！"

他们穿墙而过，刚一看见里面的场景，楚曦便猛地一惊，只见这哪里还是房间内，分明是野外，透过茂密的枝叶，能看见不远处的火光，而且有人影攒动。仔细看去，竟然是好几队人马正在将一群衣衫褴褛、四下逃窜的人往一个洞穴里驱赶，洞内漆黑、深幽，无数绿色的光点若隐若现，似乎隐藏着许多恐怖的魑魅魍魉。

那些人一被赶进洞中，洞内便传来连声惨叫。没进去的，或跪地叩拜，或惶然逃窜，显然惧怕极了。可驱赶他们的人毫不留情，挥舞兵器，符咒也撒得漫天飞舞。

楚曦心想，难道这些"人"其实都是妖魔鬼怪？

可看着，又不大像，妖魔鬼怪这样没有还手之力吗？

"放过我们,我们没有入魔,我们是人,是活人!"

"云岛主,徐掌门,黄道长,你们看清楚!看清楚啊!"

"你们是来斩妖除魔的,为何连我们也不放过?"

"你们是贪图瀛洲岛的仙脉吗?"

"你们会遭到报应的!会遭到报应的!"

云岛主?

依稀听到这个称呼,楚曦好奇地朝驱赶他们的人望去,借着火光,他看见几个人负手立在洞穴上方的山坡上,其中一个人正站在光亮之处,所以面目格外清楚。

——那分明就是上一任蓬莱岛主,云寒。

只不过他此时头发乌黑,比先前见到时年轻了许多。

这又是何时的场景?是灵湫的梦,还是云陌的梦?

正在疑惑之时,他听见身旁传来一丝细微的呜咽声。

楚曦循声看去,树影间,有一个瘦小的身影蜷缩成一团,正在瑟瑟发抖。他忙凑过去,只见那个小小的身影动了动,抬起头来,露出一张苍白的小脸,脸上鲜血淋漓的,唯有那双淡色的眼睛显得格外亮,像镜子一样映着对面的火光,照尽了一切残酷。

他就这样站着,不哭也不闹,像失去了魂魄一般。

这是……小时候的云陌?

云槿说过,云陌以前家破人亡,那么,那些被赶进洞穴的人,难道是云陌的家人?

楚曦倒吸了一口凉气,顿时心生怜意,伸出手,想去摸摸云陌的脑袋,被沧渊一把抓住,同刚才穿墙而入一般,把楚曦拖出了墙外。

"你胡闹什么?"

楚曦不满地甩开他,还想穿墙进去,沧渊挡在墙前不肯让,忽然,他又听见有一丝人声从隔壁房间里传了过来。

"我该死,我该死,我该死……"

"沧渊,过去看看。"

楚曦沿着走廊朝声源走了一段路,走进一扇门内。

他睁大双眼,胃里一阵翻搅。

一个人正倒在门前，浑身浴血，双腿自膝盖以下齐齐断裂，畸形地弯折在身体两侧，双手正在给自己开膛破肚，可他双目圆睁，面部扭曲，竟像是尚存知觉，此人不是别人，正是那先前看起来仙风道骨的老岛主云寒。

　　而在他前方的太师椅上，端坐着一个人。那个人不是别人，正是云陌。

　　他垂眸瞧着身前的血人，哪儿还有之前的谦顺模样，嘴角噙着一抹冷笑，宛如在欣赏一出戏："你说得对，你的确该死。你以为你诱来魔物屠戮我全家之事，我全都忘得干干净净，才心甘情愿地寄居在你屋檐之下。殊不知我从踏入蓬莱宫的那一刻起，就计划好了今日的一切。你当年污蔑我秦家修魔道，可真正修魔道的却是你自己。你为修习魔道上乘邪功，不惜将亲生女儿炼成妖物，害得我家破人亡，还让我认贼作父，自己却站在这仙山之巅，日日接受膜拜。如此待你，已算是仁慈了。怎么样？亲手杀了自己全家的滋味如何？是不是与屠戮别人时一般痛快，父亲？"

　　云寒疯狂地摇头，双手还在不停地撕扯自己腹中的血肉。

　　这个情形、这些话语过于残忍，房间内的魔气也格外浓重，连他设的结界也无法完全抵御。楚曦感到心口一阵难受，站都站不太稳了，他还想再坚持一下，却被沧渊拽着退出了房间。

　　此时，一个人影跟跟跄跄地从满地残骸中走了过来，楚曦定睛看去，那个人衣衫单薄，整个人瑟瑟发抖，小脸惨白，手里竟然还攥着那朵云陌摘给她的木槿花。

　　"爹爹？"

　　"大伯？"

　　"小叔？"

　　她一声声地唤着，自然没有一个人回应她。

　　她终于走到那扇紧闭的门前。

　　楚曦一时有一种想阻止她走进去的冲动，可这终归只是个梦，他所闻所见，早已发生过，只能袖手旁观而已。

　　他有一种预感，这后面发生的事，与整个蓬莱岛的覆灭有着密切的关系。这时，身后传来一串脚步声，灵湫从走廊中走了出来，只扫了他一眼，便看向了云槿。

　　只见那扇门"嘎吱"一声被打了开来，跌跌撞撞地闯出一个浑身浴血的人，定睛看去，却不是云寒，而是云陌。

此刻他神色惊慌，哪里还有方才一星半点儿的冷酷之色？

"哥哥！"

云槿慌忙扑上去将他扶起来，却一眼瞧见了他身后父亲奇惨无比的死状，吓得当场傻了。云陌将她搂入怀中，一只手蒙住她的双眼，一副温柔的好哥哥的样子，与片刻前判若两人。

"别看……父亲练了邪功，走火入魔了。"

第二十八章 暗流汹涌

　　云槿半晌后才回过神来，爆发出一声尖叫，在云陌的怀里挣扎起来，可任她如何抓挠踢踹，云陌仍然紧紧地搂着她，双臂犹如桎梏一般将怀中之人牢牢锁缚，直到娇弱的少女精疲力竭地昏厥过去，仍然一动不动。森冷的月色下，他的表情温柔极了，也冷酷极了。

　　一团黑雾从云陌的背后冒了出来，在二人的身周徘徊。

　　沧渊拽着楚曦后退了几步，远离了那团魔气，抬爪护住他的双眼，实在是体贴入微。楚曦觉得心头一暖，轻声道："沧渊，别走远了，我要看看这里发生了什么。"

　　沧渊不情愿地把大拇指和食指分开了一条缝。

　　"偿了心愿，是时候交出祭品了……"

　　云陌头也不抬，只是低头看着怀中的人。

　　"如若我要食言，该当如何？"

　　楚曦不由得一惊，这个云陌……

　　"哈哈哈……你好大的胆子！"

　　"胆子不大，如何能唤来魔君你？"说着，云陌从怀中取出一枚流光溢彩的物事，也不知道是何物，但见那团黑雾一下子散开，在数十米外才聚拢，似乎在忌惮什么。

　　楚曦定睛朝云陌的手心看去，心下莫名一跳。

　　那是一块形状不规则的晶石，散发着五色光晕，异常耀眼，不知道到底是何物，却让他觉得分外眼熟。

　　"你！你以为用这块补天石就能一劳永逸？你既然召了我前来，就休想全身而退，你防得了一时，防不了一世！"

云陌举起补天石，往地上一掷，石头裂开一道缝隙，只听一声厉呼，周围的黑雾都被吸入了那道裂缝之中，然后他握住石头，口中念念有词。

石头在他的手中震动不已，那个声音仍然在低低地狞笑。

"你若能为我寻来更多的祭品，我便饶了你们。"

云陌蹙了蹙眉："如若如此，我与云寒那个畜牲又有何区别？我绝不会残害与当年之事无关的无辜之人。"

"这就是因果循环，莫非你以为你方才是在替天行道吗？云家这些毫不知情的人，你不也杀了？"

"他让我家破人亡，亲人尽死，我自当以牙还牙。"

云陌不再回应，一只手抱起云槿，一只手抓着补天石，走到庭院中的一口井旁，将它扔了下去，扬手一挥，合上井盖，"嗖嗖"几声，庭院内尸堆里横七竖八散落一地的剑尽数飞来，嵌在井盖之上，发出一串嗡鸣之声。

此时，楚曦听见身后传来一声叹息，只见灵湫盯着那口古井道："我竟然没看出来，他在那时候就已经这么厉害，若未入魔，恐怕会早我一步成仙。"

楚曦有点儿唏嘘："你不是去跟踪岛主了，怎么方才没看见你？"

灵湫摇摇头："我跟着岛主，不知为何进入了另一个时空的梦境，险些陷在里面，好在及时醒了过来。"

楚曦点头道："应该是汐吹设下的陷阱，这个梦境极为凶险，我方才在藏书阁似乎遇到了魔源。"

灵湫脸色微变，望向藏经阁，蹙起眉毛："现在已经不见了。"

楚曦道："不是已经被云陌转移到了这口古井中吗？难道也不在了？"

灵湫"嗯"了一声："现在只要能确定是云陌召唤了餍魅，我们直接从他入手，没必要再在梦境里浪费时间了。"

说罢，他闭上双眼，口中念出"回神诀"。

随着灵湫的声音响起，四周的景物纷纷碎裂，化为乌有，陷入一片漆黑，再亮起来时，他们已置身于炼丹室之内。

楚曦恍惚了一下，反应过来，他们已经从梦中醒来了。

也是，既然已经寻到了魔源，便不需要再浪费时间了。

只是，他有一种感觉，在那一夜之后，才是灾难的真正开始。

"灵真人，我觉得云陌性情虽然狠辣，却也爱憎分明，颇有原则，不像是会帮助魘魅屠戮整个蓬莱岛之人。"

"我也这样认为。"一个声音在楚曦的耳中响起，灵湫在用传音密术，楚曦正感到有些疑惑，抬眼看见灵湫瞥了靠在一旁的苏离一眼，苏离靠着岩壁，似乎正在闭目养神。

"只是，梦中我是不敢多待了。"

"你怀疑苏离？"

楚曦微微感到惊愕，旋即也想到了什么，心里一阵发毛。

灵湫也道："并蒂灵。"

并蒂灵为何物所化？宿主死去的双生子，即双生的兄弟姐妹，而苏离就是苏涅的亲弟弟——目前来看，苏涅就是云槿的一部分魂魄所化，为了更符合门客的身份，才以男儿形象示人。楚曦不由得暗骂自己眼拙。眼下苏离和他们一起出现在这儿，一个劲儿地要去找苏涅，真有这么巧的事吗？

如果苏离是并蒂灵，他来此地目的何在？

灵湫道："我先前探知不出他身上有魔气，便想试探试探他，现在看来他果然有问题，想来他的道行十分高深，我们要多加防备。"

楚曦摇摇头："不如欲擒故纵，看看他到底想做什么。"

灵湫蹙了蹙眉，手一扬，拿下头上的织梦蛛，又从袖子里取出那条快要被他捏成麻花的灵蛇，一起扔到了苏离的身上。苏离立刻惊醒过来，抹了抹嘴角的口水，茫然地问道："怎么？你们这就醒了？"

楚曦一阵无语，只觉苏离这个德行实在不像道行高深的样子，不过，所谓人不可貌相，还是小心为妙。

此时灵湫站起身来，打了一个趔趄，楚曦离他最近，忙将他扶住，感觉他站也站不稳，便将他扶到岩壁旁。

苏离揣好灵蛇，善解人意地扶住了灵湫，把他从楚曦手里接了过来："怎么了，大冰山，在梦里畅游了一番，还没缓过来？"

灵湫冷冷地扫了苏离一眼，楚曦见他的脸色不对，心知有什么情况，用传音密术问道："怎么了？"

灵湫咬了咬牙："我的分神……出了点儿问题。"

楚曦道："你的分神不是与那个天璇在一起？"

"他不见了。"灵湫摇摇头,喝道,"丹朱,你过来!"

一连唤了几声,才看见丹朱架着昆鹏走了过来,两个人都是一副没精打采的样子。

楚曦问:"你们俩怎么了?"

丹朱挠了挠头:"我们俩……晕过去了。"

灵湫的脸色一沉:"怎么回事?"

丹朱摇摇头:"我也不知道……"

昆鹏抬手一指:"别想了,肯定是这个鬼东西!"

沧渊"嗖"的一下蹿到了楚曦的身后:"没有!"

楚曦摸摸沧渊的脑袋,瞪了昆鹏一眼:"少胡说,他迷晕你们干吗?方才我在梦中遇险,还是他救了我。"

沧渊委屈巴巴地凑在楚曦的身边:"师父,我没有,嗷!"

"乖,师父知道你没有。"

"……"

洞中众人一起沉默了一下,灵湫念了句咒语,刚将分神召了回来,洞门就传来"咚咚"两声:"灵湫哥哥,师父今日宴请三大仙山掌门,想邀请你参加。"

丹朱摇了摇羽扇:"真人,今晚的试炼大会应当结束了吧?宴会恐怕不那么简单,肯定有事发生。"

灵湫撑起身子,一甩拂尘:"我们走。"

一行人随薇儿来到蓬莱宫的宴客厅中,来的自然不止三大仙山的掌门,还有随他们而来的数十名弟子,宴客厅内笑声朗朗,让这清幽之地有了几分人间的气息。

看着这生机勃勃的情景,即便心知是在幻境之内,楚曦也放松了些许,可是看到宴客厅中间的桌旁坐着的云陌和云槿,想到梦中血腥的情景,他的心头又是一紧。

沧渊低低地道:"师父,不怕,有我,嗷。"

楚曦慈爱地扫了他一眼,转而看向灵湫:"这三座仙山,可是指的五大仙山中的三座?"

"不错。是岱屿,员峤,方壶。那穿蓝衣的是岱屿摘星盟,穿黄衫的就

183

是员峤地爻派，拿着各式乐器的则是方壶长乐门。"

楚曦心道："这三大门派方才我就招惹了俩，偏偏在这里又狭路相逢，真可谓不是冤家不聚头。"

他的脑中一个声音答道："是啊。"

楚曦微恼，低声回应："灵真人，你这样随便钻到我的脑子里来，想偷听什么，不太好吧？"

沧渊闻言，瞳孔微缩，心头杀意翻涌。

楚曦看了看宴客厅内，发现地爻派的那两个道长和那个在台上与他交手的长乐门器修都在，有点儿担心沧渊的安危，便在门口停住脚步，挡在沧渊面前："他……不方便进去吧。"

灵湫道："以我与云陌的交情，他们不会在这里为难他的。"

楚曦蹙了蹙眉，用披风仔细掩住了沧渊的头，握紧手里的灵犀，跟了进去。云陌立刻注意到了他们的到来："灵兄，你来了，请上坐。"

灵湫朝四周一揖："在下尧光山掌门，见过各位。"

楚曦也跟着做了做样子，几个人随后就被领到其中一张桌旁落了座。屁股还未坐稳，就听见一阵议论的声音。

"奇怪了，好重的妖气……"

"是啊是啊！这尧光山的人身上怎么会有妖气？"

"哎，那个蒙着面的好像有些不对劲啊！"

感到沧渊的手背明显绷紧，楚曦在桌下将他的手掌翻了过来，用拇指点了一下他掌心的那个"溟"字。披风下那对碧眸立刻看了过来，眯了一下，似乎生出了几分愉悦。

此时有人按捺不住了："那位尧光山的小道友，不是说要把那个妖物献给岛主吗？怎么却把他堂而皇之地带到这里来了？"

说话的正是那个黄衫道士，一副正气凛然的模样。楚曦想起之前的情形就火冒三丈，云槿却笑了一下："道长少安毋躁，妖物只要善加训诫，也可以成为灵兽，不必见怪。今夜在座的诸位都是我们的座上宾，请不要伤了和气。"

那个黄衫道士冷哼一声，坐了下来："那我就看在夫人的面子上，姑且先饶了这妖物一回。"

楚曦心头一凛，屈指一弹，只见黄衫道士坐下的一瞬间，屁股底下的椅子先飞了出去，让他当场摔到了地上。场上有些年轻的修士忍不住发出低低的哄笑，沧渊笑得双耳发颤，弄得披风险些滑了下来，被楚曦拉了一下。

"饶什么饶，趁早把他抓走，省得在这里碍手碍脚！"被忽视的昆鹏气愤地嘟囔了一句，丹朱展开羽扇把他的脸挡住了，嘻嘻笑道："不看不就得了，眼不见心不烦，看我，我多好看！"

昆鹏的脸色一红："你……怎么这么厚脸皮？"

"哎，两位小朋友，你们在说什么悄悄话？"丹朱旁边的苏离伸长了脖子凑过来，被拂尘抽了下脑门，灵湫冷冷地道："你们都给我安静点儿！"

酒过三巡之后——虽说是酒过三巡，可是楚曦一杯酒也没敢喝——宴客厅里的气氛终于活跃起来，众人谈笑风生，但见那一桌长乐门的器修中，一个人举着酒杯站了起来，走到云陌和云槿的桌前："敬岛主和夫人一杯。"

楚曦见那个人正是曾经败在他手下的琴修，不免多加留意。

云槿斟了杯酒，也站起身来："徐掌门客气了，我的夫君身子不好，便由我来代他吧。"

"夫人与岛主真是神仙眷侣，叫人艳羡。"那位琴修笑了一下，率先饮下一杯，"恕我唐突，不知云岛主今日设宴请我们相聚在此，除了试炼大会的缘由，可是还有其他的要事？"

他说话的声音不大不小，话音未落，全场突然安静了下来，大家一齐朝云氏夫妇的方向看去，像是在期待什么。

云槿颇为优雅地坐下："不错。想来诸位也早就听到了消息。去年家父飞升之时，蓬莱山上有一处突现五色虹光，我与夫君猜测兴许是天降异兆，果然，当晚便挖到了一条仙脉。"

楚曦想起那个梦中的惨状，心道，哪里是飞升，分明是惨死……云槿当日那般崩溃，今日却面不改色地捏造自己父亲的死因，想来是受了傀儡咒控制，早已不是原来的自己了。

场上一片惊叹之声，地爻派的虬须道士站了起来："那岛主与夫人可有发现昆仑石？"

"这正是我与夫人请各位赴宴的缘由。"

此时，云陌总算开了口，声音仍然十分喑哑。他屈起手指敲了敲桌面，一队人鱼贯而入，众人的手一起捧着一个大盘子，盘中之物用黑布遮得严严实实的，刚一揭开，里面的东西便将宴客厅耀得五光十色——那个盘子中心，放的正是楚曦在梦中所见，云陌用来封住餍魅的"补天石"。

场上的气氛突然凝固了，不少人从座位上站了起来。

不知为何，楚曦心中有种感觉愈发清晰。他转头看向灵湫，低声问："灵真人，这补天石我看着总觉得十分眼熟，而且感觉是重要之物，是不是又与我的前世有关？"

灵湫不置可否，手里的拂尘一扬，将他的嘴捂住了："我说过，别乱问，会惹来麻烦的。"

楚曦盯着他，传音入密道："这样如何？如此说话，只有你知我知，何不试试？"

灵湫蹙了蹙眉，犹豫了一下，一字一句地道："你前世下凡来到蓬莱岛，是奉上穹的旨意……"

灵湫话说了一半，屏住呼吸，头顶却并未传来雷鸣之声，不禁困惑地看了人面螺一眼。

"怎么回事？"

人面螺也沉默了一下才道："若不是幻境蒙蔽了上穹视听的缘故，应该就是上穹的秩序发生了什么变化，需要北溟回归天界，后者的可能性大一点儿。若真是上穹的旨意，我的儿子想必也会很快派人来接北溟回去。"

楚曦听不见他们二人的对话，却对灵湫所言不免好奇："上穹是什么地方？与天界不一样吗？"

灵湫谨慎地回答道："上穹凌驾于天界之上，是众神也不可违背的秩序，是超然于世间万物与天道轮回的存在。"

楚曦奇道："那岂不就是……众神的衙门？"

"……"灵湫点点头，"可以这么说，只是这个衙门里，主持公道的不是任何一个神，而是日月雷电。"

楚曦只觉得不可思议："竟然如此神奇。"

第二十九章 五味杂陈

在他们二人说话之时，沧渊也正盯着那块补天石，倒并非因为好奇，而是他隐约有种感觉，那个被云陌封在补天石里的魔源，与连日来蛰伏在他身上的东西有密切的关系。

此时，他的脚下一痒，一条软物顺着小腿游了上来。他伸爪一掐，将它牢牢地抓在掌心，正在考虑要不要直接掐死，汐吹微弱地挣扎了一下，细声细气地道："魔尊大人，先前是属下冒犯了您，属下已经知道错了，只要您肯帮属下从那块石头里出来，属下定当为您鞠躬尽瘁……"

沧渊慢慢地加大手劲儿，掌心涌出森森寒意。

"您的元神和记忆，您都不想要了吗？您现在不帮我，不帮您自己，等您师父带着补天石上了天庭，重归神位，您可就追悔莫及，只能仰望着他的背影了。"

上天庭？

沧渊朝身旁看去，见楚曦正与灵湫四目相对，嘴唇翕动，似乎在说些什么，他竖起双耳，竟然连一个字也听不见，心里不禁生出一股恶火，手劲儿稍稍松了几分。

汐吹立刻顺着手臂蹿上他的肩头，跟他耳语道："您若是不信，属下这便教您破解传音密术的法门，您不如亲自听听，您的师父和那个姓灵的背着您在说些什么，如何？"

沧渊眯起眼睛，点了点头。

此时，不知道是谁问了一句："这真的是补天石？"

云槿笑道："诸位若不相信，可以上来亲手摸一摸。"

"我来！"

"听说摸一摸补天石，就能沾上仙气，修为也能有所提升！"

"我也来！"

"诸位且慢，容老朽先看一看。"

说话间，一个鹤发童颜的长者从那桌摘星门的剑修中站了起来，他走到那块补天石前，伸手摸了摸。

然后，他忽然出手，扣住了云槿的手腕。

"夫人，不知为何，老朽觉得这块补天石十分眼熟，不像是蓬莱岛能够孕育出来的，倒像是老朽多年以前，曾经在那座被灭了的瀛洲岛上见过的金行补天石。"

全场霎时炸开了锅。

"瀛洲岛？不是那个曾经被魔物入侵，如今荒了的鬼岛吗？"

"可不正是，听说那里曾经有仙脉，所以招来了魔物！"

"错！明明是岛主秦悦修魔，在岛上滥杀无辜，祸害岛民……"

"对，对，我记得当年还是四大仙山的掌门联手去剿灭的！"

"风木长老这会儿是什么意思？难道这块天石是蓬莱岛主派人从瀛洲岛偷偷挖来的？"

"呸，乱讲什么？蓬莱岛主怎么可能干这样的事？"

"就是，那座岛早荒了，别说偷挖，就算明着挖也不可能有！"

虽然众人议论纷纷，却也有一些人已经面露敌意地盯着云槿。楚曦心道，看来这座瀛洲岛应该就是云陌的故土，依梦中之景来看，其中还隐藏着一个颇为复杂的渊源。

云陌的脸色淡定："风木长老这是何意？晚辈就不懂了。无论长老有何疑惑，晚辈向你解答便是，晚辈的夫人怀着身孕，还请长老和诸位莫要为难她。"

另一个声音道："只怕不是身孕，而是身附邪物吧？"

说话的人正是地爻派的虬须道士，他这一起身，地爻派的一桌子道士全都站了起来，连带着旁边摘星门的剑修都变得面色不善起来。

这些人围着云槿与那块补天石，形成了一种逼迫的阵势。

"呵呵，"云陌此时竟然笑了一声，"邪物附身？又是这般说辞，诸位长辈自己听着不觉得良心有愧吗？"

风木的脸色微变："你……什么意思？"

"听不懂？"

云陌的手指一弹，只见云槿的手臂以一个诡异的角度扭了过来，攥住了风木的手，"咔嚓"一声，竟然将他的整条胳膊都撕了下来，当场血溅三尺，却立即凝结出一丝丝红线，眨眼间便扎入另外两位掌门的四肢中，将他们如提线木偶般紧紧缚住。

四周顿时一片骚乱，见自家掌门性命攸关，一众年轻弟子都想出手，又都不敢贸然行动。

那个虬须道士白了脸："你，你们二人都修了魔道？"

风木虽然丢了一条手臂，倒还有掌门的威仪，脸色扭曲着道："云岛主，你年纪轻轻就已经超凡脱俗，为何要助纣为虐？"

云陌冷笑道："助纣为虐的，难道不是在座的诸位？"

"你什么意思？"

"放开我们掌门！"

几个剑修率先冲上来，还未出手，便被数根红线绞成了碎片，全场骇然，一时之间没有人再敢轻举妄动。

"看来是不记得了，我便提醒提醒你们，十年前，三位德高望重的掌门共同讨伐瀛洲岛秦家，打着替天行道的幌子，把秦家满门屠尽，是全都忘了吗？怎么，如今还想打着一样的旗号，再让蓬莱岛也消失？不过，这就不劳你们费心了。因为，我已经亲自动过手了。今日的晚宴，还算可口吧？"

"不会是人肉吧？"

"哕……"

周围立刻响起一片干呕之声。

风木的脸色也变得煞白："你是……你难道是秦家人？"

那个被称为"徐掌门"的琴修惊道："怎么可能？"

底下又有人怒道："你们秦家自己修魔，荼害无辜，居然还要大肆报复，当真十恶不赦！"

"多行不义必自毙，日后必有天收！"

"罪大恶极！"

"我们一起上，不信对付不了他们两个！"

一些人蠢蠢欲动，却没有一个人敢真越雷池一步。

"你们很惊讶吗？三位，你们说，秦家人到底是不是咎由自取，罪大恶极？"云陌脸色平静，手指一分一分地收紧，控制着云槿拉扯着阵中三个人的四肢，三个人痛苦万分，却仍然动弹不得。

楚曦在一旁看着，心里滋味复杂，也有了一番猜测。所谓正邪之分，远非表面上表现出来的。

其中那个虬须道士先坚持不住了，哀号道："实话说，我当年就怀疑秦家……并非自己修魔，是遭人所害，可是……"

风木长老厉声喝道："双环长老，这么多弟子在场，你休要为老不尊，大放厥词，败坏了我们的名声！"

云陌的手指一动，红线一紧，将他的另一只手臂也撕了下来，风木当场瘫倒在地，一头白发上染满鲜血，模样颇为凄惨。

徐掌门道："冤有头债有主，这仇你要报，也应该找云寒报，所有的事情，都是他挑起来的，我们当年不过是协助他罢了！"

"协助？好一个协助。"云陌又道，"双环长老，你没说的，我来替你说。可是，等你们发现的时候，秦家半数的人已经被杀，为了维护你们门派的脸面，加上又被云寒带到仙脉处，发现了补天石这样的无上至宝……于公于私，都不可能放过秦家，索性就一不做，二不休，把剩下的秦家人——手无缚鸡之力的一干老小，赶到了一群魔物的巢中，任他们被吞噬净。"

四周的喧哗声一下子小了下来，许多人沉默着，不知道是因为震惊而说不出话，还是难以开口，另一些人则面面相觑，似乎感到不可置信，却也没有立刻出声驳斥。

"只有我，被偷偷跟来的云槿所救，侥幸……活了下来。只不过，被云寒封住了记忆，活得生不如死。"

他在说这些话时，云槿一直微笑着的脸，终于出现了一点儿其他的表情，那双空灵的眼睛里，露出了一丝微弱的痛楚。

"你到底想要怎么样？把我们全杀了吗？"

"杀了你们，我都嫌手脏。我要你们在试炼大会上公开承认你们所犯之错，洗刷秦家的冤屈，并且当众自废筋脉，宣布退隐，以慰秦家枉死之人。"

楚曦心头一跳，心道，原来如此。

当年并非云陌想将蓬莱岛上的所有人都献给屩魃……

他要的只是报仇雪恨。

而屩魃借此机会，祸害了众人。若依灵湫所言，他后来还帮过自己对付屩魃，想必心中也有悔意。

此时，那徐掌门苦笑了一下，长叹了一口气，道："当年之事，我其实也心中有愧，只要你肯放过在座诸位的性命，我答应你。"

没了双臂的风木却不肯示弱："徐掌门！"

虬须道士也道："我也答应你！"

云陌指了指风木，饶有兴趣地挑起眉头，啜了口酒："那好，你们在这里联手把他杀了，我就饶过所有人的性命。"

风木忽然抬起头来，看着云槿，凌乱的白发之下露出一双困兽般充血的眼睛，喘息着道："槿儿，伯父是最疼你的，你不记得了吗？你就甘心为这恶徒所控制？"

云槿眨了眨眼睛，头一歪，嘴角仍然噙着笑。

"她早就已经死了。"云陌淡淡地说道。

不知道是否因为自幼便画人物的缘故，楚曦只觉得云槿的表情很哀伤，也很寂寞。可是，他看得出来，云槿还有知觉，还有感情，只是云陌看上去并不知道而已。

——又或者，是云槿根本不想让他知道。

楚曦突然想明白了。

按照云陌对云槿的态度，万万不会是他杀了云槿，恐怕，是云槿后来知道真相后自杀了。屩魃需要利用怨气深重之人，云陌大仇得报，又舍弃不了云槿，自然已非最佳选择。试问这岛上，还有谁比云槿的怨气更重？

"既然风木长老说很疼槿儿，那么一定愿意好好照顾她了。"云陌的目光落到云槿的身上，变得柔和起来，可是那种温柔让人感到不寒而栗，"槿儿，你饿了一天了吧？"

云槿很顺从地点了点头，拉开大氅。

她微凸的腹部突然隆起，衣衫爆裂开来，露出一个布满利齿的血盆大嘴。

只是一口,就把风木的头齐颈咬断,剩下一个光秃秃的身子倒了下去。

虬须道长"哇"的一声吐了出来,徐掌门亦是双腿一软,若不是有傀儡线吊着,他们恐怕已经瘫成了一团烂泥。

楚曦强忍着反胃的感觉,仔细盯着云槿的脸,见她的双眼睁得大了一些,但转瞬间又恢复了微笑的常态。

这一刻,楚曦更加肯定了自己的判断。

云槿在假装自己是一个傀儡。

"灵真人,我怀疑,是云槿放出了魇魃。"

"我也这样怀疑。"灵湫点头道,"绝不能让他们去试炼大会重现当年之景,魇魃一定会在那个时候出来作乱的。魇魃的魔源现在虽然封在补天石里,但随时都可能出来,我们必须先发制人,将它抢到手。"

楚曦奇怪地问道:"不应该直接摧毁更加保险吗?还是……"

灵湫摇摇头:"补天石是陨石积聚仙气形成的,难以损毁,所以虽然能封住魔源,也能够极好地保护魔源。我先前一直想不通,魇魃几百年前就已经被消灭,为何还能苟活于世,今日才知晓缘由。既然如此,只能将补天石上交天庭,送入天禁司封存,才能杜绝后患。"

"天庭?"楚曦感到微微惊愕,他前世既然是神,对天庭理应很有感情,可此时刚一听说,他的心中却五味杂陈,问道,"所以,你必须尽快将补天石带回天庭?"

"不是我,是你。"

楚曦又感到一惊:"我?"

灵湫的眼神笃定:"待会儿你全力配合我,我尽力控制住局面,你一抢到补天石,丹朱便会带你们走。"

"可我一介凡人之躯,怎么上天庭?"

沧渊将他俩的对话听得一清二楚,心里一沉。

——真的上天庭?

"蓬莱仙台,那里是个捷径,你曾为上神,飞升成仙要比寻常人容易得多。等你到了天界,若我没及时追上来,你便去问问掌灯神司在哪儿,将补天石交给他。"

——飞升?

汐吹在沧渊的耳畔窃窃私语道："魔尊大人，我就说吧，我没有骗您……您师父将这块补天石上交天庭，就算立下大功，一定会回归上神之位。您知不知道，上神乃是天界的维序者，需无情无欲，无爱无恨，一切苍生在他的眼中，皆是沧海一粟。上神不死不灭，而您呢？鲛人的生命虽然长，也不过数百年而已，您又能仰望他多久？他为上神，您为妖，他还会认您吗……"

沧渊扫了肩头一眼，睫羽下阴霾密布，狭眸如电，已经濒临暴怒的边缘。

汐吹识趣地噤了声。

"好。"楚曦点了点头，心如明镜。虽然还没找回作为北溟神君的记忆，他也清楚这个责任重大，而且他义不容辞。

只是，他要上天庭，沧渊该怎么办？他到底是妖。

此时，云槿用傀儡线牵着剩下的两个人朝外面走去，灵湫对他道："我一控制住云陌，你便立即动手。"

楚曦握紧灵犀，沧渊紧紧地攥着他的衣袖，似乎对他与灵湫即将进行的行动有所察觉。楚曦拍了拍沧渊的手臂，低声道："待会儿师父要去抢那块石头，你跟着丹朱，师父一抢到手，就会跟上你们。"

沧渊不肯松手："我，要，帮师父。"

没有"嗷"，态度很坚决。

楚曦拒绝得更坚决："不行。"

换了别的事，他可以依沧渊，但危险关头不一样。

感到蹼爪丝毫未松开，楚曦沉了脸色："沧渊，你再不松手，会害死这里的所有人，包括师父在内，你希望如此吗？"

这句话入耳仿佛万箭穿心，沧渊一愣，蹼爪颤抖了一下。

楚曦刚一抽回衣袖，就见灵湫纵身跃出，身形如电，转瞬间就落到云陌的身后，一只手掐住了他的脖子，拂尘一甩，数缕白光犹如飞刀射出，将云槿身上的傀儡线全部切断。见她委顿倒地，楚曦抓紧灵犀，御剑而起，朝补天石飞扑而去，这一瞬间，本来瘫在地上的云槿诈尸般地起了身！

楚曦对她早有防备，一剑劈去。

不料云槿的动作更快，嘴一张，竟然吐出数根红线，将补天石卷入口中，然后身上断裂的红线被一股无形的力量向后扯去，整个人便如断线的纸鸢一般坠下了山崖！

楚曦御剑而起，紧追其后，朝山崖下俯冲而去的一瞬间，却看见一个身影与他同时一跃而下，他起先以为是灵湫，待看清是谁，他吓得三魂七魄丢了一半，急忙飞过去将沧渊一把接住，厉声吼道："沧渊，我不是叫你不要跟着来吗？"

沧渊死死地攥着他的衣袖，一声不吭。

"就这么往下跳，有几条命够你用的？"

楚曦拿他没辙，再看下方的云樨，哪里还有踪影？

他气不打一处来，不能在半空中把沧渊扔了，也不能就此放弃，只好继续御剑而下。下方是一片茂密的森林，他刚一看到地面，便停止了御剑，谁料脚下一空，竟然踩到了柔软的地面，下一刻，他就和沧渊一起，落入了冰冷的水里。水混合着泥，异常黏稠，楚曦一动，便觉得两个人直往下沉，沧渊带着他一个翻滚，霎时一道虹光划破黑暗，便化出鱼尾来，堪堪止住了两个人的下沉之势。

鱼尾耀出的光芒却只是眨眼间，就消失在了水面上。

峭壁之下，竟然是一片沼泽。

楚曦不得不承认，沧渊跟来……还真能帮上忙，算不上拖累。

他感到有些窘迫："方才，你……没有生师父的气吧？"

沧渊扭开头，压根儿不搭理他。

第三十章 沼泽秘境

楚曦的心里咯噔一下，看来是真的生气了。

可这会儿不是哄孩子的时候，也只好任沧渊发了一会儿脾气。

反正，沧渊也不会因为生气就把他的师父甩了，不担心。

这么想，是不是仗着儿子黏他，太有恃无恐了点儿？

楚曦心里暗笑，望了望四周，生长在沼泽上的树木高大得遮天蔽日，月光零零碎碎的，聊胜于无，他手里的灵犀也只能照亮方寸之地，十步之外就什么也看不清了。

云槿带着补天石到哪里去了？

楚曦一剑插到附近的树干上，几步攀到高处的枝丫上，闭上双眼，调动灵识，四下搜寻。

沧渊固然满腹怒火，仍然忍不住仰头去看他。

此时，一条黑影悄无声息地顺着鱼尾游了上来。

"魔尊大人，魔尊大人？趁着您的师父还未防备，您还不把握良机去取丹石？"

沧渊一爪挥去："滚！"

"啊？"楚曦愣了一下，这小崽子反了，敢让他滚？

"沧渊，你说什么？"

下边没有回应。

楚曦这会儿也懒得跟沧渊计较，突然眼前一亮，发现前方不远处有一点光亮一闪一灭的，不知道是不是补天石。

沼泽地形实在不适合御剑，树与树之间的间隔有的大有的小，实在不方便在上方行动。低头看了看抱着双臂靠在树上的沧渊,他跳了下去,厚着脸皮说:"好沧渊,别生师父的气了,带师父去那边看看,啊?"

沧渊冷着脸甩了甩鱼尾,转过身,给他一个后背。

楚曦硬着头皮趴到沧渊的背上,感觉自己有点儿恬不知耻,活像一个压榨童工的工头,可沧渊脊背结实宽厚,骨骼坚韧,他刚一趴上去,脑子里不禁冒出了"可靠"这个词。

想起之前对着蓬莱宫门童胡扯瞎掰的那句话,他感到更加无地自容——明明是乱说的,这会儿真把沧渊当坐骑了。

"去那边。"楚曦抬手朝那闪着亮光的方向指了一下。

沧渊摆动鱼尾,在盘根错节的树根间灵活穿行起来,不一会儿就接近了那点亮光,楚曦举高灵犀,发现前方似乎是一小块凸出沼泽表面的岩石,亮光隐藏在岩石表面的一个凹洞里,却不太像是补天石,反倒像是……

眼睛。

楚曦心下悚然,在这一瞬间,前方突然爆开翻天泥浪,一道三角形的水痕迅速朝他们冲了过来,沧渊带着他往旁边一闪,楚曦便看见一个奇长无比的活物擦身而过,拖着一条足有渔船大小的鱼尾,锋利如刀的鱼鳍猛地甩过来,被他们险险避开,当下劈倒了一棵大树。楚曦跃到树上,看清那个活物似鱼非鱼,生有六只利爪,只见它迅速转过身来,赫然露出一个硕大的蛇头,嘴里嘶嘶吐着红芯子,盯住了他。

这不是他在蜃气船底舱见到的守门兽冉遗吗?

只不过这条冉遗要比那只足足大上几十倍!

这可不好遛啊……

见冉遗迎面冲过来,楚曦大吼一声:"沧渊,闪开!"

沧渊不闪不避,挡在他所在的树前,与那只冉遗比起来,简直还不够它塞牙缝的。楚曦唯恐沧渊被冉遗一口吞了,心里一急,拔剑跃起,跳到离冉遗更近的一棵树上,挥了挥剑,喝道:"喂喂,来吃我,他可不够你吃的!"

沧渊:"……"

冉遗果然被楚曦吸引了注意力,一口咬住了大树,"咔嚓"一下,将大树拦腰咬断,楚曦一个鹞子翻身,落到它的背上,回身照它的后颈一剑劈下,蛇头顿时飞了出去,黑血狂喷!

冉遗的身子歪了一下，它的背上覆满鳞片，光滑无比，楚曦一剑挥出，整个人也一下子摔进了沼泽中。

"师父！"

沧渊闪电一般游过来将楚曦捞了起来，楚曦拍拍他的背，示意自己没事，才抹去脸上的泥，就见冉遗那无首的尸身一动，一条巨大的鱼尾猛扫过来，眼看鱼鳍就要扫到沧渊的背上，心念电闪，楚曦想也没想，便将沧渊推了开来，提剑一挡。

一股巨大的力量将楚曦震得飞出三丈，撞在一棵树上，楚曦当下眼冒金星，喉头涌上一股腥甜的热血，被他强行咽下去，抬眼便见沧渊扑了过来，转瞬间就游到身前，却是满脸怒容。

楚曦咳嗽了一声，上气不接下气地道："还气不气了？"

沧渊盯着楚曦，呼吸急促，楚曦只当他又要哭了，先拍了拍他的背："不哭，不哭，乖，师父没事，啊！"

沧渊将蹼爪往他的背后一摸，便触到一手黏热的液体，接着嗅到了浓烈的血腥味。撞得这么重，怎么会没事？沧渊一把将楚曦翻了过去，瞳孔一缩。只见楚曦背后的衣服全蹭烂了，露出里面惨不忍睹的背部，黑泥糊在血肉模糊的伤口上，还有不少树皮嵌了进去。

楚曦挣扎了一下，皱了皱眉："沧渊，这里这么脏，你吐鲛绡也没用，别白费事了，我们赶紧从沼泽里出去再说。"

"不，许，动。"

这三个字言简意赅，没有"嗷"，听起来还颇为霸道。楚曦一愣，心想，这小鱼仔真的反了！此时后颈袭来一丝痒意，竟然是沧渊不听话地吐出了鲛绡……

楚曦一着急，把肩上的爪子一掀，果断地爬上了树。

"师父！"沧渊怒不可遏地在树下团团打转。

这个情景实在很搞笑，楚曦却笑不出来，因为他忽然看见那颗被他一剑劈断的蛇头竟然张大嘴朝沧渊咬了过来！

"沧渊！"

说时迟那时快，在楚曦一跃而下之时，蛇嘴已经咬住了沧渊的鱼尾，楚曦心里大惊，却见蛇头的嘴里绽出几束蓝光,转瞬间便被凝成了一整块冰。

沧渊一脸厌恶地一甩鱼尾，蛇头当下"咔嚓"几声，碎裂成了数块，看起来十分凄惨。

楚曦游过去对着沧渊的尾巴看了又看，发现连一片鳞都没有伤到，而且似乎更坚韧了些，顿时汗颜，鲛人的尾巴都是铁打的吗？难道鲛人在水里只害怕同类？

对了，冉遗来了，那个鲛族魔修会不会也在附近？

见沧渊又凑过来要察看他的伤处，楚曦忙将沧渊推了一把："这片沼泽很危险，先出去，师父再让你治伤。"

说完，楚曦便趴到了沧渊的背上，嘴里鬼使神差地蹦出了个"驾"，也不知道沧渊听不听得懂，反应倒是挺迅速的。

楚曦忍不住暗自感叹，别说，在水里把沧渊当坐骑……还真是挺好用的。好用是好用，楚曦不免觉得有点儿委屈了他，于是用闲得发慌的另一只手拍了拍他的头。

沧渊差点儿一头撞上横在前面的树干，幸而被楚曦眼疾手快地拦住："怎么了？累了？"

沧渊甩了甩头，像是很厌烦楚曦摸他的头。

楚曦尴尬地缩回手，不让摸了？这是太阳打西边出来了不成？

唉！多半是气还没消。

楚曦觉得有点儿郁闷，平日里沧渊很喜欢黏着他，喜欢被他摸脑袋，他还不太习惯，这会儿孩子突然长大了，不黏着他了，他又觉得怪失落的，于是偷偷地戳了一下沧渊的耳朵尖，沧渊立刻炸开一片鳞。

"师父！"

得了，把人惹毛了。

"啊，我发现你的耳朵上有脏东西！"楚曦随手从旁边捞了根树枝，却发觉手里的感觉有点儿不对头——哪里是树枝？

分明是一条虫子！一条水蜈蚣！

而且他的身旁赫然有几具骷髅，已经被泡得发白了，头骨上全是密密麻麻的洞眼，无数水蜈蚣在其间穿梭。

"啊啊啊……"楚曦猛地一甩手臂，惨叫起来，"走走走……"

沧渊像梭子一样游了出去，楚曦低着头不敢斜视，游了不知道多久，前方才总算出现了一片陆地。

楚曦连滚带爬地上了岸,赶紧检查身上有没有虫子,发现除了泥和树皮,没有什么可疑生物,才松了口气,坐了下来。

虽然时间耽搁不得,可楚曦实在累坏了,而且背部撞的伤口越来越痛,不知道是不是沼泽的水太脏的缘故。一想起方才那几具浮尸,他就觉得胃里翻江倒海的——那样的死状,应该就是当年云陌召来餍魃杀死的云家人。蓬莱岛乃是修士们趋之若鹜的修仙圣地,可山下却是埋骨之处,实在是讽刺。

歇了片刻,疼痛愈发难忍,楚曦正犹豫要不要拉下脸来向沧渊求助,忽然双肩一紧,被一双潮热的蹼爪盖住了,接着便听见耳畔传来一声:"师父,治伤。"

沧渊的声音有些嘶哑,像是有点儿疲惫。

楚曦点了点头,这回也顾不得什么了,由着沧渊在伤处捣鼓起来。

沧渊的动作很轻,疼倒是不疼,但是……痒。

偏偏沧渊清理得很慢,像纺布似的一点儿一点儿地吐鲛绡,令他实在难熬至极。

待沧渊把伤处全部粘上鲛绡时,楚曦已经汗流浃背了。

"好、好了没?"

沧渊没回应他。

"行了行了,别弄了。"楚曦忍无可忍地扭过身子,将衣服胡乱地裹上,一回头便看见沧渊的眼底像燃着两簇幽蓝的鬼火,说不出的瘆人。

这是——中邪了?

"沧渊?"

楚曦握紧了手里的灵犀。

"师父,你是不是要上,天庭?"

楚曦一愣,随即有些惊愕:"你怎么知道的?"

这可是他与灵湫用传音密术说的啊!鲛人有读心术不成?

沧渊盯着楚曦:"那,我呢?"

楚曦动了动快要发麻的腿:"哎,我们……起来说话。"

沧渊继续呆坐:"不行。"

"……"楚曦感到一阵无语。

这个语气怎么好像是之前自己拒绝他时用的……这小东西，学得倒还挺快。

楚曦勉强笑道："要上天庭，师父也不会丢下你的，啊。"

沧渊咬着牙迸出含混的几个字："我是妖，你是神。"

"你……"楚曦又是一愣，意识到什么，既然知道他曾经为神，那么……他正色道，"沧渊，你记起前世的事了？"

沧渊摇摇头："一点儿。"他记得楚曦前世曾经要下手杀他，要与他断绝师徒情分，死生不见。他不敢问前因后果，只怕楚曦想起来，又会如此待他。

"你都想起些什么了？"见沧渊的神色隐忍痛苦，楚曦不禁感到有些困惑，"师父说了要护你，不管师父是不是神，你是不是妖，都不会改变，纵使要上天庭，师父也会带着你。"

沧渊端详着楚曦温润如玉的脸，楚曦的眼睛像星辰一样，那么清亮，是他在这混沌的世间最想追随的方向。

头一次，他的心里萌生了一点儿想要相信楚曦的冲动，如同一根细嫩的幼芽要从厚厚的冻土下破冰而出，挣扎着试图突破他天生对人族的防备，还有前世支离破碎的记忆。

楚曦待他是这般好，连命都可以不要，他情不自禁地想相信楚曦一点儿，再相信楚曦一点儿……哪怕不知道未来如何，哪怕也许会碰得头破血流。

见沧渊的眼底阴沉一片，楚曦感到有些不安了："沧渊，到底怎么了？你最近好像总是不对劲啊，是不是有什么东西在影响你？你告诉师父，师父帮你，好不好？"

沧渊垂下眼皮，点了一下楚曦带着戒指的那只手："我要。"

"要什么？"楚曦抬起食指，"你要这个？"

沧渊点了点头。楚曦的心头一紧。他有种隐约的直觉，绝不能将这个东西交给沧渊，给了就会发生一些不好的事情。

人面螺上次说了句什么来着？魔元丹？

楚曦虽然不知道魔元丹为何物，却知道这个东西极为重要，否则也不会引来国师和玄鸦的觊觎，需得贴身保护才是。

楚曦收回手，捂住戒指："你讨要别的也就罢了，唯独这个东西，不行。"

它是师父的护身符,师父自小就带着,从不离身。"

沧渊敛了目光,没再说话。

楚曦问:"不过,你为什么想要这个东西?"

沧渊摇了摇头,撒了个谎:"不知道。"

楚曦心里一动,从虫子那件事开始,他就发现沧渊这个小东西没他想象中的那么单纯,会耍人玩,还是有点儿鬼心眼的,不排除沧渊有事瞒着他的可能。他不依不饶地追问:"不知道?你不知道是什么?为什么想要?之前我就发现你对这个东西格外留意,又啃又咬的,你别告诉我,你是想吃它,我可不信,沧渊你,跟,师,父,说,实,话。"

面对楚曦一连串连珠炮弹似的逼问,沧渊手足无措,急了:"我喜欢,嗷!"

楚曦盯着他,"扑哧"一下笑出了声。罢了,大概就是小孩子看着新奇玩意儿觉得有意思吧。不过,楚曦突然觉得沧渊被惹急了的样子实在可爱,特别想欺负他。

这样下去可不行,怎么能老是欺负徒弟呢?

"好了,以后给你买个差不多的戴着,啊。"

沧渊甩了甩头,假装一脸凶神恶煞的样子。楚曦估摸着沧渊的气消得差不多了,站起身来整理衣衫。就在这时,四周传来窸窸窣窣的声响,楚曦循着声音看去,冷不丁地瞥见密密麻麻的一片黑色的东西像涨水一样漫上来,顿时汗毛耸立——那全都是水蜈蚣,啊啊啊……

楚曦抓紧灵犀,正要起身,忽然发现这些虫子爬到离沧渊一米之外就退了回去,好像很忌惮他。难怪沧渊不怕它们,它们怕沧渊!楚曦如获大赦,一把拉住沧渊,差点儿喊出一声"小祖宗救命"。

沧渊挑起眉毛,高傲地扫了周围一眼,十分不以为意。

凡是水中之物,无论大小,除了少数年长的同类,没有不害怕他的,只有方才那个大怪物是个例外。沧渊随手一挥,掌心散发出丝丝寒意,水蜈蚣们就死的死,逃的逃,转眼间一片尸横遍野。

这简直是……天然驱虫药啊!

楚曦看得目瞪口呆,刚一回过神来,便赶忙站起身来,假装什么也没有发生。惊魂未定,就听见四面响起"咕咚咕咚"的水声,似乎是什么东西从沼泽里浮了起来。

糟了,又有麻烦来了——但不管是什么,他挽回颜面的机会也来了!

第七卷 堕魔

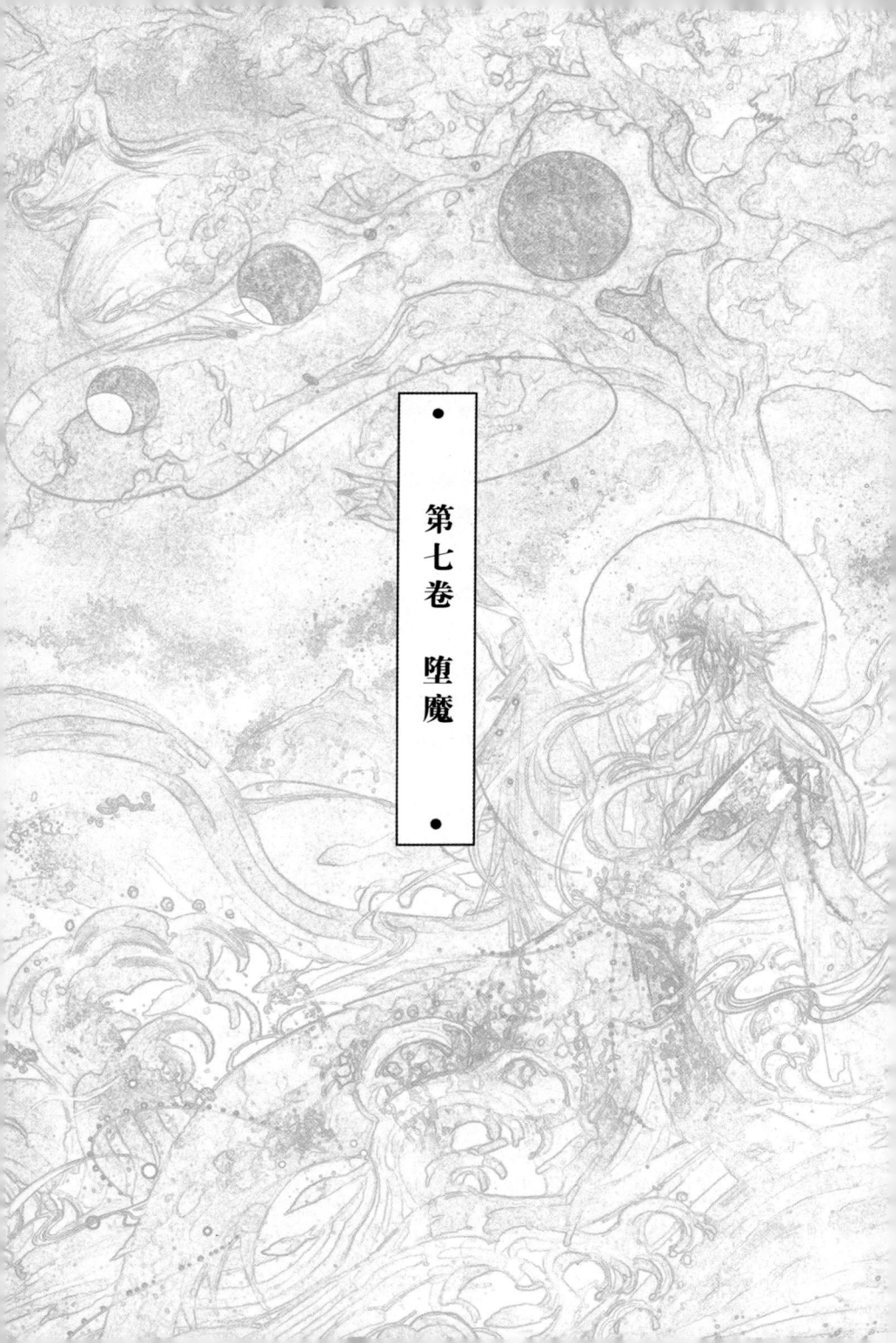

第三十一章 傀儡之咒

一颗一颗白森森的物什从黑暗中出现，蜿蜒形成了一条巨大的……水蜈蚣，拖动着无数长足，朝他爬了上来。楚曦头皮一麻，双腿发软，闪到了沧渊背后，蹿上了他的背。

有虫来了，师父的尊严算什么！

沧渊挺直脊背，毫不避让地朝那条大型水蜈蚣迎去，楚曦道："别去！赶走就行！"

沧渊扭头瞥了楚曦一眼，一副"怕什么，看我的"的傲慢姿态，双爪一抓，沼泽里的水当即被凌空吸起两束，凝成了数支锋利的冰刺，他双臂一扬，冰刺便纷纷朝那条迅速爬上来的巨型水蜈蚣袭去！

水蜈蚣却不闪不避，长长的虫身反而从沼泽中立了起来，无数长足四下挥舞，竟然将冰刺纷纷接住。楚曦睁大了眼睛……

那些长足竟然都是人的手臂，而虫身竟然是由一颗颗人头组成！

那些人头有的已经是骷髅，有的还面目依稀可辨，嘴唇眼睛不停地翕张，似乎在嘶声呐喊，而它们的手臂上还缠绕着丝丝红线！

傀儡咒！

这种情形虽然恶心至极，但比真正的水蜈蚣容易接受多了！

"沧渊，闪开！"

眼看水蜈蚣已经逼至近前，避无可避，楚曦一踩鱼尾纵身跃起，一剑劈下，当下劈碎了几颗头颅，水蜈蚣拦腰断开。他闪身避过，仍有几只手攥住了他的袖摆，被他利落地一剑削断，回头却看见另外半截虫身已经压到了沧渊身上，数只手抓住了鱼尾，数颗头颅一起张开嘴，吐出奇长无比的舌头，朝沧渊的身上咬去。

楚曦顿时有种看见自家儿子被人欺负的错觉，火冒三丈，手中的灵犀一瞬间暴涨三尺，气势汹汹地跃到人头蜈蚣的背上，一剑捅穿了数颗头颅，只听"咔嚓"几声，这些人头竟然脆得跟西瓜一样，他这一剑下去，人头蜈蚣便从头到尾碎了个稀烂——原来这些头颅早已被冻成了冰坨！

沧渊好整以暇地躺在地下，一脸镇定地望着他，挑了挑眉。

发现自己的一只脚还踩在鱼尾上，楚曦连忙退了一步，有种英雄无用武之地的黯然神伤之感，甚至想背过身抹一把辛酸泪。

儿子真的长大了，变强了，不需要他保护了吗？

刚一分神，背后有风声袭来，他旋身一剑，削碎了数颗头颅，向后避开挥舞的虫手，一颗头颅擦肩飞过，竟然发出一声很轻的呼唤："师尊！"——是个女子的声音，而且有些耳熟。他一愣，朝那颗滚到脚边的头颅看去，脚下"噼啪"一声，踩到了什么。

"师父小心！"

只听沧渊大喝一声，他双足一紧，竟然是几只方才被他削下来的手臂抓住了他的脚踝，还没反应过来，无数红线眨眼间顺着小腿缠了上来，将他一下子拖倒。一股巨大的拉力将他往沼泽里拖去，沧渊猛扑过来，抓住他的一只手，鱼尾卷住一棵树，堪堪将他拉住。

楚曦只觉得身子要被撕成两截，强忍疼痛，默念了一声，手中的灵犀立刻变成一把大剪刀，在他周身迅速游走，傀儡线纷纷断裂，却有几根速度奇快，顺着他的手臂朝沧渊的手游窜而去！

这个情形与梦中的前世相似至极，楚曦心里一惊，吼道："放手！"

沧渊牙关紧咬，双眼圆睁，非但不放，反倒将他抓得更紧。

傀儡线似若毒虫，刚一缠到沧渊的手上，便钻入了他的皮肤表面，楚曦看得一清二楚，大惊失色，立刻将灵犀化成针，猛地扎中沧渊的手背。沧渊吃痛，力道一松，楚曦趁机挣脱开来，正要起身，便觉得脊背袭来针刺般的剧痛，像有什么尖细之物扎进了伤口。

——傀儡线！糟了！

一瞬间，一股拉力以迅雷不及掩耳之势将他向后面拖去。

楚曦的脚下一滑，整个人就已经淹没在了沼泽之中。

咕咚咕咚……

黑暗浓稠的泥水吞噬了五感,使他的意识很快模糊起来。

一片死寂之中,无数嘈杂的声音从四面响了起来。

"师尊,为什么抛弃我们?"

"为什么?师尊,为什么不顾我们的死活?"

"我们一直在等你……"

"我们一个接一个惨死的时候,你在哪里?"

"师尊,我们等你等得好苦啊……"

楚曦睁开双眼,四周是漫天烈火,脚下是尸骸遍野。

数不清的人倒在血海之中,依稀可辨年轻的面庞,死不瞑目地望着天空,像是在无声地质问着什么。楚曦屏住呼吸,目光从他们的脸上缓缓掠过,只觉得万分眼熟,却想不起在哪里见过,而心底剧烈的痛楚却清楚地让他知道,他不仅仅是认识这些人。

而且,还非常……非常地重视。

"师尊……"

一丝微弱的呼唤从身旁响起,与他刚才听见的声音很像。

他变得警惕起来,循着声音看去,只见身旁血肉模糊的尸骸中,竟然伸出一只颤抖的手来。他蹲下身去,顺着那只手扒开尸堆,便看见底下有个人抬起头。楚曦辨不出这张脸的面目,却能从那双眼睛判断出她是个妙龄少女。她纤细的颈部有个可怕的洞眼,正汩汩地喷涌出混合着点点金光的血液来。楚曦慌忙用手捂住了她的脖子,手腕却被她血淋淋的手猛地攥紧了。

"师尊,啊,喀喀……"

她的声音断断续续的,低不可闻,楚曦低下头去,凑近她的嘴。

"是……重……渊啊……"

楚曦的心里一惊,重渊,这不是梦里他唤沧渊时用的名字吗?

"重渊……献祭了我……们,他是叛……叛徒……我,喀喀……好恨……"

楚曦从她含混的话语里捕捉到了几个字眼,却不敢确定。

重渊?献祭?叛徒?

她在说什么？

"喂？"楚曦不知所措地捧住她软软地歪向了一边的头，急切地追问着，可是少女已经没了声息。他变得惊慌不安，站起身来，想要找到另一个幸存者，可是找了一圈，仍然一无所获。

在这片茫茫血海的中心，有一个散发着金光的阵，阵里没有一具尸骸，没有一点儿血迹，只有一颗流光溢彩的补天石，好似这些人全是为了守护这个阵，守护这颗补天石，而惨死在了阵外。

这是他前世的记忆吗？

还是，只是魇魅造出来的幻境？

这些死者真实地存在过吗？

为何他会感觉这样真实？

他们喊他作师尊，难道他们都是他作为北溟神君时的弟子吗？

楚曦环顾四周，心里有些茫然。

"师尊……"

就在此时，他听见背后传来一声低唤。

"师尊……我错了，我错了，你原谅我……"

他回过头，但见一个人跪在不远处，朝他不住地磕头。

那个人一身黑衣，头发披散，一副人不人鬼不鬼的模样，却正是先前那个梦里与沧渊长得一模一样，被他唤作重渊的少年。

与在那个梦中一样，他想唤重渊，却发不出一丝声音，却已迈开双脚朝重渊走了过去,脚步沉稳缓慢。他发现自己的一只手还拎着鲜血淋漓的剑，剑尖掠过地面，发出森冷刺耳的声响。

做什么？这是要做什么？

楚曦感觉毛骨悚然，拼命地想要停下，身体却不受控制，径直来到了跪在地上的少年身前。重渊抬起头仰视着他，脸庞染满鲜血，双眼也是赤红的，一脸濒临崩溃的疯狂与绝望。

"我没有办法了，师尊……"

怎么回事？

楚曦抬起手，想摸摸他的脑袋，却感到自己的嘴唇动了动。

"都死了，只剩下你了。为什么你还活着？"

话音刚落,他的手猛然抬起,朝重渊当头拍下——

不要!

楚曦撕心裂肺地惊叫了一声,睁开了双眼。

眼前一片漆黑。

他眨了眨眼睛,隔了好一会儿才魂归躯壳,身体也逐渐恢复了知觉,便感觉自己陷在一片黏稠的泥水里。动了动手,握到冷硬的剑柄,心中顿时安定不少,慢慢冷静下来。

借着灵犀发出的光线,他朝四周望去,发现这里似乎是个窄小的洞窟,但不是天然形成的,洞壁上布满了斑斑驳驳的雕凿痕迹,可以依稀辨出凹凸不平的人脸形状,像是壁画一类的,上面还镶嵌着五颜六色的宝石,看上去显得又艳丽又邪异。

楚曦心里发毛,那个人头蜈蚣莫不是把他拖到老巢来了吧?

沧渊……沧渊到哪里去了?

想起方才的梦境,他感到又困惑又担心,将手里的灵犀点亮了些,唤了几声沧渊,却不见回应。他四下搜寻了一番,发现右面有个洞口,不知是通往哪里,洞里面像是幽深无比。他走了几步,感到地势是往下的,越靠近那个洞口,泥水便越深,等到他钻进洞口时,泥水都已经快没到了胸口,脚底又黏又滑,一不留神就会滑倒,而洞里面地势狭窄,想御剑也是不可能的事。

楚曦只好扶着洞壁,缓步前行,只见前方隐隐绽出一丝光亮,并有水流之声传来,他加快脚步前行几米,穿过一道瀑布,眼前豁然开朗,呈现在他眼前的赫然是一座巍峨的石殿。

这座石殿之上,矗立着无数石像,栩栩如生,皆是姿容华美,衣袂飘飞,竟与庙宇之中的神像别无二致,只是粗略看去,便能看出这些石像的摆放不同寻常,并非是用来祭拜的,雕铸的似乎是一幕情景。

数百来人围绕着一座石台,其中最醒目的,便是一个人跪在石台上,低着头,手被缚在背后,像是刑场上的罪人,而另一个人站在他的身前,手持一把长鞭,神态威严。

楚曦的目光凝在那个持鞭之人的脸上,不禁浑身一震。

那个石像雕刻得太细致入微了,以至于他一眼就能分辨出来——

那个人与他长得一模一样。

那跪在地上的,莫非是……

楚曦深吸了一口气,快步走近石台,爬了上去。凑近细瞧了一下,他便倒吸了一口凉气。

这个人不是重渊,而是另外一个人。不是别人,正是玄鸦——楚玉。

楚曦蹙起眉头,恍然大悟。楚玉为何要恩将仇报,将他害得家破人亡,个中缘由,他一直想不明白,原来在几百年前,他们就已经结下了仇怨。想必,楚玉早就想起了前世的事情。

在那个梦中,他曾经听见自己提到过一个名字。

星桓。

餍魅说他曾经挫了某人的仙骨,应该就是此人。

莫非,餍魅和楚玉,还有星桓,都是同一个人?

这群人看样子都是神仙,难道餍魅原本也是?

楚曦越琢磨,越觉得自己挖出来了什么不得了的惊天隐秘,心里生出一个念头——一定要把这些事情弄个水落石出。

"怎么样?看到这一幕,你有没有想起什么?北溟?"

一个细声细气的声音不知道从何处传来。

楚曦警惕地握紧灵犀,举目四望。

"你是谁?楚玉?餍魅?"

"哈哈哈……"

那个声音狂笑了一阵,突然消失了,但听身旁响起"咔嚓"几声,几尊石像裂了开来,楚曦退开几步,唯恐石像里钻出什么鬼东西,却见其中一尊石像里面掉出一个人来,软软地瘫倒在石台之上。

楚曦定睛一看,不由吓了一跳,那不是灵湫是谁?

他一个箭步冲过去将灵湫扶起来,见灵湫闭着双眼,人事不省,一摸脉搏,只觉得一片死寂,心下猛地一沉,灵湫不也是神仙吗?怎么会死?旋即他又想起什么,这莫非是灵湫的分神?

等等,灵湫在这儿,沧渊会不会也……

楚曦抬起头,在石像中寻找起来,果然发现一个石像就在自己身后的人群之中,正是梦中重渊的装扮,表面上已经裂了几条缝。

楚曦正要起身，却觉得双肩一紧，竟然被灵湫抓住了。

"灵真人！"

灵湫闭着双眼，面无表情，手却一把掐住了他的脖子。楚曦一愣，顿时反应过来——傀儡咒！

这可怎么办？他不记得秘籍中有讲过怎么破傀儡咒啊！

正在挣扎时，"咔嚓"一声，另外一尊石像也裂了开来！

楚曦一眼看去，便看见一个人从石像里面瘫倒出来，果然是沧渊。他动弹不得，一双眼睛却大睁着，死死地盯着他们这边。

楚曦急着去救沧渊，体内的真元汹涌而出，将灵湫震了开来。

却见灵湫像疯了一般，一把掐住自己的脖子。楚曦只得将手中的灵犀迅速变作一道绳索捆住灵湫，自己立刻冲到了沧渊身边，正要扶他起来，便觉浑身筋骨一紧，不受控制地掐住了沧渊的脖子。

楚曦心知大事不妙。

沧渊瞳孔一缩，屏住了呼吸。

师父不是故意的啊！

楚曦焦灼至极，只得寄希望于灵犀，意念一动，灵犀便从昏迷了的灵湫身上脱落下来，迅速缠上了他自己的身体，缚住了他的四肢，绳索的另一头将沧渊也缠住了。这下两个人都动弹不得，无法脱困，雪上加霜的是，方才他将灵湫震开的那一下，已经将最后的真元耗得所剩无几，眼看就快无法控制灵犀进行变形了。

此时一个声音大笑起来："哈哈哈，要想破这个傀儡咒，要么杀人，要么被杀！"

楚曦暗暗哀叫，正在一筹莫展之际，忽然觉得食指一烫。一点红光在他眼角的余光里闪过。

沧渊的眼神清明，浑身放松，他轻声说："师父，松开。"

傀儡咒破了？楚曦感到十分讶异，谁知刚一松开灵犀，他的双手便又不受控制，掐住了沧渊的脖子。

"……"

为什么只解了一个人的？

第三十二章 暗藏危机

而他已是强弩之末，无法控制灵犀了，沧渊显然猝不及防，没能躲开，两个人缠斗半晌，沧渊才将他勉强制住。

楚曦见沧渊满头大汗，颈间一圈掐痕，心下不由得十分愧疚。

"请师父，不怕我。"正当愧疚之时，沧渊忽在他的耳畔低低地道。

听沧渊的声音沙哑，楚曦只觉得沧渊都快被自己掐哭了，心道，我怕什么怕？被掐的可是你！

正当愧疚得几欲自绝筋脉时，楚曦脑中灵光一现，忽然想到了什么，连忙将最后一点儿真元逼至灵台。

一瞬间，他便觉得身子一轻，整个人飘了起来。

他垂眸看去，一眼就看见下方的情形，顿时觉得头皮发麻。魂魄刚一离体，果然他的身体便不再动弹了——他依据云槿得出的推测没错，要使傀儡咒生效，是需要尚有魂魄在的活人，而非真正的死者。

楚曦松了口气，沧渊见他没了动静，却一下子慌了："师父？"

唤了一声，不见回应，他便凑近楚曦的胸膛，也没听见心跳，脸色顿时就变了。楚曦还在思考怎么办，一看他的脸，魂都要吓飞了，那种表情与梦中的他跪在自己身前时几乎一模一样，他毫不怀疑沧渊下一刻会发狂做出什么可怕的事。

这小东西，真是让他片刻也放不下心来。

忧心之时，他的目光掠过灵犀，心里一动，他想起灵湫之前与他说过，灵犀与他意念相通，那么是否可作附身之物？

楚曦凑过去，尝试将灵识附到已经变回笔的灵犀之上。

就在此时，身旁忽然传来一丝动静。他回眸一看，竟然是灵湫站了起来，看神态似乎已经清醒了过来。看到眼前的情形，灵湫脸色一阵扭曲，步伐僵硬地走到他们身边。

"他怎么了？"灵湫握住楚曦的一只手，一探脉搏，脸色一沉，"松开，让我瞧瞧。"

沧渊非但不松，反而一副护食的模样："滚。"

楚曦："……"

"你真想让他死吗？"

灵湫将沧渊猛地一拽，沧渊却不肯松手，这一瞬间，楚曦突然发现沧渊放在他背后一只蹼爪突然张开，指尖寒光凛凛，竟然已经生出了杀机，不禁一惊，忙驱使灵犀动了一下。

沧渊一怔，收回蹼爪，盯着灵犀，脸色缓和下来："师父？"

灵湫趁机将他拽过去，在他的背后拍了一下，只见他手臂的皮肤下若隐若现地浮现出一根红线，蜿蜒扭动。灵湫伸手一点，那根红线当即就如同被打了七寸的蛇一般不动了。

楚曦回到身体之中，感觉手脚能动了，便朝灵湫一揖："多谢灵真人相救。"他低头看着自己手臂上的那根红线，"灵真人，这傀儡咒可是已经解了？"

灵湫冷冷地道："暂时压制罢了，你被傀儡线入体，解铃还须系铃人，需要找到傀儡主才能清除，这段时间不可轻举妄动。"

说罢，灵湫伸手覆住楚曦的手掌，一股真元滚滚传入他的灵脉。

楚曦想起方才的情形，指了一下沧渊："他……身上的傀儡线怎么样？"

灵湫扫了沧渊一眼："傀儡线对他这种妖物根本没效果。"

楚曦听见自己在心里惨叫了一声。难怪！所以，这孩子没有挣扎，果然是因为被他吓傻了！

罪过啊，真是罪过！

楚曦强行维持着泰山崩于前而面不改色的镇定，点了点头。

"哦，那就好。"

好什么好？他一定要把魘魅的老巢找出来烧了不可！

楚曦怒火中烧，站起身来。

"师父,你怎么样?"

听见沧渊的声音,楚曦的后背就冷汗直冒,拨浪鼓般地摇了摇头。

楚曦闪到灵湫身旁:"灵真人,你怎么也被弄到这里来了?你不是应该在庭台上吗……你是分神,还是本尊?"

"自然是分神。我遇到了餍苦虫,一时大意,被偷袭了。"

"餍苦虫,就是那个人头蜈蚣?"

灵湫蹙起眉头,盯着最近的一尊石像:"他们都是被餍魃吞噬的怨灵所化,不是什么人头蜈蚣。你也遇到了它们?"

楚曦点了点头:"我们追踪云槿的时候,被袭击了,醒来就在这里了。对了,我在昏迷的时候,梦见了一些情景。"

灵湫看向楚曦,目光微动:"什么?"

"很多人,全都死了,有个阵,阵中有一块补天石,还有……"楚曦扫了身旁一眼,用传音密术道,"我梦见了……有个女子唤我为师尊,她跟我说什么重渊把他们献祭了,是叛徒。那个梦到底是什么?是我前世的记忆?"

灵湫扭过头去,额头上有青筋浮现,"嗯"了一声。他的声音有些颤抖,似乎这个"嗯"用尽力气才发出来。

楚曦心中猛地一沉,沧渊在前世真的做过这样残忍的事吗?他在前世作为重渊时,到底是什么样的人?

"这么说,餍苦虫,都是我前世的弟子所化?"

"有一部分,但不是全部,云槿一旦献祭自己,也会变成其中的一员。"

楚曦道:"她在这儿?"

灵湫环顾四周:"我能感觉到补天石就在这座石殿之内。"

他们二人暗中密语,却不知道所说的话全都被沧渊听得一清二楚,刚一听见叛徒那句,他的胸口就一阵战栗,目光凝在楚曦的脸上,见楚曦蹙着眉头,都不愿看自己一眼,心情一下子便变差了。

"师父。"沧渊上前一步,想要抓住楚曦的衣袖。

楚曦心里想的全是前世的情景,一时不知道该怎么面对沧渊,只见灵湫跳下石台,便也紧随其后,竟然没发现沧渊伸出的那只手僵在了半空。

楚曦跟着灵湫在石台的周围走了一圈,发现支撑石台的柱子上刻着不少浮雕,俱是一幕幕的画面,有人有物。仔细瞧去,似乎画的全是凄惨可怜的情景，譬如求爱不得、求财不得一类的。

楚曦怀疑地道："这上面，似乎画的全是'求不得'之苦。"

"的确。"

"'求不得'乃世间三大苦之一，既然'求不得'在此，是不是这石殿中还会有'怨憎会'和'爱别离'？"

"你说得不错。这里应该只是其中的一座。"

"可是通道在哪儿？"

楚曦四下张望，也没发现这座石殿中有门，除了刚才他进来的那个洞。正要去那边寻找，忽然一阵动静传来。

二人警惕地循声望去，只见水帘后面冒出数个人影来，为首的正是丹朱和昆鹏，还有苏离，他们身后还跟着十来个在庭台上围观了那场逼供的年轻修士，都是一副狼狈的模样。

众人还没缓过劲儿来，忽然，脚下响起一阵惊心动魄的开裂之声，数道巨大的裂缝以石台为中心蔓延到四周的石壁上，地面塌陷下去！

"小心！"

楚曦一脚蹬上石柱，眼疾手快地拽住了从石台上坠下来的沧渊，正想御剑而起，却觉得一股巨大的吸力自下方袭来，将他们一瞬间全部卷了下去，坠入一片黑暗之中。他只觉得巨大的水流裹挟着碎裂的石块几乎将他的身体绞碎，不知道过了多久，才摔到了地面上，他的背上还压着一块重石。

楚曦支着灵犀撑起来一点儿，竭力给下方的沧渊留出些空隙。他闭着眼道："你爬、爬出去。"

沧渊闻言，呼吸一滞，感觉有黏腻的鲜血淌在脸上，急忙抬起蹼爪将重石猛地一把推开，一翻身起来扶住了楚曦。

此时，"嘭"的几声闷响传来，不知道是谁又掉了下来，身下的地面仿佛承受不住重量，发出"咔嚓"几声，再次裂开，又是一阵天旋地转，楚曦等人随着水流被冲入一条地下暗河之中。水流汹涌无比，一入水沧渊便托着他，两个人在水中渐渐平稳下来。

楚曦抹了抹脸上的水，刚一睁开眼睛，就对上了一双碧眸，近在咫尺。

他心里咯噔一下，挤出一个勉强的笑。

"沧渊啊……师父方才不是故意掐你的。"

沧渊的眼神一暗，他沉默了一下才点头："我知道。"

楚曦的心里又是咯噔一下——生气了，绝对的。他总结出了一个经验，这孩子只要不"嗷"的时候心情一定不好！

哪儿有被全心信赖的人差点儿掐死，还能心情好的？

可现在不是哄孩子的时候，只能等会儿再说了。

楚曦叹了口气，朝四面望去，便发现他们果然是顺着一道瀑布冲下来的，正处在一条地下暗河之中。他祭起灵犀，借着光察看，发现暗河两侧以及上方皆是刻满浮雕的石壁，不过都四分五裂了，河中还横七竖八地倒着许多根石柱，这里遭受过一次严重的摧毁，已经看不出原本的模样了。

应该是在蓬莱岛被餍魃吞噬的时候坍塌的。

楚曦心里想着，顺着暗河流淌的方向望去，前方一片深幽，不知通往何处。其他人应当是和他们一起被冲下来的，只是不知现下都到哪儿去了。

楚曦正想让沧渊停下来等一等，便被他带着游到了墙边。

他还没反应过来，便被沧渊推了一把，脸贴住了墙。

做什么？掐了他的脖子所以要被逼着面壁思过吗？

后背的伤处传来鲛绡的触感时，楚曦才反应过来，沧渊是要为他疗伤！他把脸埋到了墙上，恨不得挖个洞出来把自己嵌进去再立个碑。不，还是不要碑了，没脸立。

儿子孝顺，还肯给他疗伤，他的老脸却真是没地方搁了。

片刻后，背后的伤处似乎都被覆上了一层鲛绡，他回过身去，看见沧渊也转过身，道："上，上来，嗷。"

唉！养儿如此，夫复何求。

楚曦犹豫了一下，还是没脸没皮地趴到了沧渊的背上。

沧渊还未开始往前游，突然，"嘭嘭"几声巨响，他们后方的一处石壁碎裂开来，掉下来几个人，楚曦吓了一跳，但见那几个人被水流迅速冲了过来。

"喂喂喂，好久不见啊！"

苏离手忙脚乱地游过来，还不忘向他们打招呼。

至于他身后的其他几个人，处境就不那么好了，眼看就要被一并滚落下来的几块巨石压住。楚曦祭出灵犀，一蹬石壁纵身飞出去，将巨石几剑劈碎，抓住离他最近的昆鹏跳到一根石柱上。

丹朱扑腾了几下，化作鸟形，飞到一根石柱上保持住平衡，灵湫一跃而起，落到了她的背上，将其余三个人拉了上来。

这三个人都是年轻的修士，两个持剑的少女，一个背着琴的少年，想来分别是摘星门的剑修和长乐门的器修。那个背着琴的少年，楚曦看着颇为眼熟，还未开口，几个人却一起朝着游过来的沧渊惊叫起来。沧渊吓了一大跳，迅速游到了楚曦身旁。

"他，怎、怎么是雄的？"

"傻子，我早就说了他是雄的，你还不信！"

"喂，他好像长大了一些，好……好俊啊！"

"咦，不知羞，怎么能这样夸妖物？"

昆鹏不满地道："他哪里长得好看了，不雌不雄的！"

"哎！"楚曦瞪了他一眼，才发现他的背后竟然生出了一对蒲扇大小的黑色羽翼，不由得吃了一惊，伸手去摸，"这……"

昆鹏扑棱棱地拍打着背后的羽翼，一脸愤怒的表情，指着灵湫："都是他上次给我吃了那个绿色的丸子，害得我长出来的！"

丹朱呵斥道："怪真人做什么？你和我一样，本来就是只鸟！我都说了，你是鲲鹏，空前绝后、举世无双的神鸟！"

楚曦心下啧啧称奇。没想到啊！他捡来的小护院这么厉害？

那岂不是等翅膀长大，他就可以骑着昆鹏到处飞了啊！

"啧，小鹏啊，这小翅膀，长得不错啊！"

楚曦手痒地摸了几下昆鹏的小翅膀，还没摸过瘾，脚下猛地一紧，整个人就被拖到了水里，被沧渊拽着游了起来，一下子就将其他人甩在了后面，动作之快，让他根本来不及反应。

灵湫下令道："丹朱，跟上。"

"沧渊，你、你慢点儿！"

沧渊不管不顾，背着他游得飞快："师父……我，比昆鹏快多了！"

楚曦忍俊不禁，这孩子，好胜心怪重的啊！

"公子！"

昆鹏在后面扑扇着小翅膀艰难地追了一阵子，在苏离爆发出来的一串大笑声中摔进了水里,然后狼狈不堪地爬上了丹朱的背,还被尾翎甩了满脸水,闹得几个小修士也忍俊不禁。

游了没一会儿,沧渊就停了下来。

楚曦挣扎着转过身去。

眼前又是一座石殿,比方才的那座更加壮观,也更加阴森,石殿里面似有若无地传来一阵一阵的哭泣与咒骂之声。楚曦一听之下,便觉得有些头疼,立刻回身捂住了沧渊的耳朵。

沧渊迟疑了一下,也伸出蹼爪,把他的耳朵捂住了。

楚曦不禁失笑,不是应该自己捂自己的耳朵比较好吗?

于是他慌忙将手缩了回来,捂住了自己的耳朵。

"这个声音有问题!你们把耳朵捂住!"

灵湫手一扬,袖中散出数枚灵符,粘到了他们身上。

楚曦放下手,果然感觉头不那么疼了。

沧渊却从身上撕下灵符,扔到了一边,楚曦拾了起来,又要为他贴上,沧渊却攥住他的手腕,蹙起眉心:"不要。"

"你不觉得头疼吗?"

沧渊摇摇头,显然丝毫不受影响,他将灵符从楚曦的手里抽走,揉了个稀烂,斜眼朝灵湫瞟去,似乎很是不屑。灵湫冷着脸,两个剑修少女却激动得满脸绯红,其中一个翠绿衣衫的还跳到他们身旁的石阶上,凑到沧渊身后,眼巴巴地看着楚曦:"我……可不可以摸下你的坐骑?他生得好俊啊!"

俊?楚曦不由得看了沧渊一眼,才忽然意识到,沧渊的长相在他的认知里是"面若好女",可在姑娘家的眼里就不一样了。

而且以前楚曦把他当奶娃娃,可是现在……楚曦突然有种要帮儿子相媳妇的不知所措之感:"这个……你直接问他比较好。"

沧渊扭头盯着她,眼神严肃,薄唇微张,露出了一对獠牙。

绿衣少女打了个寒噤,把伸出来的手缩回去了。

"哎呀,好凶啊……"

楚曦扶了扶额头,沧渊对除了他以外的人……确实不太和善。

灵湫也跃上石阶,找了块干燥的空地,盘腿坐了下来,道:"我们在这儿休息一下，里边恐怕比较费神。"

苏离一上岸，就在灵湫身边四仰八叉地躺了下来，叹了口气："终于能歇歇了，一整天都在沼泽里跑，可累死我了。"

楚曦没忘记苏离有可能是并蒂灵的事，不免对他格外留意，苏离倒挺坦荡的，见楚曦看过来，自然地冲楚曦一笑："哎，又见面了。"

楚曦在心里默默地翻了个白眼："你跟来做什么？"

"废话，当然还是找我哥，不管这个云槿是男是女，还是不男不女，或者是个怪物，总之他跟我哥长得一样，肯定有什么关系。"

那几个小修士有一句没一句地聊了起来，自然是在议论蓬莱岛岛主云陌和其他三大仙山掌门过去的纠葛，但都是一知半解。大约是听他们的言语不大恰当，灵湫开口打断了他们："不知道的事情不要乱说，再怎么说，他们也都是……"

话说到一半似乎又意识到什么，没再说下去。

楚曦猜想灵湫大抵是想起这里是个幻境，这些活泼的小修士其实早就已经死了，哪里还需要什么谨言慎行。他忍不住问："可是庭台那夜之后，云陌后来又跟你的本尊说了什么？"

灵湫点了点头："嗯，他说想和我们一起对付餍魃，但要我一定把云槿救下来，千万不要让她落到餍魃手里。"

楚曦按捺不住好奇心："那他有没有说，自从他屠杀了云家人以后，到底发生了什么？云槿为什么会变成那样一个傀儡？"

"与你的猜想差不多。"

他的猜想？楚曦愣了一下，灵湫解释了一番，他才觉得确实与他之前的猜想出入不大，云槿的确是自杀过，但没有成功。

原来自从那个夜晚目睹家人惨死之后，云槿昏迷了数日，醒来后，就失去了大部分的记忆，变得像个天真烂漫的小孩。她不仅忘记了那个夜晚发生的惨剧，忘记了自己的家人，甚至忘记了自己是谁，唯独记得云陌的存在。如此，却正遂了云陌的心意。

处理了云家人的尸骸，并织造了谎言瞒天过海后，云陌心安理得地接管了云家，成了云槿唯一的依靠。如此日复一日，年复一年，两个人的感情愈发深厚，在外人的传言里，两个人自然成了夫妻。

可惜他们这样的夫妻，注定不会白头偕老。

在报复了云寒之后，云陌并未放弃继续复仇，可在他复仇的过程中，也许是泄露了些许蛛丝马迹。不知道从何时起，云槿的记忆开始逐渐恢复，也许是一个偶然的机会，云槿接触到了补天石，通过魇魁知晓了当年发生之事。

云陌发现时，正是二人成亲的当日。就在洞房花烛夜，数年来与他朝夕相伴的人，服毒自杀，成了一具冰凉的尸首。

云陌无法接受这个事实，此后四处寻觅可以让云槿复活的办法，最后竟然动用了邪禁之术，抽出自己的双脚脚筋作引，炼制傀儡蛊咒，施加在云槿的身上。可活过来的，只是一具皮囊。

此后，云陌便驱使着这副皮囊，日日自欺欺人，却不曾察觉到，云槿的皮囊中其实尚存一缕残魂，而且生出的怨气已经被魇魁利用。

听到这儿，楚曦叹息了一声："归根结底，这二人的本性都不坏，会落到如此地步，算是云寒一手……"

这样说着，他又顾念灵湫的心情，没忍心说完。突然，听见一声很清晰的哭声从背后传来，他的身子随着哭声抽动了一下，体内被灵湫暂时压制住的傀儡线似乎又有了苏醒的势头。

第三十三章 魔界洞开

不过,他的身体并没有什么异动,想来灵湫给他们的灵符还是有点儿效用的。楚曦不安地握紧了手中的灵犀,朝殿中望去,只见一片黑魆魆之中,有一个人影若隐若现。

"云槿?"

几个人都警惕地站起身来,此时,楚曦的一只手摘下了身上的灵符,另一只手抓着灵犀竟然朝灵湫刺去。灵湫持起拂尘一挡,剑尖与尘柄交错,激出一道耀眼的光芒,二人都被震得翻进了水里。

"师父!"见沧渊扑上前来,楚曦喝道:"危险,离我远点儿!"可身体却不受控制,一只手向沧渊抓去,抓住了沧渊的一只手臂,随即一股无形的力道把他连带着沧渊一起朝石殿中拖去。"轰隆"一声,一道石门便落了下来,将其余几个人都挡在了门外。

"可恶!"灵湫一掌劈在石门上,"咔嚓"几声,石门龟裂开来,露出青铜的表面。他又是一掌劈去,表面的石皮纷纷碎裂,青铜内芯却纹丝不动,只发出微弱的"嗡嗡"震颤之声。

一只手拍了拍灵湫的肩膀:"喂喂,大冰山,别费劲儿了,你看这扇石门上,好像刻了什么不寻常的纹路。"

灵湫后退了一步,脸色顿时一白。

今天,是不是已经到了鬼月?

曾经镌刻在灵湫记忆深处的可怕一幕,纵使过了几百年,又如何能忘却?补天石,就是一个诱饵。灵湫攥住拂尘的手难以控制地颤抖起来,另一只手闪电一般掐住了身后之人的脖子。

"这是个陷阱。告诉我，怎么进去？！"

"喂喂喂！"苏离攥住灵湫的手腕，"你问我干吗？"

灵湫的拇指压住苏离的脉搏，只见一缕红线从苏离的手背蜿蜒浮现出来，与之同时，一条小蛇也从他的袖子里钻出了一个头，被丹朱一爪擒在手里，气势汹汹地逼问道："你方才分明一直与我们待在一起，又是何时中了傀儡咒的？"

灵湫撕下苏离身上的灵符，声音冷冷地道："苏离，你就是云櫂身上的那个并蒂灵，是不是？所以你的身上也会有傀儡线。我和楚曦方才在听见哭声时，受傀儡咒的影响，身体都有异动，唯独你没有。唯一的解释就是，你是傀儡主，魇魅的走狗。"

"我真的不是！"感觉到灵湫的杀意，苏离终于收敛了笑容。

"杀了你，就知道是不是。"

苏离有点儿慌了："喂喂喂！冷静！瞧你长得玉树临风的，还是个神仙，怎么动不动就要杀人。好，我承认，我是并蒂灵，可我不是什么傀儡主，这条傀儡线我天生身上就有，是我哥把我从身上驱走时，一并切断了的，所以我才不受影响！是的，我骗了你们，不是我哥，是我姐！"

灵湫收紧手指："说，你跟着我们来此到底有什么目的？"

"我说了，是为了找我哥，不对，找我姐。"苏离停顿了一下，又苦笑了一下，"并蒂灵是天生的邪物，但是，是我自己选的吗？如若我能选，我也不想一出生就寄生在我姐的身上，日日要靠吸血为生！我亦有喜怒哀乐，但谁在乎？唯有我姐……虽然我害得她活得很苦，她私下待我其实很好，临死前还用引魂之法放了我一条生路。我修行了几百年，四处寻觅，才找到了我姐魂魄的下落，于是找到了这儿来，也是通过占卜，知道她遇到了什么麻烦，想帮帮她，报答她予我新生的恩情罢了。"

灵湫满脸怀疑的表情，人面螺却道："唉！别逼他了，他没说假话。当务之急，是赶快找到入口进去，他们俩该有麻烦了。"

说着，人面螺盯着那扇青铜门上的图案，深深地叹了口气。

——魔界洞开。

"看来，真的会惊动天庭了。"

或许是体内的傀儡线还是被灵湫的符咒压制着几分的缘故，楚曦尚能勉强抵抗傀儡咒的效力，被拖了不知道多远的距离后，他竭尽全力地夺回了身体的控制权，强迫自己停了下来。

喘了几口气，楚曦才回过神，发现自己半跪在地上，手中的灵犀深深嵌入石制地面，沧渊就在他的身边，亦是半跪在地的姿势，腰部以下鲜血淋漓，鳞片撒了满地，已经强行化出了双腿。

楚曦一时心疼至极，将他扶了起来。

"说了危险，还不知死活地跟来！"

"上次，是我救了师父。"

沧渊站直了身子，楚曦训他的话刚到嘴边就卡住了。

——楚曦发现沧渊这次化腿出来，似乎比之前……长高了一点儿，比他还要高上那么一点儿！

所以，沧渊看他的时候，也便带了那么一点儿俯视的角度。

这长得也太快了点儿吧……

楚曦忍不住有点儿犯嘀咕，却在此时，殿内忽然亮起了点点火光，在看清周围的景象之时，他不禁屏住了呼吸。

与之前那座石殿一样，这里也放置了许多雕像，却不再是一群姿容华美的人像，而是一堆奇形怪状、面目狰狞的怪物，脸都朝着石殿中心的石台，似乎集体在朝石台顶礼膜拜。

隔的距离较远，石台上的景象看不太清楚，他便走近了些。

那座石台上密密麻麻地覆满了石头雕刻成的蝴蝶，一个人站在蝴蝶当中，半边身上也落满了蝴蝶，单手持剑，半跪在地，表情似笑似哭，说不上是愉悦还是痛苦，双眼被涂成了血红色。

这个瞬间，沧渊的蹼爪猛地一紧。

楚曦下意识地捂住了沧渊的眼睛。

这个人，是重渊。

而最可怕的不是这个。

是在他身后的石壁上，还有数百尊石像，其中一个人最为突出，那个人表情凌厉，长发飞舞，手持一把大弓，弓弦拉得饱圆，箭矢不偏不倚地瞄准了石台上重渊的背。

楚曦一瞬间连眨眼都困难了起来。

那个石像偏偏就生着他的脸。

这幅情景实在是太真实了，真实到他甚至无法劝说自己相信这一幕是假的，是从没发生过的，他甚至感觉到手里的灵犀似乎变成了那把大弓，能听见射出一箭时所发出的铮铮锐鸣。

他可以肯定，这是他身为北溟神君时做过的事。

楚曦艰难地挪开视线，手在一阵阵颤抖。

楚曦继而又意识到不是他的手在颤抖，而是沧渊在颤抖。沧渊颤抖得就像是在抽搐，楚曦吓得慌忙扶住沧渊，便看见沧渊的瞳孔扩散得极大，几乎占据了整个瞳仁，双眸都变成了妖异的紫色。

"沧渊！"楚曦心知大事不妙，捧住沧渊的头，"你看着我！"

沧渊盯着楚曦的脸，心口袭来被利器穿透的剧痛。

"师父……"

"沧渊，你清醒点儿！"楚曦抬起手，正想喂他喝血，手却不受控制地一抖，握紧灵犀朝他的胸口刺去——

糟了，傀儡咒！

楚曦的心中剧颤，真元在体内汹涌游窜，一瞬间似乎将傀儡线压制下来，剑尖堪堪没入沧渊的胸口。他立刻后退，刚一收剑，沧渊便捂住胸口，跟跄着半跪了下去，紫红色的血液溅了满地，沁入石台上纵横交错的纹路之中，使之清晰地显现出来。

这是一个圆形的阵，而中央阵眼的位置，赫然嵌着一枚石头。

补天石。

楚曦心中一惊，猛然意识到了什么。这一瞬间，阵眼中的补天石颤抖了一下，石台上的石蝶纷纷裂开，展翅欲飞。楚曦朝滚到身旁的沧渊厉喝了一声："沧渊，醒醒，快离开这里！"

这里不正是"怨憎会"吗？

餍魅从补天石中脱身，要利用的不只是云槿的怨气，还有沧渊的！

沧渊浑浑噩噩间听见熟悉的声音，清醒了些许，可一动，胸口便传来一阵剧痛，被一箭射穿胸口的感觉如此清晰，如此真实。他分不清此刻是梦是真，恍惚地抬起头，朝楚曦看去。

"师父……"

楚曦吼道:"下去!"

话音未落,"咔嚓"一声,只见他戒指上的那颗红石表面的裂缝又裂开了几分,射出了一缕光线,正好射在补天石上。

补天石突然绽开数道裂缝,丝丝黑烟冒了出来。

刹那之间,石蝶尽数飞了起来,犹如一道飓风将他重重包围。石台、石殿、石像,周遭的一切都消失了,待它们散去之时,他已经不在石殿之内,而置身在另一个地方。

他竟然站在试炼大会的比武台上,四周是一派人间地狱的悲惨景象,千奇百怪的狰狞魔物正在扑杀广场上聚集的修士们!

他立刻反应过来,餍魅已经出来了,这是当年景象的重演。

即便知晓这是幻境,目睹这些人的遭遇,楚曦亦感到心惊胆寒,又想起灵湫曾经说过,若能破除幻境,这些受困的魂魄尚还有救。他攥紧灵犀,忽然看见一个人逃上台来,一条腿被一只通体漆黑的巨蝎的尾刺刺中,当下一剑将蝎尾削落,又一剑斩落了蝎子头,走近察看,那个人却已经奄奄一息,口吐白沫,抽搐了几下就不动了。

黏稠腥臭的毒液喷了他一脚,楚曦感到头皮发麻,后退了一步,一脚踩到什么,身后传来一声嘶哑的呻吟:"师父……"

刚一回眸,沧渊正撑起身子来,一只手捂着胸口。

楚曦立刻将沧渊扶住,又看见下方几个人正被一只三头巨犬穷追不舍,眼看其中一个人就要被追上,他的脑中一念闪过,手中的灵犀竟然自动变成了一把长弓,弓弦之上,真元凝成的箭矢光芒耀眼。

楚曦心中一沉,亦听见沧渊的呼吸一滞。可此刻情况紧急,他顾不得考虑太多,瞄准了那只巨犬的头颅,手臂迅速后收,修长的手指在弓弦上一收一放——

"铮",箭矢破空而出,穿颅而过,巨犬立刻炸成一团黑烟。

沧渊盯着楚曦放箭的那只手,一时只觉得呼吸困难。

"沧渊。"楚曦放下弓箭,话未说出口,便见沧渊险些栽下石台,他忙将沧渊一把拽住,手指在弓弦上狠狠一划,将血抹到沧渊的唇间。鲜血刚一入口,沧渊的瞳孔一缩,涣散的目光凝聚起来,近乎深紫色的眸色也褪了几分。

见沧渊的眼神逐渐变得正常起来，楚曦悬到嗓子眼的心才落了回去，却仍然感到心有余悸，赶紧查看他的伤，瞧见他胸口的剑伤仍然在渗血，好在只是皮肉之伤，并未伤及要害，才稍稍放下了心，对于沧渊前世的遭遇与几次出现的异状之间的关联，也有了些眉目。

"沧渊，不论你想起什么，看见什么，你记住，不管你我前世如何，这一世无论发生什么，师父都会护着你，不会再伤害你一次，也不会容你再误入歧途，你可愿相信师父？"

楚曦的声音急切，眼神清明。

沧渊与楚曦对视，胸口伤处还在隐隐作痛，仍然咬牙点了点头。

该相信吗？不相信又如何？

既然楚曦一次又一次地要他相信，他就逼着自己相信。

得到沧渊的回应，楚曦的心中稍安，这时，方才被他救的那几个人跳上台来，对他点头谢过，然后便帮助他一并击杀起那些魔物来。可是魔物实在太多了，一波接着一波，以他们几个人之力，只是螳臂当车。很快，楚曦便因为真元损耗太快而感到有些吃力了，眼看广场上惨死之人的尸骸越来越多，一种似曾相识的感觉涌了上来，挤压着他的心口，让他感到眼前一阵阵发黑。

这种感觉太熟悉了，就像……

就像在梦里，见到他前世的弟子们惨死时一样。

庞大的绝望压得他喘不上气来，令他忽然感觉无助极了。

"师父！"

衣袖猛地一紧，楚曦这才如梦初醒，站稳了身子。沧渊站在他的身边，随手抓爆了一个蹿上来的魔物。

旁边一个人道："留在这儿死路一条！我们去蓬莱山！"

"哎，你们看，仙台，莫不是有神仙下凡来救我们了？"

楚曦抬眼望去，顿时感到一惊，只见蓬莱仙台上方的云层间泄出一道虹光，数个人影翩然落下，朝他们所在之处飞来。

"楚曦！"

此时一个声音从侧方传来，只见丹朱驮着几个人降落在旁边的试炼台上，灵湫拂尘一甩，将数只围过来的魔物掀飞，楚曦立即抓紧沧渊，纵身跃到丹朱的背上。

刚一升到空中,几个人都倒吸了一口凉气。一道深深的裂缝从这个广场蔓延到蓬莱山的山脚下,似乎将整座岛屿撕裂开来,漆黑浓稠的水从裂缝中不断地往外涌,一接触到地面就变成了奇形怪状的魔物四处乱窜。

"不行,我没法从这里飞过去,裂缝里冒出来的魔气太强了!"丹朱飞到裂缝边上,打了个旋又飞回了广场中,扑扇着羽翅,落在一栋较高的楼阁上。

那些从蓬莱仙台飞来的人却个个身轻如燕,已经落在他们身前,俱是姿容华美,气度不凡,便如那座石殿中的雕像一般。

楚曦还没逐个打量过去,便见他们都齐刷刷地跪了下来,毕恭毕敬、异口同声地道:"北溟神君在上,受小仙一拜。"

第三十四章 坠入魔界

明明已经知晓了自己的身份，冷不丁受到这么多人一拜，楚曦还是不免感到有些无措。毕竟，这一世他虽然身为王嗣，可也没有什么人这样毕恭毕敬地对待过他，楚曦一时间手都不知道该往哪儿放了，正想起身回个礼，身子却被一把拂尘挡住了。

灵湫密语道："这六位小仙都是你座下的星君，乃是你的护卫，你是上神，便是他们的主君，受着便是。"

楚曦仍然不由自主地坐直了身子："不必拘礼，起身吧。"

六位小仙抬起头来，楚曦一眼掠过他们的脸庞，或许是因为没有前世的记忆，只觉得面生，辨不出谁是谁，便逐个询问了一番，却见他们都是一脸好奇又仰慕的神色打量着他，不免心中有些疑惑，私下里问灵湫道："……他们怎么好像都不认得我似的，你不是说，他们是我座下的星君吗？"

"我是从他们额头上的标记判断出来的。他们是新晋升的星君，才飞升不过一两百年，所以并不认得你，只是听说过。"

楚曦看了一眼他们额头上的银色星痕，心道，那原来的星君呢？

话还未问出口，他的心中便已经有了答案，胸口感觉一窒。

自然不消问了。

其中那名自称玉衡的女仙道："怪了，天璇前辈为何没和神君你们在一起？他可是先下来的。"

"我哪儿知道，兴许又是怕受累，先回去了吧！"

灵湫答得轻描淡写，语气却掩饰不住地带有一丝嘲讽，几位星君似乎都感到不可置信，面面相觑，其中最年少的开阳道："可我听说，天璇前辈是自己请缨下来的。"

灵湫冷哼一声,一甩拂尘,击退了一只蹿上来的魔物,楚曦亦从丹朱的背上跳下来,放箭射倒另一只魔物,引来几声低低的赞叹。

沧渊扫了几位双眼发亮的小仙一眼,目光落在身旁持弓的人影身上,一瞬间只觉得他们的距离被拉远了许多。

他不是沧渊一个人的师父,而是他们的神君了。

沧渊探出爪子,想攥紧楚曦的衣袖,却不知道为何竟生出几分怯意来,稍一犹豫,楚曦又起身放了一箭:"现在怎么办,餍魅出来了,被困在这里的这些魂魄,总不能不管吧?"

"回神君,此次天尊下的命令是让我们带回神君和补天石即可,其他的事,自有天将来处理,这道裂隙直达魔界,需要完全封闭才能阻止魔物跑出来,光凭我们是杀不完的。"

"的确杀不完。"灵湫从丹朱的背上跳下来,从怀里取出一个发光之物抛给楚曦。楚曦接在手里,发现竟然是补天石,又见灵湫的足尖一点,落到下方的一根石柱上。楚曦道:"灵真人?"

灵湫头也不抬,拂尘在身周扫出一圈亮光:"我在这儿设个引魔阵,你们护送神君,从另一边上蓬莱仙台。"

引魔阵?楚曦的心中一沉,只从这个名字上便已经猜出了是做什么用的。他望向灵湫瘦削的背影,竟然觉得这个情形似曾相识,仿佛很久之前,他也这么做过。感觉到他的目光,灵湫微微侧过脸来,似乎睨着他,嘴唇动了一下,不知道说了句什么。

"师尊,快走,我撑着。"此时却有一声轻唤从记忆深处传来,正是那个没什么情绪的声音,让楚曦不由得一怔。

灵湫……

"喂!等等。"苏离竟然也纵身跳下来,落在灵湫的身边,"我又去不了天庭,不救出我姐,我也不会离开这座蓬莱岛的,看在你为人不错的分上,我便勉为其难地帮你一把吧。"

"少在这儿添乱!"

"别小瞧我,我身为灵巫,好歹也是有些道行的。"

"滚!"

就在下方两个人争执之时，几位小仙来到丹朱的身旁，一起托住鸟翼，沿着裂隙一侧飞向蓬莱仙台，楚曦回头，只见众多魔物从广场外与裂隙处潮水一般朝灵湫与苏离扑过去，不禁暗暗捏了把汗："他们两个人，扛得住吗？"

话音未落，双眼就被一只蹼爪遮住了，衣袖也被攥得死紧，沧渊好像在防止他下去救人似的——虽然他的确有这个想法，但他岂会不懂灵湫将补天石交给他的用意？

不知道是谁笑了一声："另一个人我不了解，可是灵湫前辈自然法力高强得很，神君对自己的首徒难道还没有信心吗？"

"首徒？"楚曦大吃一惊，灵湫竟然是他的弟子？还是首徒？

另一个人道："是啊，听天璇前辈说，有一次灵湫前辈重伤濒危，神君您把自己的灵丹都分了一半给他，从那以后，灵湫前辈就变得十分厉害了，这件事神君您不记得了？"

"是这样啊，难怪他……"楚曦一愣，完全没注意到后方一双眼睛突然暗了下来，衣袖被一双蹼爪牢牢攥住，便听得耳畔响起一声暴吼："你这鬼东西蹬鼻子上脸，把爪子拿开！"

楚曦生怕昆鹏和沧渊这时打起来，急忙一把按住两人，这时，忽然听到"呼啦"几声，一蓬黑雾从下方席卷而上，连带着无数红蝶纷纷袭来。

丹朱的身子一歪，昆鹏猝不及防地翻了下去，楚曦立刻伸手去抓他，却没够着，眼睁睁地瞧着昆鹏往下方那道漆黑的深渊里坠去。他怒急攻心，一把扯出衣袖，脚踩灵犀俯冲直下，凌空将昆鹏抓住。

两个人的重量压得灵犀难以保持平衡，加上还有一股强劲的吸力从下方袭来，简直是雪上加霜。楚曦眼角的余光扫深渊之中似乎蹿出了一条长长的黑影，急忙一个翻身避了开来，灵犀却往下一沉，眼看就要支撑不住。在这个危急的关头，昆鹏突然浑身一颤——

"公子！"

一声厉吼惊天动地，刹那间，楚曦感觉身子一轻，只觉得狂风袭来，身下一对遮天蔽日的黑色羽翅突然张了开来。

楚曦睁大双眼，堪堪稳住下盘，脚下的深渊爆发出一股黑色巨浪，那条黑影迎面蹿了上来，竟然是云槿。她的腰腹以下已经被傀儡线与那条鬣苦虫织缠为一体,模样说不出的古怪恐怖。她双手一张,无数道傀儡线便呈网状撒了开来。

楚曦知道这些傀儡线的厉害,大声喝道:"昆鹏,往上飞!"

随即,他手中的灵犀化作长弓,瞄准了云槿下方的䗪苦虫,哪儿知道昆鹏虽然化出原形,却不知道该如何灵活飞行,就像一个蹒跚学步的稚儿一般笨拙,不仅没飞起来,反倒一头撞进了傀儡线织成的网中。

见傀儡线迅速缠住了昆鹏的身体,楚曦一咬牙,纵身跃起,在半空中朝云槿的方向放出一箭,正中一颗䗪苦虫的头颅,而他自己则径直栽进了裂隙里翻涌的黑水之中。刚一入水,身子就像陷进了黏稠的沼泽中,不断地往下沉去,同时感到像有无数毒虫袭上周身,贴着皮肤蠕动游走,似乎想钻入他的体内。

"神君!"

忽然上面传来几声呼叫,几位小仙飞了下来,落到裂隙的一侧,却都有些忌惮黑水,不敢贸然靠近。又听"扑通"一下落水声自后方响起,还未回头,一双蹼爪就将他捞了起来。

一眼瞥见沧渊阴沉的脸色,楚曦便知道方才那一下定是激怒了他,此时却也无暇安慰,催促道:"快,离开这儿!"

话音刚落,头顶便传来一声锐鸣,他抬头望去,只见丹朱猛扑而下,赤红的双爪宛如两簇烈焰,将云槿当空擒住。两名小仙趁机纵身飞上,帮助昆鹏摆脱傀儡网,其余小仙则祭出法器向他施以援手。沧渊托着楚曦游得飞快,身下却传来阵阵塌陷之声,裂隙越裂越大,滚滚黑水狂涌而出。

顷刻之间,整座蓬莱岛似乎是四分五裂的一块饼,倾斜着朝裂隙中下沉,黑水迅速漫过了目光所及的地表。

黑浪翻涌间,无数奇形怪状的魔物钻了出来。

全是虫子!大大小小、长长短短的虫子!

楚曦强忍着一声涌到嗓子眼的惨叫,打了个哆嗦,感到沧渊的蹼爪收紧了些,他的恐惧突然散了几分。抬眼瞧去,沧渊也正盯着他,眼中的怒意未褪,可嘴角似笑非笑地扯了一下,很快扭开了头。

楚曦不禁腹诽,这个小崽子是不是又在偷偷取笑他?逗他玩儿吧?虽然现在不是应该计较这个的时候,楚曦却也十分为老不尊地嘿嘿一笑。

沧渊仍然不予理睬，似乎还没消气，双手把他一举，楚曦扭头发觉身后是一处高地，立刻爬了上去。

刚刚脱身的昆鹏抖了抖双翅，朝他们俯冲而下，无数魔物也纷纷聚拢而来。楚曦握紧灵犀，一箭一个，箭无虚发，沧渊在前方双爪如电，绽放出道道寒芒，竟然配合得相当默契。

"公子！我来了！"

巨大的双翅掠过水面，发出震耳欲聋的呼啸声。

眼看昆鹏就要势如破竹地一头撞上高地，丹朱连忙抓住他的头向上提去，楚曦便觉得双肩一紧，被一对巨大的鸟爪抓住，他立刻向下方的沧渊伸出手，吼道："抓住我！"

沧渊正要来抓他的手，他的身子却已经被昆鹏迅速往上提去，又见数只魔物朝沧渊扑了过来，这些魔物不像沼泽中的那些，个个都是庞然大物，看起来十分凶猛。沧渊虽然能勉强抗衡，让它们无法近身，却也无法脱困，转眼已经被魔物重重包围。

"昆鹏，停下！"

昆鹏展翅飞起，狂风猎猎，令他的呼喊声变得微不可闻。

他心里焦灼万分，将灵犀化为细针，在昆鹏的爪子上狠狠一戳，这才觉得双肩一松，又将灵犀化剑，御剑朝沧渊飞去。

"神君，神君！"

此时，几声呼救声传来。他循声望去，发现一个人陷在泥水之中，已经被云槿布下的傀儡网缠住了脖颈，命在旦夕，正是那六星君中唯一的女仙玉衡，不知道其他几位小仙去了哪儿。

——不知道，是不是已经被淹没在这黑水之中。

这个情形好似记忆重现，让他的手一抖。他看了一眼沧渊那边，见沧渊似乎尚能坚持，便朝玉衡那里冲了过去，与云槿缠斗起来。

不知道是不是增加了云槿怨气的缘故，蠃苦虫竟然比在沼泽中难缠了数倍，几番交锋俱是万分凶险，稍有不慎便会不得脱身。在渐落下风之际，他又听到头顶有风声呼啸着袭来，不由得精神一振，心知是昆鹏来了。

趁双肩被抓住之时，他一伸手将七零八碎的傀儡网中的玉衡一把拉了出来，又一只手抓住鸟爪，将玉衡甩到了昆鹏的背上，自己跃上灵犀，朝沧渊的方向飞去。

在半空之中,他的呼吸一滞。

那处高地附近哪里还有沧渊的踪影?连那些魔物也不见了。

楚曦的冷汗一下子冒了出来,他顺着裂隙一路搜寻,却一无所获,而黑水竟然在缓缓退去,裂隙也在逐渐合拢。

他突然意识到一件可怕的事,当下恨不得狠狠地扇自己一耳光,脚下的灵犀一阵抖动,令他整个人险些朝裂隙中栽去。却听耳后风声乍起,一道白光闪来,手臂被一只手突然抓紧,不久人就落在了山坡之上,一扭头他便看见了灵湫的脸:"你又想做什么?去救他吗?你知不知道那底下是魔界!"

"不管底下是什么,我答应过要护着他。屭魃根本就是想要抓他,我不能让他被带走!"楚曦一把挥开灵湫的手,咽喉却被拂尘猛然抵住,后背撞上坚硬的岩壁。面前男子挺拔的身影却一下子矮了下去——灵湫竟然跪在了他的面前。

"你这是……"

楚曦一愣,本能地要去扶,手又像被什么东西突然烫到,猛地缩了回来。手背上还残留着一缕潮湿的痕迹,灵湫那张傲雪凌霜的脸上已经敛去了方才那种情绪,眼圈却仍然微微泛红。

他挪开目光,扯开颈间的拂尘,一声厉喝响起:"师尊!"

楚曦心头一震。

"我花了七百年的时间找你,我找到你,就是想亲口跟你说一声,求你别再重蹈覆辙!就算你重来一世,也不可能把重渊教好,你就算再受一次天刑,他还是会入魔,还是会祸害苍生!师尊,你为什么要这么执着?"

为什么?

楚曦一瞬间感到有些恍惚,胸口突然传来阵阵剧痛。

灵湫脸色一变,扶住他站立不稳的身体:"师尊!"

"咕咚咕咚……"黑水表面冒出了几个气泡。

一只蹼爪从裂隙中突然探了出来,然后是一颗黑乎乎的头颅,他大口大口地喘息着,像一只濒临绝境的困兽,艰难地撑起身子往上爬,一双深紫色的眼眸在黏稠的发丝间亮得骇人。

"师父……师父呢?"

沧渊浑身颤抖着抬起头,朝四周望去,捕捉到不远处的两个人,瞳孔猛地一缩,成了一对极细的竖线。

"师父!"

楚曦打了个激灵,一下子醒过神来,便发现自己伏在昆鹏的背上。他朝下面望去,下面那道裂隙正在逐渐合拢,一条颀长的影子从黑水之中跃了起来,掀起道道巨浪,竟然在竭力追上蓬莱山来,奈何鱼尾无论如何也快不过鸟翅。

"沧渊!"楚曦握紧灵犀,忍着心口的痛楚撑起身子,狠狠地挥开身旁灵湫抓住他的手,正要御剑而下,却见沧渊的身后分明聚起了一抹黑色的人形,伸手朝沧渊抓去。

楚曦心头一凛,灵犀当即化剑为弓,瞄准了沧渊的身后。此时,他的右手猛地一抖,一根红线径直缠上手背,饶是灵湫出手再快,竟然也没能按住。

一箭破空射出。

与此同时,楚曦听见"咔嚓"数声,手中的戒指突然爆裂。

红光在眼前纷纷碎散,刺得他无法睁开眼睛,心口像被人一刀剖开,甚至没来得及垂眸看上一眼,眼前便是一黑。

恍惚之间,不知道是谁叹了口气。

他想睁开眼睛去看,却连抬起眼皮的力气也没有了。

"好不容易才找到北溟神君,怎么才回天界就昏迷了?"

"还不是百年前的债孽所致……他受过天刑,元神本来就七零八碎的,也不知道是被何物保护才能活到现在,肯定是那个保护他的东西出了什么问题,导致现在他的元神又要散了。"

"这可真是不妙,不知道是否有可能修复?"

"且容他待在神棺里吧,也只有这里,才能稳固他的元神。不过,即便他的元神能够恢复,也至少需要数百年的时间。"

"那我便如实禀报上穹?"

数百年?

不行……

楚曦的脑中一片混沌,却有一个念头在努力地挣扎着。

沧渊……沧渊还在等着他。

第三十五章 鲛王现世

是夜。

轰隆隆的雷鸣从天空中传来，一道白光撕裂了黑压压的云层，酝酿已久的暴雨倾泻而下，原本平静的海面立刻变得波涛汹涌起来。

"遭了，一定是今年的祭品没献够，惹得鲛王发怒了，看样子要发洪水了，赶紧往山上跑！兴许水淹不到那儿去！"

"大伙儿们，快往岸边划！别管船了，保命要紧！"

"快点儿！浪要打过来了！"

渔民们纷纷扔下渔网，已经划上岸的，甚至顾不上拴住自己的船，撒丫子就狂奔起来，还未上岸的，都跳进水里，拼了命地往浅滩上游，稍慢一点儿的，便被从后面追来的一道道滔天巨浪从海面上抹去了，消失得无影无踪。

一些跑得快的冲进城里，敲锣打鼓，还在睡梦中的人们猛然惊醒，鞋子也顾不上穿，便冲出门去，一时间城中一片混乱。

未等人们跑到地势较高之处，海水便已经气势汹汹地涌了过来，犹如一头饥饿的狂兽，大肆吞噬着所触碰到的一切。

转瞬间，整个渤国连带着上上下下所有的人便从天地之间被突然抹去了，再次恢复平静的海面上只剩下零零星星几艘渔船，像狼吞虎咽过后桌子上剩下的一丁点儿残羹剩菜。

一只侥幸逃过劫难的水鸟抖了抖湿透的翅膀，发出一声锐鸣，朝天穿飞去，穿过重重云层，来到那三座悬浮于星河间的巨大岛屿之下，一头冲进了其中一座岛屿的瞭望台。

次日，太微垣中，一片安静。

殿中众神沉默着，俱低着头，不敢出声，生怕触怒在天尊宝座下来回走动的那名男子。男子身形挺拔，面容英朗，双目如炬，一袭绣有白虎图案的赤金武官服衬得他气质非凡，散发出一股霸道、跋扈的煞气。

此时他面含怒色，忍了又忍，终于还是没忍住，发出了一声咆哮："岂有此理！这已经是人界第九个被吞没的地方了，到底是何方妖魔作祟，你们可有人查清楚了？"

众神官左右互相看看，一阵议论，其中一位神官战战兢兢地站了出来："回、回执明神君，据监察司的人禀报，乃是一只鲛妖在四处为非作歹。"

那位被称作"执明神君"的男子又是一声咆哮，咆哮之声震得众神纷纷后退，捂住了双耳，心中连连叫苦。

"区区一只鲛妖而已，派天禁司的伏魔天将去处理便是，为何还要闹到这里来惊动天尊陛下？天禁司的主神司何在？"

一位武官打扮的虬须男子上前来，头也不敢抬："小仙在。神君有所不知，小仙早派了伏魔天将下去，可……却都是有去无回！这只鲛妖已经修炼成魔，实在是难以对付。"

"哦？成魔了？"执明神君的眉毛紧皱，"自从上次魔界裂口被封闭之后，这数百年来风平浪静，怎么突然冒出了这厮来？"

"怕是在养精蓄锐吧。"

一个清冷的声音从一片嗡嗡低语中插了进来，说话者毫无惧色，一副傲雪凌霜的姿态，像是丝毫不将眼前的执明神君放在眼里，引得对方一阵不悦，厉声喝道："我问你了吗？"

"神君问不问，我都要答。魔界裂口虽然被封闭已久，却非一劳永逸，只要重渊还在，总会有这么一天，只分迟早罢了。"

此言一出，大殿中一片哗然。

"堕仙重渊？北溟神君的那个逆徒？"

"可不是吗？他怎么还活着？他不是早被北溟神君清理门户了吗？"

"嘘，你们忘了这个名字是禁忌，随意议论当心触怒上穹！"

"你说那只鲛妖就是重渊？"执明神君露出了几分不可置信之色，虎目炯炯，"你可确定？此话不能乱说。"

"亲眼所见，绝无虚假。"

"哦，这么说，他是为了报复天庭？这大胆妖孽，以为天庭就没有能降得住他的武神了吗？"说着执明神君往旁边那位虬须武神看去，"刑昭，这是你的职责所在，你亲自下去一趟，应是不容推脱的吧？"

刑昭有些犹豫，不大情愿："小仙自然愿意，不过，此事还是由天尊陛下来决定的好……"

执明神君的脸色一变，他平日里自恃位高权重，说一不二惯了，哪里忍得了，正要发作，却见灵湫走近了一步："我去。"

"你？"

灵湫垂下眼皮，眸中浮现出一丝复杂的情绪，他淡淡地道："重渊到底曾经是我的师弟，师尊尚未醒来，理应由我代劳。"

"怎么回事？本尊还未来，诸位就吵起来了？"

此时，另一个声音从一侧飘了进来，一个人前呼后拥地自一侧殿门缓缓走入，在宝座上坐下，身子倾斜着，倚靠着扶手，是个又慵懒又倨傲的姿势，一袭绣着日月星辰的华美长袍垂及脚踝，遮住了座上人还够不着地面的双脚。他看起来异常年轻，不过十六七岁的少年模样，眉眼却天生冷厉，目光看人犹如两道闪电，透着一股不怒自威的气魄。

众神齐齐躬身作揖："参见天尊陛下。"

执明神君道："陛下，我们正在讨论近日来人界出的乱子。"

年轻的天尊漫不经心地一笑："方才的话，本尊也都听见了。发鸠真君自告奋勇，本尊十分欣赏。不过，既然重渊曾经是北溟的弟子，重渊也曾经被他降伏过，如今，自然还是由他去最好。北溟躺在神棺之中，已有三百余年，元神和神力应该都恢复得差不多了，今日，便将他唤醒吧。"

灵湫的眼神一凛："陛下，不可！元神散裂，少说也需要千年时间方能复原……"

"行了！"未待灵湫说完，执明神君便将灵湫的话打断，"陛下肯瞒着上穹让他回天界便已是宽宏大量，如今让他将功补过，正好可以让他顺理成章地回归神位，还等个什么？"

第八卷 重逢

第三十六章 如梦初醒

灵漱抬起头，直视宝座上但笑不语之人，一字一句地道："那神棺原本是太上天尊所赐，将师尊放进去，也是太上天尊的主意。陛下，兹事体大，您是否应该知会您的父尊一声？"

白昇脸上的笑意褪得干干净净："问我的父尊？发鸠真君可有将本尊这个当今天界之主放在眼里？太上天尊如今只剩一魄，也在神棺之中休养，他会落得如此地步，便是因为千年之前北溟与重渊的那场大战，现下又要因为北溟那个孽徒之事去打扰他吗？若非本尊顾念北溟曾经救过本尊，于本尊有恩，本尊绝不会给北溟这个失责的上神重归神位的机会！"

白昇的一番话犹若雷霆，震得众神噤若寒蝉。

就连灵漱也说不出话来，脸色惨白，一时间不知道该如何反驳，却知道自己情急之下说错了话，一下子踩到了白昇的痛脚。

这位小天尊先天灵脉发育不足，所以修炼了一千多年还是少年模样，虽然是天尊之子，神力却不及任何一位上神，以前还跟随北溟修行过一阵子，这话暂且不提。

他的神力不足以服众，又是在天界最混乱、群龙无首之时匆忙即位，故而他未去上穹经受试炼，甚至连即位典礼也未举行，威信自然不及老天尊。虽然身边有执明与东泽两位上神镇着，心里难免还是有个疙瘩在，一旦有人胆敢露出一点儿不服他的意思，他即便明面上不罚，必然会暗中惩戒，让其没有好果子吃。

执明神君道："诸位还有什么意见？"

"我有。"

就在此时，有一个人走进殿内。灵湫的眼前一亮，心道救星来了。这个人身长九尺，异常挺拔，站在众神之中简直是鹤立鸡群。他高鼻深目，生着一对青中透金的重瞳，皮肤因为常年经受风吹日晒而呈现出古铜色，衣袍松松垮垮地斜披在身上，裸露出半边遍布刺青的臂膀。

此人不是别人，正是与北溟共同镇守天界北部的玄武神君，与白虎武神同属四方神。

一见到他，白昇的脸色就变得更加不好看了。

他步若疾风，走到执明神君身旁，朝宝座上随意一揖，双耳上一对硕大的玳瑁耳环叮当作响，显得颇为不羁。

白昇坐直了身子，不冷不热地道："玄武神君有什么意见？"

玄武抬起头，不卑不亢地道："回禀陛下，北溟的元神尚未完全复原，一个人去，怕是不妥，我恳请与他一同下凡。"

灵湫附和道："陛下，我亦有此意。"

"你若去了，谁来镇守天界？发鸠真君若要一同前往，本尊倒并不反对，至于你……"

玄武的目光阴沉："陛下，若是北溟收服不了重渊，又一次触怒上穹，恐怕不妥吧？"

听出他话中隐含的威胁之意，执明神君勃然大怒："你这是何意？"

玄武不语。

白昇眼中云遮雾罩，过了良久才道："既然玄武神君如此坚持，你便与他一起下去吧，让他一出棺便动身，耽误不得。"

灵湫咬了咬牙，与玄武对视一眼，一起退出殿外。

子时，天灵殿内。

神棺缓缓开启，泄出一股蓄积百年的寒冷雾气。

雾气逐渐散去，沉睡于棺中的人形便浮现出来，一头青丝已长及脚踝，漂浮在冰水之中。周身的皮肤剔透无瑕，隐隐泛着一层冰质的光华，仿佛已经与这万年玄冰所铸的神棺融为了一体。若非他眉心水滴状的银白色神印正在发光，真要让人误以为这位上古神明已经死去，化作了一尊冰雕。

见他迟迟没有睁开眼睛，灵湫迟疑地轻唤了一声："师尊？"

玄武竖起食指，比了个噤声的手势，摇了摇头。

灵湫将伸出去要扶棺中之人的手收了回来，悄然攥成了拳头。此时，他竟然有些希望他的师尊暂时不能醒来，这样也就不必再去为那桩吃力不讨好的祸事劳心费力了。到了今日，他才看清，如今的天庭，早已不是千年之前有北溟守卫的那个天庭了。

他甚至有些后悔将北溟寻回来。

为何要多此一举？

只是，一切冥冥之中早已注定，非他一己之力可以改变。

譬如……譬如，他虽然费尽心力，重渊还是比他早了一步。

二人静静地等待了许久，才听见棺内传来一丝微弱的呼吸声。

灵湫走近了一步，只见楚曦——或者如今应该称北溟，胸膛慢慢起伏了一阵子，眼皮终于轻微抖动了几下，然后睁了开来。

眼前的人影还有些模糊，楚曦恍惚了片刻才辨认出此人是谁，他动了动嘴唇，却被喉间溢出的寒气呛得一阵咳嗽，双手摸索着试图撑起身子，被一左一右两双手扶了起来。

才一出水，一件轻若无物的羽衣便覆在了身上，使萦绕周身的寒气立刻散去不少，近乎消失的五感也回到了体内。

双脚接触到地面，他勉强站稳，望了望四周，不由得一惊："玄武，灵湫，你们……我这是在天灵殿？"

灵湫双眸一亮："师尊？"

玄武惊喜地道："北溟，你恢复记忆了？"

楚曦蹙起眉头："可以这么说。"

沉睡期间他想起了前世经历过的许多事，待在天庭风平浪静的日子尤为清晰，可受命下凡去蓬莱岛降伏餍魁并寻回补天石的那段过往，便有些混乱了。其间如何找到补天石，如何从餍魁的手中救出白昇，如何陷入餍魁的陷阱，这些部分虽然支离破碎，勉强还能拼凑出个大概。但在他受困于陷阱之后的记忆，却几乎是空白的，只能通过先前的几个梦境推测出前因后果。

自然，他也没忘记从那座石殿中出来后，发生了什么。

"对了，沧渊，我得回去救沧渊。"

他挣脱二人的手，踉跄了几步，又感到一阵眩晕。

灵湫一把搀住楚曦，与玄武对视了一眼："师尊，你都恢复记忆了，怎么还急着去救他？他需要你救吗？"

楚曦感到有些胸闷，按住了心口，咬牙道："他被靥魃抓走了，势单力薄的，难道能自己逃出来？我不去救他，还有谁会管他？前世就是因为我的失责才导致他误入歧途，难道又放任他重来一次？趁现在还不晚，还可以补救……"

楚曦说着说着，便发现灵湫的脸色愈发古怪，心突然往下一沉。

"怎么了？"

"师尊，你到底想起了多少事？你难道不记得……"灵湫扫了一眼玄武，"重渊如何……性情大变，如何铸下大错？"

楚曦怀疑地问道："性情大变？"

当年重渊为了救他而受到靥魃的蛊惑，破坏了镇魔阵，导致同门惨死，这件事他大致已经猜了出来，但在他残缺不全的记忆里，重渊一直对他敬仰有加，甚至可以说唯命是从，至于入魔之后性情大变，也怪不得重渊，正因如此，他才万万不能容沧渊再次入魔。

无论如何，他也要把沧渊掰回正道。

见灵湫欲言又止的表情，玄武有些不明所以，忍不住提醒道："北溟，你知不知道你在神棺里睡了多久？"

楚曦一怔，周身焦躁的血液突然冷却下来。

"三百年，你睡了三百年了。"

鲛人的寿命有多少年？有没有三百年？

他突然感觉到很冷，冷得打了个寒噤。

他想起沧渊动不动就攥紧他的衣袖的样子，想起那时沧渊拼命想追上来的样子，"三百年"这个词听上去便一下子显得不那么真实了。

他想象不出来三百年到底有多漫长，从睡着到醒来，似乎只是弹指一挥间的事，沧渊与他分别，好像就在昨天。

但那不是三年，不是三十年，而是三百年。

寻常人的一生，早就结束了。

他一时有点儿魂不守舍："你们……后来没有他的消息吗？"

"他又入魔了。"

楚曦的心又是一沉。一时间，他连眨眼都变得困难起来："入魔了？"

"嗯。"灵湫点了点头，击碎了他心里的一丝侥幸。

玄武哂道："你被提前唤醒，就是因为白昇那个小兔崽子派你下界伏魔，我们俩负责跟在你的后面收拾烂摊子。"

听玄武这样直接称呼当今天尊，灵湫的嘴角一抽，自然是笑不出来的，仍然冷着脸，顺道把在喉头打转的一句话也咽了下去。以他师尊的这个脾气，再劝也是白费口舌。

楚曦迟疑了一下，白昇？

转瞬间便反应过来，当今天尊已经换人了。

对了，人面螺不就是……

想起曾经的天尊化作人面螺在地上滚来滚去，被他踹来踹去的情形，他感到一阵五雷轰顶，半天回不过神来，就差跪下磕头谢罪。

"灵湫，扶你师尊回住所休息休息，我去召集一些人来。"

玄武说着便往外走，楚曦喝道："等等。"

"怎么？"

"此次下凡，不要兴师动众，鲲鹏和丹朱可以带上，其他人就免了。我不想再引发一次降魔之战。"

玄武感到有些讶异："不是我对自己没信心，下面的情况到底如何，我们尚不清楚，就我们几个，应付得了吗？"

"我想试试。"

灵湫手里一空，看着他朝天灵殿外走去，走入星光深处，缥色衣袍被千百年来未曾止息的风吹得上下浮动，这位上古神明的背影看上去竟然显得分外沧桑，有些难以言明的哀伤。

"很久以前我就想过，若可以选择，我一定不会用那种方式对待重渊。他是我亲手从星海里点化成仙的，我醉酒后的一次误举，让他比其他弟子修炼的速度快了百倍不止，他也因此招来种种嫉恨、排挤，可他未曾令我失望过，一向出类拔萃，是一众弟子中进步最快的一个。诚然……我是有些偏心，对他多了几分留意和纵容，才让他如此依赖我，视我为父，以致为了救我犯下那不可挽回的大错。我未能让他亡羊补牢，反倒看着他一错再错,最后不得不对他痛下杀手……重渊的前世本来就是被我这个师父弄得万劫不复的,这一世又被我扔下,他会再次入魔,一点儿也不奇怪。前世我没有选择,这一世却不同。若非无可挽回,我定然尽力把他从魔道上拉回来……哪怕要以我的命来换。反正,我活得也够久的了。"

灵湫的脸白了又白:"那假若他所求的你给不了呢?"

"有什么给不了?只要他肯回头,肯向善,除非他要当天尊,要再次毁灭天地,凡是我力所能及的,我都会去做。"

灵湫闭上双眼,再未置一词。

"罢了,不叫人就不叫人,我也不想弄出那么大阵仗。上次受的伤,我躺了两百年才恢复,现在身上还有疤。"玄武摸了摸手臂上被冰焰灼出的伤痕,"不过,你有几成把握?"

楚曦苦笑了一下:"我也不确定。若他没想起来前世的事,有五六成,若他恢复了记忆,可能只剩三成。"

玄武愕然:"三成就值得我们去冒险?"

楚曦收敛了笑容,沉声道:"不是我们,是我,你们留在天界,若我需要支援,会立刻通知你们。"

灵湫一惊,冷冷地回绝:"不成。"

楚曦道:"我心意已决。我会去面见天尊,申请此事。"

灵湫大怒:"我看他巴不得你一个人下去送死。"

楚曦的脸色一变:"少胡说,敢这样指摘当今天尊,你想被挫去仙骨吗?"

"说真的,灵湫,我也便罢了,那个小兔崽子横竖奈何不了我,你还是小心为妙,当心被执明或者东泽整死。"

玄武说着,左右望了望,刚好瞧见一对人影从天而降,正是白昇的两名侍官,两人都是一副目中无人的表情,其中一个手里捧着一个盘子,盘子上放着灵犀,还有一枚明晃晃的金色令牌。

"北溟神君,接旨。"

楚曦一手握住灵犀,盯着那块令牌看了一会儿,屈膝跪了下来,一如跪在那位慈眉善目,一手栽培他成为上神的老者面前。

灵湫别过脸去,心中只觉得一阵屈辱。

一位侍者打开手中的卷轴:"天尊诏曰,命北溟神君下凡平定人界混乱,封闭魔界入口,将作乱者捉拿归来,一并找回千年前降魔之征中遗失在魔界的补天石。"

灵湫扭过脸来,盯着这两人:"补天石不是已经取回来了吗?我亲自交到了天市垣,记录入库,怎么又要找?"

"回真君,经天府司核实,补天石还差三枚,若被魔族利用,天庭将来恐有大患呀。"

"那可以让别人去找,为何要让一个元神受损的上神去?"

楚曦厉声喝道:"灵湫,不许忤逆天尊。"

"不是有玄武神君和您陪同吗?你们分头行动不就行了?"

玄武气得七窍生烟,站起身来,又被楚曦一把按住。

到了这时,他若还品不出来那个小天尊对自己的态度,就是傻了。为何会如此,错当然还是在他。他曾经算得上是白昇半个师尊,若他当初教白昇再教得尽心一点儿,也不至于让堂堂一个天尊之子受困魔界,遭受奇耻大辱。若不是他没能及时压制住重渊,老天尊也不会在那场大战中只剩一魄,不得已在神棺之中休养神躯,白昇也不会在一片混乱中匆忙即位。

白昇恨他,恨得理所应当。

见侍官已经远去,楚曦还跪着,灵湫一把将他拉了起来。

"师尊,你何必如此?"

当初那般骄傲放肆的上神到哪里去了?白昇到底算个什么东西?不是他,白昇能活到今天吗?灵湫盯着他苍白的脸,连番的质问涌上来,却问不出口,握着拂尘的手颤抖得厉害,心疼得快要喘不上气来,连平静的表情也维持不了。

楚曦拍了拍灵湫的肩:"算了,有些事,你不知道的。"

说罢,他便吹了一声口哨,心说不知道这个信号还管不管用,谁知道下一刻,一声浑厚长鸣贯穿天际,遮天蔽日的巨大黑影自云层间呼啸而来,缓缓落在他的身前。

"公子……神君,你终于醒了!"

他一笑:"我家小护院来了,要不要上去坐一坐?"

第三十七章 师徒重逢

玄武率先跳上昆鹏的脊背:"先别急着出发,去一趟天市垣的天府司取点儿行装,下去总能用得着。"

"嗯,昆鹏,记得天市垣怎么去吗?"楚曦拍了拍昆鹏的背,昆鹏点了点头,便载着三个人朝天市垣飞去。

楚曦的目光随昆鹏穿过云层,一一掠过悬浮在星河之中的巨大天垣,千百年来这里似乎并未发生太多的改变,还是他记忆中的景象。路过那片他遇见重渊的星域时,他的目光不禁一凝,恍惚间仿佛看见了当年那个酩酊大醉的自己,拎着一只酒瓢,将一只黑身红尾的小鱼儿捞了起来,醉醺醺地冲小鱼儿吟诗。

他那时都吟了些什么呢,一定把重渊那个小东西吓坏了吧?

出神间,昆鹏已经缓缓降落在天府司前。楚曦将令牌交给守门的卫士,便与几个人进去,换了身适合去人界办事的行头,又去药库拿了些灵药,然后去挑选可能用得上的符石。

符石的功效繁杂,个中区别需得仔细辨别。他在挑选符石的时候,突然听见附近传来一阵细微的异动。

声响是从符石库隔壁的法器库传来的,他循着声音走了过去,数着一排排的架子,来到声源所在之处,那是一扇被符箓封死的门。要打开它并不困难,因为上面的符箓是他的手笔。

只是轻轻一撕,这存在了千年的符箓便轻轻地飘落下来。

门微微震动着,打开了一条缝。

他的手指颤抖了一下,将它一点儿一点儿推了开来。

门里没有其他的东西,只有一把剑。

一把被浸泡在日月华露中的剑。

剑柄由黑蛟龙骨所制,黑中透红,沉甸甸的,极有分量,剑刃锋利无比,形状优美,似龙非龙,似鱼非鱼,刃面上雕有细鳞状的纹路,宛如活物一般,散发出致命而迷人的光晕。

他怎么会不认得它呢?这是他亲手为重渊打造的剑。

上一次见到它时,剑刃已经化为黑红色,辨不出原本的模样,被日月华露净化到今日,已经焕然一新了。

他弯腰将它拾了起来,一如当年将它从铸剑池里抽出时。

刚一出水,剑身便绽放出炽亮的光华,耀得他不禁闭上了眼睛。

那是重渊初入他门下不久,天界试炼大会前夕发生的事。

剑身刚一出水,便绽放出粼粼幽光,叫人眼前一亮,虽然见惯了奇珍异宝,他也不免感叹了一番自己的杰作。

"师尊,你当真要将这把剑赐给我?"

"不是赐,是送!"他垂眸看着在面前跪下的少年爽朗地一笑,将剑放在他高举着的双手中,伸手抚过剑上细鳞,剑在手掌中发出嗡嗡震动,连带着重渊的手也在微微发抖。

"起来吧。"

"谢师尊。"重渊站起身来,姿态仍是恭恭敬敬的,显然受宠若惊,脸上有掩饰不住的喜悦,一对狭长的凤眸闪闪发亮。

"喜欢便好,啧,有人来了,快走。"他笑着从炼器坛里出去,重渊亦步亦趋地紧紧跟随,师徒二人一同跃上缓缓降落的鲲鹏,衣袂飘飞,笑声交织,说不出的恣意潇洒。

"师尊,这把剑真称手!"

"那可不,你本为鲛鱼所化,该跃龙门飞升,用这把龙骨所铸的剑,自然最妙不过。"

"蛟龙并非天界之物,这龙骨不知师尊从何处得来?"

"那就说来话长了。"

"徒儿洗耳恭听。"

"其实也没什么,就是为师为筹备今日的试炼大会,下凡遴选飞升的凡修，正好遇见一条恶蛟在人间为非作歹，盘踞在一座龙王庙里假充龙王，顺手便宰了。"

"师尊……好生勇猛，徒儿佩服！"

"少说漂亮话，佩服就认真学着。不过，可得记住了，为师带你来这儿的事，千万别告诉你的那些师兄师弟，否则又有人要说为师偏心了，这帮小东西，真不让人省心。"

重渊挥了挥剑，挑眉道："师尊难道不是偏心？"

他笑而不答，伸手弹了一下重渊的额头："用得称手，便取个名字吧。龙骨有灵，命了名，它以后便会认你为主。另外，它虽然是铸造兵器的绝顶材料，却也残留着恶蛟身上的煞气，需要你悉心驯化，与它慢慢磨合。"

"徒儿明白。不过这把剑是师尊所赐，还请师尊赐名。"

少年一脸虔诚地又要跪下，他忙伸手将重渊扶住。

"你的名字也是为师所赐，这把剑便取你的一字，为师希望你上进，持之以恒，便取名为渊恒吧。"

少年抬起头来，目光坚定："重渊定不负师尊所望。"

"好，此次试炼大会，为师拭目以待。到了，下去吧。"

重渊负剑跃下，矫健地踩过几只飞鸟，稳稳地落在下方不远处的试炼场上，英姿飒爽地回身冲他一笑。

"北溟，你一个人在禁室里做什么？"

一个声音从后面传来，楚曦如梦初醒，忙将手里的渊恒化作一枚簪子，随手插到了发间，反应过来后，才发觉不对，这是他亲手封住的禁室，怎么搞得跟做贼一样？

他有什么好藏的？

玄武拾起脚边的符箓："咦，这不是你写的吗？这儿莫非封的就是……重渊的那把魔剑？"

"嘘，别惊动了这儿的守卫。"楚曦匆忙出去，关上了门，又将符箓重新贴了回去，推着玄武往外面走。

"喂，你不会把他的剑偷偷带出来了吧？这可是天府司的禁物，哇！真没想到堂堂北溟神君也会干这种事！"

楚曦不耐烦地道："闭嘴，我亲自封的东西，我说了算。"

"师尊,玄武神君,"此时,灵湫从符石库里走了出来,昆鹏跟在他的身后,手里拿满了各种东西,一脸不满的表情,"你们俩去哪儿了?害得我们一阵好找,这里大得跟迷宫一样,一不小心就会迷路。"

"没什么,去法器库里逛了逛,看看有什么要拿的。"

楚曦生怕他们俩发现了什么,又要跟自己闹,脚下生风,一溜烟地跑出了天府司大门。待昆鹏载着他们飞出好远,他才摸了摸头上的那根簪子。若是沧渊想起了前世之事,看到这把剑,应该也会想起自己这位师尊曾经待他的好吧。

这样,劝他改邪归正,胜算兴许会大那么几分。

三天后。

南赡部洲,盛国一座酒楼之中。

酒楼临海,楚曦坐在窗边,外面人山人海,挤满了看热闹的人,这些人俱是锦衣华服,不是寻常百姓,个个都是一副又兴奋又害怕的样子,伸长了脖子。

他们在看的不是什么歌舞把戏,而是码头上的情景。

残阳如血,一群衣衫褴褛的奴隶被锁链捆绑着,一个连着一个,正往停靠在码头边的一艘船走去,身后两三个膀阔腰圆的船夫将手中的长鞭挥舞得啪啪作响,时不时地扫过前方奴隶们的身体,留下一道道渗血的鞭痕。

"哎,听说,一入夜,那恶鲛王就会现身,可是真的?"

"自然是真的!"

"你们倒也不怕死,都在这儿看戏?听说那恶鲛王吞了十几座岛了,东胜那边临海的半个洲都快没了,现在轮到了咱们这一带,不知道这个献祭的法子能撑多久。"

"喂喂,我听从东边逃过来的难民说,上次他们那儿就是人饵没送够,惹恼了恶鲛王,一怒之下就把整个国家都淹了,上上下下数万人,连皇亲国戚也未能幸免!"

"不怕,咱们这儿的难民多着呢,恶鲛爱吃多少吃多少!"

此情此景直如记忆重现,听着周围的议论,虽然是抱着要将沧渊拉回正道的心思,楚曦仍难免觉得怒火中烧。

灵湫冷冷地嘲笑道："早就告诉过你了，他这一世跟前世一样，都是个荼毒苍生的祸害，你还想让他改邪归正？"

昆鹏一脸愤懑地点头应和。

楚曦置若罔闻，站起身来："走，我们下去。"

玄武道："做什么？不是要在这儿等着他现身？"

"等着他现身？你也知道他如今入魔了，不好对付，我们难道要在这儿等他现身，然后就在这么多人面前抓捕他？"

玄武沉默下来："你想怎么办？"

楚曦盯着楼下两个正在四下搜寻难民的官兵，掐了个决，便从一位颜如美玉的公子变成了一个面黄肌瘦的老男人，身上的衣服也变得破烂不堪。

"自然是混进去。"

见楚曦往楼下走去，其余的人虽然无语，也只好效仿。

他们挤在一起走下楼梯，立刻便引起了官兵的注意。

"哎哎哎，这里怎么会有难民？"

"快抓起来，正好人饵的数量还不够！"

"官爷饶命！不要抓我，不要抓我！啊啊啊……"

楚曦装模作样地往外冲了几步，被一个官兵按在地上，五花大绑。不似他表演得那么卖力，跟在后面的几个人都自行卧倒在地，很快便被锁链拴成一串，押向了码头。

"你们给老子走快点儿！"

随着一声鞭子响，剧痛火辣辣地在背上炸开，抽得楚曦一个趔趄，一头栽到了船上，跟在后面的昆鹏急忙去扶，双手却动弹不得。他们在伪装状态下不便使用神力，这根极粗的锁链也结结实实地缚在了他们的身上。

"公子！你没事吧？"

楚曦摇摇头，压低声音："没事，这点儿疼我还忍得了。"

"时辰到，请鲛王——"

只听周围响起一阵震耳欲聋的擂鼓之声，身上的锁链被松开，一桶浓腥的血液泼到了他们身上，随之漫天的钱币洒了下来，砸了他们满头满脸。楚曦抬眼望去，只见码头上那些看热闹的贵族子弟兴高采烈地挥舞着自己的钱袋，心中不禁感到一阵恶寒。

哀泣悲鸣此起彼伏，楚曦身在其中，自然极不好受，一眼瞥见身旁竟然还有几个八九岁大的孩子，蜷缩着身体，满脸泪水，眼神一凛，便顾不得伪装了，朝岸边吹了口气，当下掀起一道滔天巨浪，砸得岸边看热闹的人抱头鼠窜。

孩子到底是孩子，见此情景，都当场呆住，忘记了哭泣。楚曦伸手摸了摸身旁的一个小姑娘的头，小声道："别怕，若那恶鲛敢吃你们，我定会阻止。"

小姑娘睁大了眼睛："老伯，你打得过恶鲛吗？"

楚曦笑道："打得过！"

这话大人们自然是不信的，几个孩子却全凑了过来，挤在他的身边，将他当成了保护神。楚曦望了一眼海面，见尚还风平浪静，便想将几个孩子送上岸去。

正欲施法，船身却一阵晃荡，本来平静的海面突然波涛汹涌，一个漩涡以船身为中心向四面扩散了开。天空突然暗了下来，夕阳的最后一缕余晖也消失了，浓雾弥漫。

"鲛人！鲛人来了！"

不知道是谁尖叫了一声，船上的人立刻互相挤在一起，一个一个的黑影犹如幽灵般自雾气中突然现身，朝船聚拢过来，船上忽明忽灭的灯火照出了数十张苍白脸孔，生得极美，幽亮的眼睛里却都充斥着嗜血的渴望。

楚曦环顾了一圈，却发现其中并没有沧渊。

疑惑之时，数十双白森森的蹼爪已经攀住了船沿。

船身猛地往下一沉。

一个人惨叫起来，发起疯来，将身旁的一个孩子撞了下去，又不知怎么挣脱了锁链，跳下了水，拼命地朝岸边游去。楚曦眼疾手快地抓住了那个落水的孩子的手，见一个鲛人伸爪要抓，便猛地一掌拍过去，将孩子扯进了怀里。

那个鲛人吃痛，缩回了手，盯着他，一双浅蓝色的眸子目露凶光，似乎要扑上来袭击。楚曦搂紧怀中的幼童，正欲略施小计对付那个鲛人，却见旁边的鲛人拉了那个鲛人一把，嘀咕了一句什么。那个鲛人便掉头冲向了之前那个落水的男子，几下便将他撕成碎片，大口吃起来，双眼却还死死地盯着楚曦。

这般野蛮的模样，却像极了沧渊幼时。

楚曦蹙了蹙眉，心想，不知道过了三百多年，沧渊如今成了什么样？至少，不会嗷来嗷去地冲他撒娇了吧？

就在这时，他忽然注意到船上有个与众不同的人。

那个人虽然披头散发，却能看出他肤色白皙，双眸漆黑有神，生着一副俊秀出众的容貌，身上的衣衫虽然血迹斑斑，却能看出原本是件质地上乘的衣服，纵然这般狼狈，仍然显出一股不凡的气度来，与船上的难民格格不入。

楚曦闭上眼睛，用灵识稍一探查，便发觉此人身上有灵力流转，可又并非仙脉，那便是修道之人了。

修道之人混在难民中做什么？

来斩妖除魔吗？

正思索着，船身已经旋转起来，数十名鲛人抓着船沿，把他们往漩涡的中心推去。只听一声轰鸣，一个深幽幽的黑洞从漩涡中心凭空冒出来，宛如一张大嘴。

玄武低低地道："是魔界入口！"

惊叫声转瞬间便被吞没，四周突然陷入一片黑暗。

……

楚曦恢复知觉的时候，感到自己还泡在水里。

"滴答……滴答……"

有冰冷的水滴淌到脸上，他眨了眨眼睛，从眩晕中清醒过来，发现自己和上百人躺在一个大水坑之中。一些人还在昏睡，一些人已经醒来了，惊恐万状地向四周张望着。

"师尊。"

旁边传来灵湫的声音，楚曦转头看看，发现几个人都在。

他们所处的水坑是在一座露天的石殿之中，抬头能看见一轮弯月悬挂在天空中，不过是幽蓝色的，宛若一只险恶的鬼眼。石殿周围还坐落着更大更巍峨的建筑物，其中最高的一座，穹顶上生长着一棵巨大而奇特的赤红色的"树",那棵树的树叶由千万只眼睛形成,不停地眨动。

这里是魔界。

时隔千年,他再一次踏入了这里。

石殿周围驻守着数十来个"人",自然,这些人看起来像人,却都非人,而是化形了的鲛人,都穿着黑色鳞甲,皮肤在月光下泛着一层冷光,身姿挺拔,容颜俊美。

玄武低声道:"看来,重渊不是一个人入了魔,还带着他的族人也一起入魔,可谓'一人得道,鸡犬升天'啊。"

楚曦踹了玄武他一脚:"你少说两句。"

此时,他怀里的令牌突然震动了一下。

一道冷硬的声音传了出来:"北溟,你们到哪儿了?"

楚曦心里咯噔一下,与玄武对视了一眼,面面相觑——这个令牌原来不只是个令牌,还起着监视的作用。

纵然心下有些无奈,他仍然低声答道:"到魔界了。"

那头的白昇不知道是嘲弄还是赞许,轻轻笑了一下:"动作倒挺快,本尊还以为你们要找上十天半个月。"

"北溟神君出手,还有事情办不到?陛下你就放心吧!"

听见那头传来东泽和执明二人的笑声,灵湫的脸色有点难看,冷冷地盯着那块令牌,只想把它摔成碎片。

楚曦一言不发,等他们笑完才道:"陛下,可有要事?"

"除了本尊之前交代你们的两件事以外,还有一件。执明,东泽,你们俩先退下。"

"陛下有什么事要瞒着我们俩?"

"出去!"

"陛下?"

"要我说几遍,出去!"

楚曦耐心地等待着,这时却看见一个人朝石殿中走来,忙低声道:"有人来了,陛下,请您快点说。"

那头白昇沉默了一下,才道:"本尊要你,帮我杀一个魔。"白昇的声音有点不易觉察的颤抖,但楚曦却听得分明,心中一沉,"你无论如何也要把他给本尊杀了。"

楚曦尽力保持着平静："是。"

这平静的一个字却好似激怒了白昇："你说到就要做到。你若杀不了他，就以死谢罪！"

楚曦不自觉地抓紧了令牌，一时间仿佛又听见白昇年少时的哭闹，背上冒出一层冷汗，听见逼近的脚步声才如梦初醒，抬起头，却又是一惊，睁大了眼睛。

眼前顾长的人影摘下脸上的罗刹面具，停在他们面前。

那个人生着一张非常俊美的脸，只是从眉心至左侧颧骨一道长而深的疤痕破坏了他原本的长相，一只眼睛已经因此看不见了，呈现出与另一只荧绿色的眼睛截然不同的灰蓝色，看上去像是一对异色瞳仁，显得神色十分邪异。

瀛川——三百年前老是追袭他的面具男，怪不得。

楚曦捂住怀中的令牌，只希望白昇此时不会再听见任何声音。

白昇若听到了，怎么会听不出来呢？

那应该是在白昇的噩梦里徘徊过千百遍的声音。

瀛川绕着水坑走了一圈，在另一侧停下来，不知道对谁道："人数好像已经够多了，去请魔尊来过目一下吧。"

楚曦的心头一跳，这位魔尊会不会……

话音刚落，外面便传来了一阵骚动。

几名鲛人走了进来，身上穿着银白色的鳞甲，披着披风，手中提着灯，似乎地位比看守石殿的那些鲛人要高上一些。

瀛川转过身去，却并未像其他人一样半跪下来，只是微微颔首，似乎与他口中的魔尊地位不相上下。

楚曦朝黑暗中看过去的时候，那个身影已经走了进来。

那个人身材高挑挺拔，披着一袭纯黑色的长袍，脸孔几乎全部被宽大的帽檐遮住了，只露出一个形状优美的下颌，再往下，就能看见斗篷下摆处一双修长的腿脚。

他似乎刚从水里出来，双足赤裸而潮湿，白得泛蓝，足背上零零星星的血色斑点便显得格外艳冶，随着他缓慢的步伐透出一种危险的意味，像是毒蛇身上鲜艳的纹路。

那是……沧渊。

楚曦的目光凝固在那双脚上，他屏住了呼吸，但眼前的人显然并没有识破他的伪装，更没有注意到他的存在。

沧渊将帽檐掀开了一些，露出一张比他印象里要成熟很多的脸，剑眉入鬓，狭眸深邃，紫中泛蓝的瞳仁冷光幽幽，宛若两座千年寒潭，不似年幼时那样雌雄莫辨，而有了十八九岁介乎少年与男人之间的锋锐棱角。

沧渊眯起眼睛，打量着下方这些被五花大绑的祭品，微挑的唇角噙着些许杀戮成性的猎食者看待猎物的玩味，是个令人捉摸不透，又令人感到不寒而栗的表情。但不可否认的是，他们分别的这些年，沧渊的容貌比年少时更胜一筹了，有种致命的侵略性，光是看上一眼，就让人头晕目眩——

不只是楚曦，那些手无缚鸡之力的"祭品"都睁大了眼睛，近乎痴傻地望着这个即将把他们当作盘中餐的魔物。

第三十八章 诱入陷阱

"女子还不够。"

刚一听见沧渊开口,楚曦便觉得有点不适应起来。沧渊的声音褪去了少年的青涩,变得又低又沉,魅惑得犹若浓醇美酒。

楚曦左右看了看,见除了灵湫等几人的眼神尚算清明,其余的祭品都像喝醉了一样,心知沧渊说话与吟唱时一样,带着魔音的摄魂之力,便也配合地装出了一脸恍惚的神情。

"再过几日就要举行祭典了,再去抓,恐怕来不及吧?"

此时,楚曦听见瀛川又开了口。

祭典,什么祭典?

楚曦想了想,忽然想到了一种可能,心中一沉。

上一世的重渊是如何从魔界杀到天界的?

不正是通过在月蚀之日,天地间阴气最盛之时,祭祀了"万魔之源",硬生生地冲开了一个直通天界的入口?

难道他要再来一次?

又听沧渊笑道:"那就要劳烦大祭司多费心了。本座累了,先去歇息一下,你务必在祭典之前办好。"

瀛川道:"是。"

楚曦的眉头直皱,竟然抓了这么多人用来祭祀万魔之源,看来"恶鲛王"的绰号一点不假。只是好在这些祭品都还活着,若是能破坏祭典,救出祭品,令他悬崖勒马,便不至于让他再次犯下会招致天刑的大错,尚有回旋的余地。

"先将这些祭品送到祭坛那边去。"

此时,沧渊一声令下,一群鲛人卫士围了过来,将他们从水坑中拖起来,押着他们朝石殿外走去。楚曦给身旁的几个人打了个眼色,示意他们别轻举妄动,静观其变。

他们被押往的,正是那座穹顶上生着一棵"树"的大殿。这座大殿的样式奇特,墙壁漆黑,好像由黑色的海岩铸造,镶嵌满了贝壳,地面由雪白的砗磲铺就,整座大殿泛着华美而阴森的冷光。殿前有一个巨大的池子,池中盛着漆黑的不明液体,与蓬莱岛的裂隙中涌出来的一样,池中数根粗长的藤蔓联结着大殿穹顶上的那棵树。

祭坛周围守卫森严,不只由鲛人把守着,还有其他种族的妖魔在四周巡逻,一眼看去,如同百魅夜行之景。

其中一个魔尤为显眼,一袭深紫色的长袍,艳冶的脸面带笑容,正与一个银发的魔在窃窃私语,不是楚玉又是谁?

既然已经恢复了记忆,现下一见,他又怎么不知楚玉就是餍魅的化身?楚曦强压着心中翻涌起来的杀意,运用灵识稍加探寻,便暗暗心惊。虽然不及以前那般厉害,餍魅周身的魔场十分强大,力量约莫已经恢复了六七成,想要重现以前那场浩劫,也并非不可能之事。

楚曦估摸不出餍魅和沧渊如今谁更强,但显然餍魅待在沧渊身边绝不是安了什么想要成为沧渊左膀右臂的好心。

势均力敌,互相制约,倒是更有可能。

魔界的势力划分,比人间的国与国之间的争斗更为复杂,就算是魔尊,也未必就是一统整个魔界的王者,也许他统辖的只是一个部族,一部分地域,就像重渊曾经统治的,就是魔界的中心地带——遗墟,不知这一世是否如此。

灵湫挨近楚曦身边,密语道:"师尊,我觉得,我们还是趁早通知天禁司的好,这个情形有点棘手。"

玄武应和道:"凭我们几个,一起对付餍魅也不是一定斗不过,但这里毕竟是魔界,是魔族的地盘。"

楚曦道:"少安毋躁。"

楚曦看了一眼沧渊,见他径直往餍魅那边走去,餍魅微微一笑,那生着一头银发的魔也转过脸来,露出一对绿莹莹的眸子,猩红的嘴唇上扬着,也在笑，笑得却很虚假。

"陛下可算来了，西山狼王已经在此恭候您多时了。"

沧渊微微颔首，脸色有些冷淡，似乎不大想理睬，还是旁边的瀛川先开口道："狼王，久等了，请入内。"

说完，几个人便一起朝殿内走去，他们则被推到了祭坛边上。楚曦的目光正追着沧渊，人被推得踉跄着跪下，险些栽进祭坛，被昆鹏眼疾手快地一把抓住，脸从水面擦了过去。

顿时，一条细长的黑影从水中钻了出来。

"啊啊啊……"

沧渊脚步一顿，侧过头去。

楚曦一把抱住了身旁的鲛人卫士，发出了一声惊天动地的惨叫，将鲛人卫士吓了一大跳，旋即将他粗暴地打倒在地，手里的长矛抵住了他的咽喉。他盯着那条神似水蜈蚣的东西退回了水中，惊魂未定地打了个哆嗦。

然后，楚曦下意识地朝殿门的方向望去。

见沧渊已经不在门口，他才松了口气。

应该……没有听见吧？

假使听见了，他这副样子，应该也不至于穿帮吧？

"跪好！否则现在就把你扔下去！"

楚曦揉了揉脸，往后缩了一点，老老实实地跪好了。

灵湫面无表情地道："师尊，原来你怕虫子？"

楚曦心道，这下可好，连灵湫也有取笑他的把柄了。

不知道那个狼王来访是为了什么，应该与这个祭典有关。

玄武道："喂，我好像探查到附近有仙气，应当是补天石所在之处，我先去看一眼。"

"嗯，你小心些，别打草惊蛇。"

玄武左右看看，迅速掐了个隐身诀，消失得无影无踪。

楚曦转头看向身侧："灵湫，昆鹏，我们到那座石殿里去，听听他们几个在说什么。"

灵湫看了一眼殿门："门口有结界，不好进去。"

楚曦定睛细看，果然看见殿门前有一层极细的光网，一枚符石镶嵌在殿门上方，门口站着两个高大的鲛人卫士。

"你们把守卫引开，我去破坏结界，别暴露身份。"

说完，楚曦便在锁链上一点，锁链寸寸断裂，他带头站了起来，绝望的难民们被他这么一吓，立刻惊慌失措地四下逃窜，楚曦趁乱隐身，来到那座殿门之前。

这个结界比楚曦想象得要强大许多，楚曦抬头看了一眼，正要想办法破坏那枚符石，便见一个身影走了出来，是个侍从打扮的鲛人，他出来的一瞬间，结界便消失了。

楚曦不明所以，见那个侍从朝外面走去，心头一动，立刻转身进了石殿，寻了个偏僻的角落，摇身一变，就变成了那个侍者的模样，然后用密语传了个讯给灵湫等二人。

听见二人已经将那个侍者困住，他便朝殿中走去。

殿中的魔气极为浓郁，让他感觉很不适，幸而在神棺里待了三百年，他的元神已经修复了许多，不至于无法支撑。他混在一队侍从里，兜兜转转了快半个时辰，才找到沧渊所在的殿庭。沧渊坐在殿中的宝座之上，下方黑压压地站着百十来位魔族，一副皇帝召见大臣的阵仗，可他连半个字也偷听不到，因为这座殿门前还有一道结界！

还没研究出怎么破坏这道结界，里面便已经散了。

眼见沧渊被簇拥着从殿中走了出来，他忙低头退到了一边，与其他侍从一并跪了下来，沧渊衣袍的下摆掠过眼前时，他不免感到有点不是滋味，毕竟跪自己的弟子，他还真是第一次。此念一出，沧渊竟然在他的面前停了下来。

楚曦一愣，便觉得下巴被捏住了，尖锐冰冷的指甲轻轻刮过了他的脸颊，他的心里咯噔一下，身子僵住了。

若是在这儿被看穿真的不太妙啊——

"溯情，你晚些过来。"

楚曦点了点头，再次松了口气，正要跟上去，被旁边一个侍从拽了一把："陛下叫你晚些过去，你准备准备。"

啊？准备什么？

楚曦还没反应过来，便被一帮侍从七拐八绕地拖到了一个房间里，上上下下拾掇了一番，身上的衣服也被扒了下来，披上了一件鲛绡织成的轻薄纱衣，头发也梳得顺滑无比，手里被塞了把笙。

临行前他往镜子中一瞧，才发现他假扮的这个鲛人虽然是个男子，却生得清丽绝伦，一副……一副舞者模样。

他不禁打了个哆嗦，他会跳哪门子的舞。

沧渊如今也有三百多岁了，又是魔尊，享受一下也正常，看来过得还不错……

楚曦满脑子胡思乱想，正想着要不要换个伪装进去，就被带到了一扇门前，门前侍立着一对美貌而年轻的鲛人少女，都扭着头，朝正往外冒着水雾的门内窥视。

楚曦的眼皮狂跳，后退了一步："我，我……"

两个鲛人少女回过头来，露出了一脸惊讶之色。

其中一个问道："溯情，你怎么来了？"

另一个瞪了她一眼："别乱问，当然是陛下让他来的。"

楚曦左右看了看，除了这两个鲛女，旁边再没有别人了，想要接近沧渊，跟他私下说说话，似乎这就是最好的机会。

他总不能扮成女人吧？

罢了，总归是正事要紧。

楚曦咬咬牙，硬着头皮走了进去。

里面雾气缭绕，走下一段阶梯，便到了齐胸深的水里，这里自然没有床，中心是个巨大的深潭，一个修长影子在其中沉沉浮浮，长长的鱼尾放松地舒展开来，鳞片黑中泛蓝，尾端渐变成暗红色，宛如沁透了鲜血，整条鱼尾竟然长达丈余，不像鲛人，活像条千年蛇妖了。

此刻，他正仰头靠在潭边的一块岩石上闭目养神。楚曦也化出鱼尾，缓缓游近，游到潭边时，目光不禁一凝。

沧渊结实的胸膛上，赫然有一处三角形的伤疤，离心口的位置不过半寸之遥，一眼看到只让他觉得触目惊心。

——因为，那是一道箭伤。

楚曦感觉如坠冰窖，一时全身都僵硬了。

分离时的那一箭，没有射中魑魅，反而射中了沧渊！

这个念头在脑子里轰然炸响，令他几乎崩溃，沧渊当时应该是什么心情？沧渊拼命地想要追上来，却被他又像前世一样，一箭穿心坠进了魔界！沧渊如今该有多恨他？

原本……原本明明已经开始信任他了的。

沧渊那么小心翼翼，那么患得患失。

结果，又被他一脚踹进了深渊里。

楚曦感到浑身发冷，本来就不大坚固的那么一点信心像遭了一记重锤，被砸得摇摇欲坠，突然不敢现身相认了。

他不知道沧渊看见他会有什么反应，也想象不到，但沧渊绝对不会愿意耐心听他解释，再乖乖地跟着他回天界领罚。

他这一箭，把沧渊仅存的信任全部摧毁了。

"你做什么？"

楚曦猛然回神，忙将悬在沧渊胸前的手缩回来，腕部却被一只蹼爪突然扣牢。一滴水从近处俊美无俦的脸上滑落。沧渊的眼皮半抬，眸底映着粼粼冷光，沉静无波。

楚曦盯着沧渊胸口的那个疤，还有点恍惚，动了动嘴唇，都不知道下一步该怎么办了。在他的有生之年里，还未如此不知所措过，只是这片刻的迟疑，后颈被一把按住，水花四溅中，他撞在了一块岩石上。

"本座的这个伤疤好看吗？"

楚曦打了个激灵，恨不得遁地而逃。

"还愣着干什么？起舞吧。"

楚曦的心中叫苦不迭。

"还是说，连你也在心里嘲笑本座？"

话音未落，沧渊再次逼近，一把抓向他的脖子。

再顾不得什么，楚曦伸手一拍，把潭边的岩石拍得粉碎，身后当下空出一块，他一矮身钻了出去。

没等沧渊追过来，楚曦就冲出门去，施了个隐身术隐藏起来，深吸了几口气。

现在的沧渊也太多疑了！他该怎么办？

怎么样……才能让沧渊再相信他？

他这一逃，沧渊会不会察觉到什么？

楚曦的脑子里一片混乱，强迫自己冷静一点，这时听见一个声音从脑中传来："师尊，你在哪儿？"

"我在刚才的大殿里面，你们呢？"

"我们进不去，这个结界太强大了，你在里面很危险。"

"我这就出来。"

楚曦站起身，忽然觉得手臂一阵抽搐，是一种似曾相识的可怕的感觉。他抬起手臂，垂眸看去，脸色一白——

一根细细的傀儡线正在皮肤下面缓缓游动着。

三百年了，怎么这个东西还在他身上？

第三十九章 瓮中捉鳖

靥魁已经发现他了吗？

楚曦集中精神，极力遏制住傀儡线，可这座石殿中的魔气太强，傀儡线的躁动异常厉害，使他体内流转的神力变得紊乱起来，隐身咒再也无法维持下去，一下子现出了本形。

楚曦摸了一把腰间装了许多法宝的乾坤袋，却发现乾坤袋竟然已空不翼而飞——难道是方才落在了沧渊那边？

这下遭了。

楚曦警惕地左右看了看，没发现靥魁的踪迹，也没见有人追来，却也心知再独自在这座魔殿待下去，处境只会愈发不妙。他虽然今非昔比，不再是凡人之躯，但傀儡线已经种在身上，与靥魁正面交锋，要打败他实在没有把握。

至于沧渊，如今恐怕也不会站在他这边。

不，不是恐怕，是一定。

不管如何，先出去搞定傀儡线再说。

打定主意，他从角落里走了出来，谁料正巧两个鲛人侍从从旁边经过，与他面对面地撞了个正着，两个鲛人侍从一起大叫了一声。

楚曦一掌将两个人劈晕，拔腿狂奔，在这座迷宫般的石殿内一通七拐八绕，沿途不知道击晕了多少人，也没找着出口。很快他就发现，这座石殿与他进来的时候已经不太一样了，而且每隔一小段路就有一个结界，他一连破坏了五六个结界，累得晕头转向，才找到殿门。

然而石殿内此刻已经一片混乱，响起无数铜铃碰撞之声，此时要破坏结界已经来不及了。楚曦祭出灵犀，朝殿门飞身冲去，剑尖刚刚接触到结界，整个人就被向后面弹开，他的足尖点地，急忙后退几步，脊背突然撞上了一个……

潮湿而结实的胸膛。

"师尊。"

楚曦的脑子里嗡了一下，整个人当场石化。

或许是因为愧疚，或许是因为尴尬，他一时竟然不知道该如何面对沧渊，头也没敢回，又是一剑朝结界劈去，手才刚刚扬起，灵犀便脱手飞出去，身体竟然不听使唤地转了过去，双手一伸，扑倒在沧渊的脚下。

"……"

楚曦感到震惊极了。

餍魅这是又在玩什么把戏？

沧渊眯着眼睛俯视着他——的确是在俯视。

这个叫法，难道沧渊也恢复记忆了？

楚曦感觉方寸大乱，挣扎了几下，双臂纹丝不动。沧渊似乎十分惊讶地挑起了眉，目不转睛地盯着他："师尊上门，怎么也不提前知会徒儿一声？三百年不见，一来就对徒儿行此大礼？让徒儿实在受宠若惊。"

犹如被一阵寒风刮过，楚曦直冒冷汗："是傀，傀儡线！"

"哦？又是傀儡线？我还以为师尊是想我了呢。"

这个语气！

楚曦猜不透沧渊此刻怎么想的，却也听得出沧渊的语气不善，而且不太意外的样子，他的心头一跳，难道刚才沧渊就……

这么一想，楚曦顿时感到五雷轰顶。

不可能，沧渊肯定是刚刚发现他！

一定是修炼了几百年，所以处变不惊了！

楚曦的脑子里一片混乱，后颈冷不丁地被一只蹼爪牢牢按住，他猝不及防，头撞在地上，心里一惊，颤抖着声音道："沧渊，这一箭，不是我……"

沧渊盯着楚曦，没有说话。

不对！

"师父是说，那一箭不是我想放的！"

沧渊盯着楚曦，还是没有说话。

不对，不对！

"那一箭，师父不是想杀你，是想杀餍魁！"

沧渊盯着楚曦，眼底深不可测。

"沧渊，你相信师父好不好？"

楚曦心急如焚，近乎是在恳求，可纵然他自己也觉得，这些话面对三百年的岁月，面对两世同样的穿心一箭，实在是过于苍白无力了，若换作是他自己，也不会相信。

"沧渊，我没想伤害你，更没想抛下你，这三百年，我都昏迷不醒，有心无力，一醒来，就赶着来救你了。"

"来救我？难道不是因为我在人间为非作歹，触怒了天庭，才惊动了北溟上神来斩妖除魔，清理门户？你费尽心思潜入我的魔殿，难道不是想破坏这个祭典？"

楚曦恨不得掏心挖肺："你……怎样才肯相信师父？"

沧渊盯着楚曦看了半晌，似笑非笑地勾了一下唇角，低低地道："不如，师尊留下来，慢慢跟我解释。"

说完，沧渊便一矮身，竟然将他整个人拎起来，像个包裹一样夹在肋下。

四周围观的鲛人卫士瞠目结舌地看着这一幕。

"沧渊，你！"楚曦一时语塞，他的双臂受傀儡线的控制，无法动弹，"你、你、你放我下来！咱们好好说话。"

沧渊的声音轻轻响起："我怕我一放手，师尊又给我一箭。"

楚曦从耳根一直僵硬到了脚趾尖，一时灵魂出窍。

"陛下。"

此时身旁传来一个声音，楚曦一脸木然地转头望去，一个人从殿门外走了进来，不是那个"溯情"又是谁？

"如何了？"

"我把他们都困在了结界里，等候您的处置。"

"很好，去领赏吧。"

听完这一问一答，楚曦当场就觉得要神魂俱灭，他意识到一件极其可怕的事，沧渊可能……早就识破……

一些曾经被他忽略的蛛丝马迹此刻全部涌上脑海，风卷残云一般将所有思绪冲刷得干干净净，剩下一片空白。

"北溟！你在哪儿？"

突然，一个声音在脑海中响了起来，将他猛然惊醒。

"你快过来，这儿很不对劲！北溟，我需要你帮忙！"

那是玄武的喊声。

楚曦呼吸一紧，知道一定十分要紧，眼角的余光里有什么一闪，沧渊拿着那块令牌晃了一晃："这个东西似乎很重要。师尊中了傀儡咒不方便，我就先替师尊保管了。"

"……"

"沧渊，那个……"

这时，令牌震动了一下，发出一道刺眼的神光，将四周浓重的魔气驱散开来。沧渊闷哼一声，踉跄了几步，楚曦顿时觉得体内的傀儡线一松，立刻挣脱开沧渊的钳制，抓住令牌朝门外冲去，只听背后一声嘶吼："师尊！你敢走！"

楚曦牙关一紧，冲过殿门的结界，迅速隐身，御剑升空。

"玄武、灵湫、昆鹏，你们在哪儿？"

灵湫和昆鹏没应声。

玄武道："……你是太久没当神，连怎么认路都忘了吗？"

楚曦大窘，默念了个口诀，灵犀便带着他朝西面飞去，远远望见有一处亮光闪烁，飞到近处便发现果然是玄武，他的下半身被数条漆黑的藤蔓缠住，正往一个深洞里拖去。那个深洞内竟然有无数惨白、曼妙的女人身体，扭动着腰肢往外钻，那些缠住玄武的蔓藤哪里是蔓藤，分明是它们的头发！

痴嗔魅！

楚曦凌空一翻，拿起灵犀化成弓，连发数箭。痴嗔魅惨叫起来，一些痴嗔魅化作了一股黑烟，另一些痴嗔魅缩回了洞内。

楚曦落在地上，见玄武还躺在地上，捂着腹部，奇怪地问道："几个痴嗔魅你也对付不了？好歹你也是个战神吧？"

"少废话，先封住那个洞！"

楚曦回身看到又有一个痴嗔魅往外爬，一剑削掉了它的脑袋，在洞外划了个阵法,掐了个决,便令洞口自动闭合起来,然后走到玄武身边察看他的伤势。见他的腹部有几圈勒痕发黑,心下一沉,一般这种小魔根本伤不到玄武这样的上神,怎么回事?难道是快到月蚀日,这些小魔的威力大增?

玄武推开楚曦,显然感觉很没面子:"补天石就在下面。"

楚曦一愣:"这种小魔不应该十分惧怕补天石的吗?"

"这些痴嗔魅在通过补天石修炼,对神力的抵抗力大大增强,所以才能伤害到我。我方才探察发现,它们把补天石埋在了魔气极强的魔眼之中,所以才能如此。我之前一直不太明白老天尊为何担心补天石被魔族夺走,原来如此,若是高阶的魔族也以此法修炼……"

楚曦的心里咯噔一下,等等,靥魃为何如此强悍?因为他被云陌封在补天石里时,吸收了补天石的神力!

"你也想到了靥魃是不是?"玄武停顿了一下,"以后,靥魃恐怕不止一个,因为魔界里的补天石远远不止三枚,几乎是隔几里就有一枚,约莫有二十多枚。"

"怎么会这样多?"

楚曦蹙眉,摇了摇头:"当年我回天界时,明明只有七枚缺损!这么多年也没有发生和当年一样的浩劫,上穹未受到攻击,怎么会有这么多补天石遗落在魔界?"

说完,他的心中突然感到一寒,想到了什么。

玄武的脸色铁青,用传音密术道:"只有一个解释。"

"天庭中,有人故意为之,偷偷把补天石送到魔界。"

玄武指了指四周:"凡是有补天石的方位,我都做了标记,北溟,你看看,能看出什么?"

楚曦举目四望,一片漆黑的魔界大地上隐隐约约地有数个亮点,有的地方分布均匀,有的地方分布松散,看起来很有规律。

一圈看下来,他心里寒意森森。

二十八星宿。

这些补天石对应的是天界的二十八星宿。

楚曦沉声道:"我看,是有人想要改变现在整个天庭的秩序。能拿到放在天府司严密看管的补天石，不会是寻常的小仙。玄武，你说，可能会是谁？"

"自然是不甘为臣者。"

楚曦道："不管是谁，小天尊恐怕都已经置身在危险中了，那个魔族祭典咱们绝不是赶巧碰上的，把咱们全部支下来，到底是谁的主意？"

"……小天尊啊。"

楚曦摇头："不会真的是他的主意，那孩子我了解，他的脾气大，思想却单纯，不是执明，就是东泽，或者其他我不知道的人。不能通过令牌说。令牌传讯，太不保险。"

"要不我们这就先回去？"

"不，你回去。灵湫和昆鹏被困住了，还有沧渊……"

楚曦一想到方才的事就觉头皮发麻："你上去后再叫几个可以信任的人下来，别节外生枝，知道的人越少越好。"

"明白，"玄武盯着他的背后，"乌鸦嘴，说曹操曹操就到！"

话音未落，楚曦背后风声乍起，一群黑压压的影子从天而降，数百个鲛人侍卫将他们团团围住。沧渊抱着手臂站在外圈，歪着头，一脸阴沉地盯着楚曦。瀛川和溯情站在他的身后，一个人持鞭，一个人持矛，亦是蓄势待发。

玄武哂道："哇，这好大的阵势，不愧是魔尊。"

"沧渊，你放他出去，我跟你走。"

沧渊冷冷地一笑："放走他，通知天界？你当我傻？"

楚曦的眼神一凛："那你休怪我不客气。"

"也不是第一次了，师尊。"

"看来一场恶战是没法避免了，"玄武叹了口气，伸手从背后一摸，摸出一把巨型弯刀，"虽然本神还未休息够，不过，北溟，我还是挺怀念与你并肩作战的时候。"

"闭嘴！"楚曦低喝一声，果然瞥见沧渊的脸色又黑了几分，眼里杀意汹涌，心道不妙，一把抓住玄武御剑升空，将他一下子推出老远，回身便朝另一个方向逃去。

刚一回头，便见瀛川领着那些鲛人侍卫朝玄武追去，沧渊则跟在他的后面穷追不舍。他心里叫苦不迭，只觉得自己像在钓鱼，钓的是一只饿了不知道几百年的恶鲛王，为人师者弄到这种地步，已经不是"背运"二字能形容的了。

想起沧渊之前的那股凶狠劲，他便觉这次绝不能让沧渊给逮着，否则沧渊气头上不知道会做出什么来，把他生吞活剥了都有可能。

这个念头刚一冒出脑海，他的身子又不听使唤起来，伸手往腰间一摸，令牌呢？令牌……他塞给玄武了啊！

糟了！

楚曦的脚下一滑，整个人往下坠去，下方一道黑影凌空扑来，将他接住，一对狭长暗沉的眼眸自上而下幽幽看过来："师尊，我说了，要你留下来跟我慢慢解释。"

楚曦感到一阵晕眩，双眼一黑。

啪嗒。

冰凉的水珠砸到眼皮上，楚曦眨了眨眼睛。

入眼是一片流光溢彩的颜色，有贝壳的色泽。待目光渐渐聚焦，他才分辨出来，上方竟然是一扇巨大的蚌壳。这是何处？

正要起身，楚曦才发觉自己动弹不得，连脖颈也是，唯有眼珠能够自由活动。不用说，又是被傀儡线所控制。

楚曦心里想着，转眸四顾，发现自己正置身于一个足可以容纳两个人的蚌腹之中。

是沧渊将他困在了此处吗？这小鱼仔竟敢……

也罢，三百年过去，如今的沧渊，早已不是三百年前赖在他的身边嗷嗷叫的奶娃娃了。

如今的沧渊，还听得进他的解释吗？

楚曦深吸一口气，强迫自己冷静下来。无论如何，沧渊没有伤害他，只是将他囚禁在此，想必是虽然恨他，心里也念了一份昔日的师徒情谊。

然则"师徒情谊"这四字刚一划过脑海，他的心里就虚了。

正想着，上方的蚌壳蓦然开启，一道颀长身影落入他的视线里。

四目相对，他的心里一紧。

沧渊换了装扮，头发用黑色鱼骨冠束起，身上一袭深衣广袖，鱼尾此时也变成双腿，俨然是前世时重渊的打扮，显得轮廓更加锋锐深邃。

沧渊垂眸俯视着他，目光从脚一寸一寸地移上来，像是在审视、打量，可那蓝紫色的眼眸中的意味远不止于此。

下一刻，沧渊便收敛了目光，半跪了下去。

楚曦的身体却不由自主地坐了起来，见他一叩首，仰脸时垂着眼，表情是一脸无懈可击的毕恭毕敬的表情："徒儿，拜见师尊。"

楚曦一时怔忡，前世今生的种种记忆如潮水掠过心头，他不禁沉默良久，才温和地道："起身吧，渊儿。"

可等沧渊一站起身来，他便又忽然觉得……沧渊还是跪着的好，因为站起来……压迫感实在太强了。

这蚌壳的底座不高，他坐在其上，头又不能动，双眼便只能直视着沧渊的胸口，整个人被他身体的阴影全部笼罩住，像个乖乖地坐在榻上等待父亲兄长发落的孩童。

呸呸呸，什么破比喻！

楚曦忙把这个乱七八糟的比喻赶出了脑海中，干咳一声，试图找回场子。

"你既然还肯认我为师，又为何不肯相信为师说的话？"

对面的人却不回答，连眉头也未皱一下，只是微微一笑，那笑意中似乎带着一丝讥诮，答非所问地道："许久不见师尊，徒儿甚是想念，理应厚礼相待才是。现下这般，实在是委屈师尊了。"

这话语字字恭敬得近乎疏离。楚曦如鲠在喉，也忽然明白了什么，不可置信地道："所以，我身上的傀儡线如今是……受你所控制？"

沧渊慢慢地道："不然呢？师尊以为是谁？"

楚曦觉得心头发寒，过了良久才挤出几个字："你……该不会与魔魁缔结了……"

沧渊打断他道："没错。"

楚曦的心"咚"的一下子沉到了谷底。

前世魔魁害死了他多少弟子，那撕心裂肺的一幕幕历历在目，他盯着沧渊："你不会的，你是故意气为师的……是不是？"

沧渊抬眸看他，那眼神复杂至极，隐忍至极："若我说不是，师尊要如何待我？是将我终身囚禁，还是又一箭诛杀？"

"沧渊！"楚曦厉喝一声，一时竟然说不出话。

沧渊弯下腰，轻声问："如何？"

楚曦只觉得胸闷气短，声音嘶哑地道："为师，不会杀你，只想救你。"

沧渊的瞳孔震动似的微微一缩，他僵了一下，转开头道："我不需要你救。如今这样，都是我自己的选择。"

楚曦瞧着沧渊的侧颜，依稀瞧出几分当年那个小鲛人倔强的影子来，心里一软："渊儿。"

这一声叫出来，眼前的人眼神变了变，凝视了他一会儿，幽幽地道："师尊当真想救我？"

楚曦被沧渊看得背后发毛，表面上却十分镇定："那是自然。"

"那，师尊……"沧渊压低声音，"便留下来教导我吧？"

楚曦的心里咯噔了一下，有种古怪而糟糕的预感，但见沧渊稍稍倾身，彬彬有礼地托起了他的手腕："师尊，我扶你。"

话音一落，他的身体便自动从蚌壳中下了地，这才看见周围的景象，不禁一愣。这周围云雾缭绕，宛若仙境……不，不能说十分相似，只能说与他在神界居住的溟中之岛一模一样了。

"这是你造出来的幻境？"

沧渊点了点头，托着他的手腕在奇花异草间悠然漫步："师尊可还满意？"

楚曦打量着路过的一草一木，愈发觉得不可思议："你为何要如此？"

"自然是为了讨师尊欢喜。"沧渊低声道，引着他走上一座石桥。桥的尽头便是一座海上亭台，楚曦又怎么不认得，那边是自己过去平日里的打坐清修之地。

而侧眸看去，云雾如一层鲛绡浮在海面之上，星星点点的鱼群在波浪间时隐时现，甚至还有鲲鹏的身影出现其中。尽管知道是幻象，楚曦仍不免微微失神。当年，他不就是在这片海里信手一捞，将这个徒弟捞了起来，这才有了两世纠葛不断的羁绊吗？

目光游离间，水波里似乎有一个人影一闪，他眨了眨眼睛，定睛去看，又什么也没有看见。沧渊察觉到什么，加快了脚步，到了亭台跟前。掀开半透明的帷幔，再放下，亭台内一片幽暗，只余一盏灯火明明灭灭。

"师尊，请上坐。"

沧渊的话音刚落，楚曦忽然觉得身子一松，动了动手臂，竟然可以自由活动了，可灵脉内一片沉寂，半点法力也使不出来，与凡人无异。

楚曦心情复杂地瞥了立在一旁貌似很有礼貌的沧渊，不知道他葫芦里卖的什么药。如今的沧渊，融合了前世重渊的记忆，着实让他感到有些捉摸不透。

无论如何师尊的尊严还是得有，他在石坛内盘腿坐下，看着他："你带为师来此，到底想做什么？"

沧渊深深地看他一眼，并未答话，只是喉结上下动了动，掀开帷幔。

"渊儿。"

一声轻唤从背后传来，沧渊的身形一顿。

楚曦问道："为师想知道，你这三百年，是怎么过来的？"

沧渊轻轻笑了一声："师尊不必知道。"说完这句话，他的身影一闪便不见了。

第四十章 真相灼人

　　楚曦愣怔片刻，吸了口气，将自己从满头思绪中抽离出来。无论如何，当务之急，是从这里脱困。

　　可运息打坐了片刻，依然只是徒劳。他叹了口气，站起身来，走到帷幔边，伸手一撩，手指却似乎触到一层无形的阻碍，被弹了回来。

　　显然，沧渊在这座亭子外设了结界。往外面望去，通过半透明的帷幔隐约可以看见外面虚幻的海面，犹如海市蜃楼一般。没有法力，又中了傀儡蛊，要想自己破开这个结界是不可能的。可眼下，又有谁能来救他呢？

　　他心里隐隐升起一股焦灼感，在原地转了一圈，目光落在桌面上的文房四宝上，心里突然一动。

　　虽然没有法力，可是最简单的符咒或许是可以有效果的。

　　楚曦咬破指尖，在纸上写上瞬移咒。毫无反应。他又写下破界咒，依旧毫无反应。传声咒、召唤咒、移魂咒、驱魔咒……他下笔如飞，一连写下百十来个符咒，写得手指都渐渐麻木之际，蓦地，一个符咒从他的笔下亮起。他不由得一愣。

　　——那是，他随手写下的通灵咒。

　　这个低等的符咒他是极少用的，上一次用，是在哪里来着？似乎是……蓬莱？

　　一些模糊的记忆闪现出来，他揉揉脑门。不过，通灵咒是用来引灵的，怎么会有反应？

　　他的附近，有什么魂魄吗？

也对……在这魔界之中,众多被当成祭品的人死于非命,阴晦之气深重,有怨魂萦绕倒确实不奇怪。

想着,他唰唰写下数十张通灵咒,尽数贴在帷幔上,又用笔蘸了血在地上画了个通灵阵,俯身吹灭烛火,坐在其中。

不大一会儿,他便觉得四周有阴冷的气息笼罩而来,令人寒毛竖起。睁开眼睛四下一看,只见帷幔外面,有数个黑色的人影若隐若现,似远似近,间或传来窃窃私语之声。

"你们……是何人?来自哪里?可是被魔族抓来的祭品?"楚曦低问。

黑影一起摇头,发出的声音却含糊不清,似乎竭力想向他表达什么。可此刻他法力全无,通灵咒也只能发挥最低微的效力,他能感知到这些魂魄已算不错,要想与这些魂魄沟通就十分困难了。

楚曦的心里感到十分疑惑,不是祭品?也罢,多半也是被魔族祸害的冤魂。兴许愿意帮他。

"我也是被魔族抓来的,勉强算个修士,眼下被困在这里出不去,若你们愿意帮我传个信,待我脱身,一定想办法渡你们解脱,可行?"

四周的窃窃私语声大了起来,顷刻间已经化作嘶吼、尖叫,黑影们在帷幔后面挣扎、扭动,似乎是一群努力突破茧膜的蚕,五指抓挠着,可是却徒劳。见其中一个没了双臂的黑影挣扎得最厉害,被帷幔上密布的结界都烙得冒起烟来,楚曦一着急,将手覆在那个黑影所在的位置,轻声喝道:"停下,你们不想灰飞烟灭吧?"

四周突然安静下来,黑影们停止了吵闹。楚曦惊讶地看见,那个闹得最凶的无臂黑影不知为何,竟低头凑近了他覆在帷幔上的手,似乎是感应到什么一般,跪了下去,朝他深深地一叩首。

楚曦的心里莫名一动,有种说不上来的异样感。兴许,这是在请求他务必将他们救出这里?

"起来吧,"楚曦道,"我会尽力帮你们。但在此之前,你们先得帮助我离开这儿。"

说罢,楚曦抿了抿嘴唇,心一横,取下腰带,绕上自己的颈项,又缠上脚踝,双膝跪地,向前倒去。身体的重量拽动脖子上的腰带,窒息之感顿时袭来,他喘息着,却咬紧了牙关。

——眼下别无他法,他身无法力,元神出窍是万万做不到了,唯有让自己濒死一法,方能让灵识游离至亡者之域,依附在这些魂魄的身上。

眼前渐渐发黑,楚曦倒在地上,头抵着地面,竭力集中神志。外面的魂魄不知道为什么又跟炸锅般似的吵闹起来,尖叫声此起彼伏。

"吵死了。"他腹诽一声,双手加大力道,狠狠地一勒。意识模糊的一瞬间,他忽然觉得周身一轻,飘了起来,置身在一片阴冷之中。睁眼看去,虽然还在那座亭子之中,但周围雾气弥漫,变成了一片灰色。他的灵识就像一缕轻烟般从先前牢不可破的结界飘了出去,附在了那无臂的黑影身上。

放眼望去,亡者之域一片幽暗、混沌,他也不知道应该去哪里联络玄武,正在迷茫之时,身边忽然亮了起来。侧眸一看,一个颀长的身影已经从桥上快步走来,身后还跟着两名侍从模样的人。

楚曦的头皮一麻,虽然知道沧渊此刻看不见他,仍然下意识地往后躲避了一下,见那个身影近到咫尺,与他几乎擦肩而过,掀开了帷幔。

一瞬间,那个身影抬起的手臂顿时僵住。

帷幔内的场景,不必看他也知道,但一眼看去确实有些……他的腰带把他自己绞得活像个粽子,头发凌乱,脸色青白,确实狼狈了些。

楚曦扫了一眼沧渊,那张俊美的脸已经变了脸色,先前那副魔尊的神情如面具似的开裂,沧渊一个箭步入内,将他翻过来,一把将他脖子上的腰带抓了个稀碎。

"师父!"沧渊托着他的后颈,一道鲜红的勒痕刺进眼里,令沧渊的眼底霎时蔓出了血色。

等待了三百年的人气息全无,这个情景没有别的可能,显然是自尽了。为何如此?他不过是把师父困住了而已,师父宁可死也不愿意待在这里吗?沧渊呼吸紊乱,颤抖着手探向楚曦的颈侧,摸了几下,动作一顿。

楚曦颈部半透明的皮肤下,脉搏仍有一线微弱的动静——并非真的死了。

沧渊突然笑了。

短短的一瞬间他脸上阴晴忽然变化,看得楚曦不禁有点儿发毛,又见他低下头去,下一刻,沧渊的蹼爪便覆上了楚曦的心口。

楚曦这才反应过来,不过是在给他渡元气。

楚曦定了定神,不再停留,驱使魂魄们离开了亭子。

茫然在雾气中穿梭了一阵,不知道随魂魄们飘到了哪儿,一片混沌中影影绰绰地出现了幽绿色的光芒,忽明忽暗的,像坟地里燃烧的鬼火。

楚曦蹙起眉头,疑惑地游向那个发光处,惊讶地看见那里竟然是一道狭长的深渊,因为雾气集聚,看不见里边的情形,只见星星点点的幽绿色的光芒透上来,分外瘆人。尽管无法一窥究竟,下边散发的浓重魔气也足以令他意识到,深渊底下不是什么好地方。

罢了,还是先联络上玄武比较要紧。正这样想着,他附着的魂魄却哀号了一声,一头扎了下去。

"喂!"

楚曦猝不及防,已经被带入那道深渊之内。待看清内里的景象,他不由得大吃一惊。

深渊内,竟然有一棵大树,却只有根部,不见枝丫,粗大的赤红色树根盘虬纠结,就像无数条巨蟒的巢穴。细看之下,树根的表面还覆盖着一层鳞片,每片鳞片都有铜钱大小,竟然像是某种龙蛇类生灵的神体。根须间,悬挂着一个个轿子大小的椭圆状物体,看起来像极了巨大的虫卵。

那些散发着幽幽绿色光晕的,正是这些"虫卵"。

楚曦意识到,这便是祭坛的"万魔之源"的部分根须,亡者之域里,必然是有能供养它的存在。

定睛细瞧,他发现这些"卵"还是半透明的,里边都有着蜷缩着的人影,沉寂不动,犹如死去的胎儿,一眼望去,着实显得阴森、诡异。魂魄们没有实体,毫无阻碍地在树根间穿梭着,令他也得以看见"卵"中每个人影的模样。他一一掠过,皆是些陌生的脸,可心里却不知道为什么生出一股不安来。

越往深处,"卵"的颜色便越深。注意到树根的核心部分,一个深青色的,被数十根根须环绕的"卵",楚曦猛然一怔。

那枚"卵"中蜷缩的影子,不是普通的人形……而是一个鲛人。

那色泽极为炫丽的鲛尾,纵使只看见背影,他也觉察出一种可怕的熟悉感来。

——会是……沧渊吗?还是,仅仅与他有血缘关系的某个同族?

他心脏紧缩,更生出重重疑惑,可来不及查看那枚"卵"中鲛人的脸,魂魄们却逃命般地远远绕了开来,似乎对这个特殊的"卵"十分忌惮。

"喂!带我过去!"楚曦咬牙厉喝,奈何他此时不过只是一缕灵识,魂魄们对他的诉求置若罔闻,径直向下面飘去。

更深处水光斑驳,雾气翻涌,树根似乎是扎根在某处水源里。

果不其然,下一刻,他便整个浸入一片冰冷刺骨的水中,哪怕只是一缕灵识,他也感觉到一种窒息之感。睁眼望去,幽绿色泛着光的水域无边无际,无数黑影飘忽沉浮,深入水底的树根之间,悬挂着一个个破裂的"卵",皆已黯淡干瘪。

那半身魂魄带着他游近其中的一个,不停地打转,嘴里凄然嘶叫,似乎在示意什么。楚曦定睛看向"卵"内,皱巴巴的"卵皮"里,包裹着一颗核桃大小的乌漆麻黑的小球。

那似乎是……一颗元丹。

楚曦愣了一下:"这可是你的东西?"

魂魄嘶叫的声音大了起来。楚曦明白了,他附着的这个魂魄,生前并非一个普通的人,而这种形状的内丹也不是妖魔所有。这个魂魄以前和他一样,是个仙家。只是这颗内丹上的灵力早已被吸食净,他根本无法分辨出对方的仙阶和身份了。

楚曦有些不忍心,叹了口气:"我知道了,待我脱身,我会来这儿解救你的。"

其余的魂魄闻言围过来,号哭不止。楚曦觉得头都大了,轻声喝道:"好了,本座好歹也是个有道行的,说到做到,绝不食言。"

四周突然安静下来,魂魄们居然停止了哭号。他一恍神,不知道怎么想起了以前众徒齐聚在他座下受训的情形,心里感到一阵酸涩。怔忡之时,下方深处传来"扑通"一声,像是什么重物落水的声音。

楚曦疑惑地垂眸,便看见水里的魂魄们像得着了鱼食的群鲤,朝深处的某个地方一拥而上,他附着的魂魄亦紧随其后。向深处游了一阵子,水

277

底亮光浮动,那些魂魄包围、聚拢之处,一个人影脚朝上,头朝下地挥舞着手里的兵刃,划出道道灼亮的光芒。

待随魂魄游近,楚曦不禁睁大了眼睛——那个人影,手持的是弯刀,可不正是玄武?

下一刻,又听"扑通"一声,另一个人影从深处冲上来,看身影,可能就是灵湫。

楚曦这才意识到不对——这个亮光浮动的水底,似乎是另一个水面。是了,那上面,应该便是生者的领域,若是如此,这个水域多半便是忘川。

"这下面的魔气好重!发鸠神君,你快设阵!"玄武低喝的声音传来。

"你也知道这下面的魔气重,我哪里施展得开?"灵湫冷冷地回答道,又低喝一声,"昆鹏,从下面托我们上去!"

话音刚落,"噗"的一声,一道鸟状黑影直冲而下,霎时化为巨鲲,将一双人影托起。

楚曦被鱼尾掀开的浪推到几丈开外,见玄武挥刀驱赶水中的魂魄,他生怕这个附身的魂魄也被他一刀斩得魂飞魄散,不敢贸然接近。可这个魂魄却像突然发了疯似的,一跃而上,一口便咬住了灵湫腰间的玉佩,令玉佩上悬挂的玉铃一阵当啷作响。

楚曦暗暗心惊,见灵湫本来挥剑要削,手却一顿,又反手格住了玄武斩来的弯刀,喝道:"等等!"

玄武奇怪地问道:"怎么了?这个魂灵是你的相好?"

灵湫面无表情地白了他一眼,道:"我觉得这个魂灵的行为有些特别。你瞧你一挥刀,其余的魂灵都纷纷退避,偏偏这只还自己凑上来,不觉得奇怪吗?"

楚曦几乎要老泪纵横,不愧是他的首徒,这悟性,甩玄武这种武神足足八个天禁司。

"况且,这块玉佩,是师尊赐给我的,上面有他的灵印,一般的凶灵哪里敢靠近?"

楚曦驱使魂灵连连点头,玉铃也跟着响个不停。他这会儿说话,灵湫自然是听不见的,可见灵湫微微一挑眉,显然意识到了什么,信手从袖口里取了只纸鹤出来,又将魂灵一拢,楚曦便随魂灵一起附着在了那个纸鹤上。

"你……可是替师尊来传信的？"灵湫垂眸瞧着他，试探性地问道。

楚曦连忙点头，纸做的喙像小鸡啄米一样戳在灵湫的手心，写了几个字。灵湫略微一惊，旋即又恢复了那副波澜不惊的表情："我知晓了，师尊。"

玄武在一旁哂道："北溟，你怎么回归了还是这么菜？又给那个小魔头困住了？"

楚曦懒得理他，在灵湫手心继续啄道："这水里有异，似乎被万魔之源的根茎所侵，你们要小心些。"

灵湫点了点头，环视四周道："如果我猜得不错，这里应该是忘川的源头。师尊在水底瞧见了什么？"

楚曦也四顾一番，见这里确实是一条狭长的河流，两岸是悬崖峭壁，怪石嶙峋，石峰间生长着一簇簇艳红如血的彼岸花，正是传说中的忘川之景，一如他的猜测。

他接着啄道："你捏条鱼出来，容我附着下去看看。我此刻只有灵识，没什么危险，你们不要跟我下去了。"

灵湫闻言，当下照办，楚曦纵身一跃，又跃入了忘川幽深冰冷的水里，朝方才那些"卵"所在的树根间游去。

游近那个形似沧渊的背影时，他不由得屏住了呼吸。隔着半透明的"卵"膜，蜷缩的鱼尾上流光溢彩的鳞，凝固的发丝与苍白的上身朦胧可见，楚曦游到环绕着这颗"卵"的树根内侧，借着幽绿色的光晕看去，倒吸一口凉气。

这"卵"中的……的确是，沧渊。

细看之下，还是三百年前沧渊少年时的模样。只是他的胸口上，多了一个他没见过的暗红色的印记，形状像是一只眼睛，似乎是个封印。而沧渊的皮肤上，也有些赤色的鳞片在若隐若现。

为何会这样？这个东西是什么？

楚曦觉得十分疑惑，看着那张沉寂如亡者的少年的脸庞愣了片刻，正打算呼唤灵湫、玄武二人，却见咫尺之处，里面"沧渊"闭合的双眸突然睁开。

霎时一股巨大的吸力袭来，楚曦只觉得一阵晕眩，再睁开眼睛时，不由得瞳孔一缩。

眼前赫然已经成了另一番景象——这是一片漆黑、污浊的沼泽，沼泽中怪石嶙峋，犹如饿兽獠牙，无数生灵的尸骸漂浮其间，被沼泽中此起彼伏冒出来的魔兽毒虫竞相啃食。

楚曦浸泡在黏稠的水中，一时无法分辨出这幕景象是真是幻。幸而他此时只是一缕附着在鱼身上的灵识，不会真的接触到沼泽中奇形怪状的虫子，他强忍不适感，朝四周望去，目光一滞。

在一块不大的石头上，他看见了沧渊。

那是三百年前的沧渊。

沧渊趴在石头上，蜷缩成一团，可鱼尾仍有半截浸在肮脏的沼泽的水里。楚曦的呼吸也凝住了。

那曾经散发着虹彩的鳞片已经残破得所剩无几，半边鱼尾都被啃得只剩下白骨，腐烂的肉外翻着，渗着蓝绿色的脓水。

沧渊的身体也瘦得宛如枯柴，肩胛骨几乎能从干皱的皮肤下面戳出来，身上到处是大大小小烂疮与咬伤，就像被凌迟过一般触目惊心。那对摄人心魄的漂亮眸子也已经瞎了，一边的眼珠没有了，只剩下虫子啃食的黑洞，另一边灰白色的瞳仁茫然地睁着，仿佛是死了，可胸口却还微弱地起伏着。

"师……师父……"

嘶哑如砂纸般摩擦的呓语，已经难以分辨。可楚曦仍然听懂了。觉得心像被什么猛咬了一口，剧痛难当。

"你说了……不丢下我……"

楚曦不忍心再看。可目光却不受控制，似乎被困在眼前的景象里，眼睁睁地看着沧渊被沼泽里爬出来的虫兽蚕食成一具骨骸。

鲛人天生的自愈能力造成了世上最残忍的酷刑，潮水退去之时，骨肉重生，涨潮之时，又是惨不忍睹的一场活剐。

日夜更替，周而复始。

渐渐地，他的自愈力越来越差，常常只生出半副血肉，就被一拥而上的虫兽啃得血肉模糊。

"啊啊啊……师父……我好疼……我好疼啊……师父，我恨你，我恨你，我恨你！师父，师父……你来了吗？师父……"

从凄惨的吼叫到奄奄一息的呻吟，一声声，犹如万箭穿耳，避无可避。如此不知道往复了多少遍，楚曦只觉得灵识一阵震颤，再也承受不住，犹如一根被绷到极致的弦，突然断裂。

灵识弹回体内的一刹那，楚曦便呕出了一口鲜血。

眼前阵阵发黑，天旋地转。这便是三百年前，被独自抛在蓬莱的沧渊所经历的吗？

他忍受了多久这样的煎熬？

后来又遭遇了什么，为何会有一个少年模样的他被困在万魔之源的根茎里？

楚曦捂住脖子，咳嗽起来，只觉得一只冰凉的手在轻轻拍他的后背。他身子一僵，抬眼便看见沧渊那张姝丽妖艳的脸。

"师父，好些了吗？"沧渊垂眸瞧着他，低声问。

楚曦看着沧渊，一时竟然说不出话来。方才看见的那幕凄惨的情景在脑海里出现，他心如刀绞，齿间却只挣扎着说出几个字："你受苦了。师父……再不会丢下你了。"

沧渊明显愣了一下，色泽寒冷的眸底映着烛光，似乎也生出几分暖意。他的嘴角颤抖了一下，也不知道是要上扬还是要咧嘴？竟有了那么点不知所措的意味。

可是，突然传来一声巨响，一道银光从天而降，四周的幻境轰然碎裂，些许温情也荡然无存。

沧渊的脸色一下子变了，而这电光石火的一瞬间，楚曦觉得腰间一紧，整个人向后飞去，重重地砸在宽阔的鸟背上。灵湫的声音传来："昆鹏，起！"

此情此景，直如旧梦重现，楚曦刚刚才对沧渊说过不会丢下他！楚曦急忙大喝一声："灵湫，等等！"

"等个屁啊！"玄武怒骂一声，扬手一刀掷下，顿时化作一道黑色的峭壁，拦在沧渊的前方。

楚曦一口气几乎背过去，昆鹏展翅万里，一纵身便飞得老高，他看不见沧渊的表情，只看见那顾长的身影迅速缩小，变成了渺远的一个点，一如三百年前,一如数万年前。

沧渊大抵……再也不会相信他了。

图书在版编目（CIP）数据

沧海月明 / 崖生著. —— 北京：北京燕山出版社，
2023.12
ISBN 978-7-5402-6925-8

Ⅰ.①沧… Ⅱ.①崖… Ⅲ.①长篇小说—中国—当代
Ⅳ.①I247.5

中国国家版本馆 CIP 数据核字 (2023) 第 086243 号

沧海月明

著　　者	崖　生
责任编辑	王月佳
出版发行	北京燕山出版社有限公司
地　　址	北京市西城区椿树街道琉璃厂西街 20 号
电　　话	010-65240430
邮　　编	100052
印　　刷	三河市兴博印务有限公司
开　　本	880 毫米 × 1230 毫米　32 开
字　　数	257 千字
印　　张	9
版　　次	2023 年 12 月第 1 版
印　　次	2023 年 12 月第 1 次印刷
定　　价	49.80 元

版权所有　　翻印必究